Hermann Ilg

# Die Mission der Santiner

Hermann Ilg

# Die Mission der Santiner

Bergkristall Verlag GmbH, 32108 Bad Salzuflen
Schülerstraße 2 - 4
Tel.: 05222 – 923 451
Fax: 05222 – 923 452
info@bergkristall-verlag.de
www.bergkristall-verlag.de
1. Auflage 2004
Umschlag und Satz: Bergkristall Verlag GmbH
Druck und Bindung: Media Print GmbH, Paderborn
Printed in Germany

Foto des "Crab Nebula in Taurus" (centre): European Southern Observatory® (ESO)

ISBN 3-935422-58-X

*Wesen aller Welten weben*
*am Geschick des großen Seins,*
*überall ist dienend' Leben,*
*eins im All und all im Eins.*

Hermann Ilg

# Inhaltsverzeichnis

Vorwort      9

Wer sind die Santiner?      11

Wer war Hermann Ilg?      12

In kosmischen Bahnen denken      15

Wenn die Not am größten …      51

Am Ende der Zeit      87

Die Gedankenbrücke      129

Eine Gruß-Botschaft von Hermann Ilg      214

Die heilige Mission      215

Eine abschließende Rede von Ashtar Sheran      221

**Vorwort**

Endlich ist es soweit, dass wir vier, teilweise lange vergriffen gewesene Broschüren von Hermann Ilg neu herausgeben können, die zuvor bereits in insgesamt 20 Auflagen veröffentlicht worden waren.
Dieses Buch vereinigt 'In kosmischen Bahnen denken', 'Wenn die Not am größten ...', 'Am Ende der Zeit' und 'Die Gedankenbrücke' unter einem Titel, da sämtliche Bücher und Broschüren von Hermann Ilg 'Die Mission der Santiner' als zentrales Thema haben.
Diese überarbeitete Neuauflage wurde um einige Ausführungen der Santiner und um eine intensive Rede ihrer Führungspersönlichkeit Ashtar Sheran erweitert. Unmittelbar vor Drucklegung haben wir von Hermann Ilg eine kurze Gruß-Botschaft für dieses Buch empfangen, die wir zusätzlich angehängt haben, da darin sein Wunsch zum Ausdruck kommt, die Botschaften der Santiner mögen viele weitere Herzen erfüllen

Da die Mission der Santiner die Vorbereitung auf eine kommende globale Veränderung der Erde zum Inhalt hat, sollten unseres Erachtens auch nähere Informationen über eine Evakuierung der Erdenmenschheit veröffentlicht werden. Allerdings möchten wir betonen, dass wir uns von jeglicher Form von Fanatismus und Euphorie eindeutig distanzieren. Vieles, was man heutzutage über ein solches außerirdisches Eingreifen oder über einen angeblichen Weltuntergang mitsamt genauem Termin so hört und liest, entbehrt jeglicher göttlichen Logik.

Vielmehr möchten wir mit diesen wegweisenden Schriften von Hermann Ilg die überragende Liebe Gottes mitteilen, die sich darin zeigt, dass vor Jahrtausenden eine ganze Menschheit, nämlich die Santiner aus dem Sonnensystem Alpha Centauri, die Aufgabe übernommen hat, uns Menschen auf der Erde eine geistige Höherentwicklung zu ermöglichen und den Planeten vor einer Zerstörung durch den Einfluss der negativen geistigen Welt zu bewahren.

Lesen Sie diese Botschaften bitte mit dem Augenmerk darauf, wie grandios die göttliche Liebe ist und welch große Belastungen eine ältere Menschheit auf sich nimmt, um den jüngeren Schwestern und Brüdern hier auf der Erde zu helfen. Viele Santiner mussten ihre Beteiligung an der Mission in den Raumschiffen abbrechen und auf ihren Heimatplaneten zurückkehren, weil sie es seelisch nicht mehr aushalten konnten, die Gewalt und Grausamkeiten auf der Erde mitzuerleben.

Möge dieses Buch vielen Menschen ein tiefes Verständnis für die aufwändige Mission der Santiner vermitteln. Und möge die allumfassende Liebe, die dahinter steckt, ihre Herzen erleuchten und sie bei all den Schwierigkeiten unserer Zeit beruhigen.

*Martin Fieber*

---

Lange Passagen dieses Buches sind Botschaften von den Santinern und aus dem positiven geistigen Reich, die vom Verfasser auf dem Wege der Mentaltelepathie empfangen wurden. Diese Botschaften und die zitierten medialen Durchgaben aus dem Medialen Friedenskreis Berlin sind zur Verdeutlichung *kursiv* gedruckt.

**Wer sind die Santiner?**

Zu dem Namen Santiner, die auch 'kleine Engel' genannt werden, hat das geistige Reich folgende Erläuterung gegeben:
*Die Bezeichnung 'Santiner' stammt von Ashtar Sheran. Es ist eine Bezeichnung, die eurer Sprache angepasst ist, um die heilige Mission der Sternenbrüder in ein Wort zu fassen. Übersetzen könnte man Santiner mit 'kleine Engel' oder 'kleine Heilige'. Von den Erdenmenschen, welche die ersten Aufzeichnungen über die Sternenbrüder machten stammt die Bezeichnung Cherub oder Cherubim. Die Israeliten glaubten in den Sternenbrüdern Gott und seine Engel zu sehen. Daher wurde das Raumschiff über dem Berge Sinai für Gottes schwebenden Thron gehalten. Spätere Begegnungen mit den Sternenbrüdern setzten die Menschen ebenfalls in heiliges Erstaunen. Aus diesem Grunde hielt man die Sternenbrüder für Engel, die das Wort Gottes verkündeten. Die Bezeichnung Cherubim heißt eigentlich Engel der Nächstenliebe. Ihrer Mission entsprechend stehen sie auch tatsächlich im Dienste Gottes und der Nächstenliebe.*

**Wer war Hermann Ilg?**

Anfang Mai 1999 verstarb im Alter von fast 80 Jahren der bekannte Ufo-Forscher Hermann Ilg aus Reutlingen. Von seinem Beruf als Bauingenieur her war er an logisches Denken gewöhnt und als Wahrheit akzeptierte er ausschließlich beweisbare Angaben. Dem ehemaligen Oberbaurat war Unseriosität ein Gräuel. Dank seiner außergewöhnlichen telepathischen Fähigkeiten hegte er an der Existenz der Santiner keinen Zweifel. Er hat auch selbst Ufos gesehen. Über 20 Jahre lang publizierte er diese Kontakte durch den Versand einzelner DIN A4-Blätter zum Selbstkostenpreis. In einem halbseitigen Artikel betitelte die 'Badische Zeitung' Herman Ilg als „Des Südens bedeutendster Ufo-Forscher". Diesem Artikel sind die folgenden Daten gekürzt entnommen:

Den Ursprung hatte seine Ufologenkarriere im oberschwäbischen Ravensburg, wo ein befreundeter Pater sechs schnell fliegende Scheiben in Richtung Bodensee jagen sah. Der Geistliche rannte damals gegen Mauern der Ignoranz. Von einem Observatorium wurde die Sichtung als 'optische Täuschung' deklariert. Dieser Dilettantismus ärgerte Hermann Ilg. Die NASA, die über Radiowellen Kontakt mit außerirdischem Leben knüpfen will, verglich Ilg mit einem Buschmann, der im Urwald sitzt und mit Trommelsignalen nach anderen Stämmen sucht. Bekomme er auf diese Weise keine Antwort, ziehe er den Schluss, er sei alleine auf der Welt.

Die Säle waren voll, wenn Hermann Ilg einen seiner Vorträge hielt. Von der Lebensweise der Santiner, ihren Fluggeräten und ihrer Entwicklungsgeschichte hatte Hermann Ilg detaillierte Kenntnisse. Eine Entfernung von 40 Billionen Kilometern müssen die Ufos aus dem Sternbild Alpha Centauri bis zur Erde überwinden, mehr als 4,3 Lichtjahre. Irdische Technik ist mit Fluggeräten dieser Art nicht zu vergleichen. Der Empfang, den die Menschen den Santinern bereiten, ist leider alles andere als freundlich – ein Thema, das Ilg immer auf die Palme brachte: „‚Dann gehen Abfangjäger hoch, und sie werden als Invasoren bezeichnet!" Astronauten hätten Stippvisiten der Santiner schon längst beobachtet, seien von der NASA aber zur Geheimhaltung verpflichtet. Wer dagegen verstößt, opfert seine Pension, denn das Ufo-Phänomen wird als Problem für die nationale Sicherheit betrachtet. „Das ganze soziale Gefüge", malte Hermann Ilg die Folgen eines Eingeständnisses der Begegnungen aus, „unser ganzes Weltbild würde zusammenbrechen."

Tiefer Dank gebührt Hermann Ilg für seinen beispielhaften Einsatz. Nun darf er schauen, woran er glaubte.

# In kosmischen Bahnen denken

# Einführung

Die nachstehenden Ausführungen befassen sich mit einem Bewusstseinsraum, der vielleicht für viele Menschen noch geistiges Fremdland ist. Dem unvoreingenommenen Leser möchte ich daher empfehlen, die zunächst unbegreifbaren Tatsachen und Zusammenhänge auszusondern und so lange zurückzustellen bis die Zeit gekommen ist, da diese Dinge bewusstseinsmäßig verarbeitet werden können. Es empfiehlt sich weiterhin, auch die Bibel unter dem Aspekt der kommenden Endzeitereignisse zu lesen, um daraus eine aktuelle Verbindung zur Gegenwart herzustellen. Mögen möglichst viele Menschen diejenige Aufklärung erfahren, die in der Turbulenz eines auslaufenden Erdzeitalters und in der Aufgangsphase eines neuen Äons so dringend notwendig erscheint.

Auf Anfragen, die in Bezug auf Ashtar Sheran an mich gerichtet wurden, möchte ich erklären, dass er der verantwortliche Leiter einer außerirdischen Hilfsmission ist, die sich bereits über einen Zeitraum von mehreren Tausend Jahren erstreckt, um den Planeten Erde vor einer Zerstörung durch luziferische Kräfte zu bewahren. Dieses Ziel ist erreicht, wenn die Zeitenwende gekommen ist.

Es ist mehr denn je notwendig, auf die Universalität des Lebens hinzuweisen mit der selbstverständlichen Konsequenz, dass einer zurückgebliebenen Brudermenschheit diejenige Hilfe angeboten wird, die unter den gegebenen Umständen allein noch in Frage kommen kann und die auch dem universell geltenden Solidaritätsprinzip des All-Lebens entspricht, getreu dem Worte Jesu Christi: „In meines Vaters Hause gibt es viele Wohnungen" – und viele hilfsbereite Hände, so möchte ich hinzufügen, die eine schadhaft gewordene Wohnung wieder renovieren können nach dem all-gültigen Gebot, dass das Höhere dem Niederen diene.

**In kosmischen Bahnen denken**

Die größte Entdeckung steht uns noch bevor: Die Erkenntnis, dass wir unsererseits längst von anderen, höher entwickelten Bewohnern fremder Sternenwelten beobachtet werden – von Wesenheiten, die überlegen mögen, wann es an der Zeit sein werde, die Bewohner der Erde in ihre galaktische Gemeinschaft aufzunehmen und den Fortschritt der Erdenmenschen durch die Beteiligung an den geistigen und kulturellen Errungenschaften der zur kosmischen Reife gelangten Wesenheiten der Galaxis zu beschleunigen ... *K. O. Schmidt*

Wer heute versuchen wollte, mit den Mitteln einer längst vergangenen Vorstellungswelt das Universum zu erklären, der würde mit Recht nicht mehr ernst genommen werden. Wer aber heute versucht, außerirdische Phänomene auf der Grundlage unseres gegenwärtigen Wissensstandes zu 'erklären', der findet Gehör in der wissenschaftlichen Welt und natürlich bei den Politikern, die ja ohnehin jede Störung ihres Ideengebäudes als grobe Einmischung in ihre Angelegenheiten ansehen. Und wenn gar noch eine Einmischung von außerhalb dieser Erde akzeptiert werden müsste – dies wäre unerträglich für den Nimbus des politischen Geschäftes, ganz zu schweigen von der persönlichen Diskreditierung gewisser Machthaber. Wenn man auch sonst manches gerne unterschlägt, was von Seiten der Wissenschaft als unangenehme Wahrheit aufgetischt wird, so ist gerade das Gegenteil der Fall, wenn es um die Ansicht der offiziellen Wissenschaft zur Frage außerirdischer Existenzen geht. Noch nie in der ganzen Menschheitsgeschichte war der Meinungswirrwarr so komplett wie heute in dieser Frage von überlebenswichtiger Bedeutung. Zugegeben, die Menschheit war bisher gar nicht in der Lage, sich eine konkrete Vorstellung zu machen von der Existenz außerirdischen Lebens, weil es bisher einfach an einem adäquaten Vergleichsmaßstab gefehlt hat. Man war quasi gezwungen, aus dem eigenen Lebensbereich Rückschlüsse zu ziehen auf die Möglichkeit einer Lebensträgerschaft anderer Planeten oder gar nicht erfassbarer Sternensysteme.

Heute aber, da objektive Forschungsergebnisse aus Raumfahrtversuchen vorliegen – ich komme darauf noch zu sprechen – sollte es eigentlich nicht schwer fallen, der Wahrheit endlich Gehör zu verschaffen. Was will ich damit sagen? Die Menschheit dieser Erde, so meine ich, hat ein Recht darauf, endlich das zu erfahren, was längst in den Annalen der NASA wie der russischen Raumfahrtbehörde aufgezeichnet ist. Schon die ersten Großversuche zur Erforschung des erdnahen Raumes haben zur Tatsache werden lassen, was bis dahin nur einige, leider nicht ernst genommene private Forschungsgesellschaften, zu denen auch die deutsche Ufo-Studiengesellschaft gehört, immer wieder behauptet haben, nämlich dass unser Planet praktisch unter Kontrolle einer außerirdischen Macht steht, die mit unidentifizierbaren Flugobjekten die Erde beobachtet. Selbst unbestreitbare und fotografisch belegte Nachweise der Existenz solcher Flugkörper haben es nicht vermocht, die starre Front der wissenschaftlichen Leugner dieser Phänomene zu erschüttern. Über den Grund brauchen wir uns heute nicht mehr zu unterhalten, denn darüber wurde längst in einschlägigen Büchern und Schriften, in den Ufo-Nachrichten und auf Ufo-Kongressen berichtet. Es liegt, mit einem Wort, an der Unfähigkeit des Menschen, ob er nun eine wissenschaftliche Bildung besitzt oder ein so genannter Laie ist, seine eigene Vorstellungswelt zu verlassen und sich auf Neuland zu begeben, von dem er noch nicht den Beweis in der Hand hat, dass er auch dort noch sicher stehen kann. Wie wir wissen, ist gerade die Standfestigkeit auf diesem Neuland ungleich viel größer als auf dem bisherigen Plateau einer eigenen illusionären Welt der so genannten Realitäten, die zudem noch den immer spürbarer werdenden Nachteil hat, dass die Ressourcen zur Lebenserhaltung langsam zur Neige gehen, während das wahre Lebenskraftfeld des Menschen weder eine Begrenzung noch einen Versorgungsmangel aufweist, denn es ist universell und wartet nur auf unser Erwachen zur Erkenntnis unseres wahren Seins. Wenn wir erst einmal in diesen neuen Bewusstseinskreis eingetreten sind, dann nehmen wir auch automatisch teil an den entsprechenden Eigenschaften dieser Bewusstseinsstufe, und das bedeutet, dass unser Lebensraum das ganze Universum sein wird, und dass wir unsere galaktische Nachbarschaft in unseren Alltag mit einbeziehen werden, wobei aus diesem Alltag dann ein All-Tag wird.

Dies klingt alles noch reichlich fantastisch; wenn wir jedoch in die bereits analysierten Astronauten-Erkundungen Einblick nehmen könnten, dann würde die Phantasie einer kaum fassbaren Wirklichkeit weichen. Denn schon 1969, bei der ersten Mondumkreisung der Amerikaner, war dem Astronauten in seiner Raumkapsel Leben auf der Rückseite des Mondes signalisiert worden. Die Besatzung eines dort schon seit Jahrtausenden bestehenden außerirdischen Stützpunktes als Reparaturwerkstätte für Raumschiffe, die ja auch einer regelmäßigen Wartung bedürfen, wie alles, was von Menschenhand erzeugt wird, hatte die riesigen Abdeckkuppeln hell erleuchtet und sogar Zeichen gegeben durch rhythmisches Ein- und Ausschalten, so dass der irdische Raumfahrer erkennen musste, dass sich dort, also auf der der Erde abgelegenen Seite des Mondes intelligentes Leben befindet, um es einmal ganz allgemein auszudrücken. Diese Tatsache wurde jedoch 'unten', also im Kontrollzentrum von Houston, sofort für 'top secret' erklärt, und so wurde eine erste große Chance vertan, der Weltöffentlichkeit die großartigste Wahrheit seit Menschengedenken zu übergeben, ohne dass man sich der Gefahr ausgesetzt hätte, eine Panik heraufzubeschwören. Denn alle Welt starrte ja auf dieses Ereignis der Monderforschung und hätte einen solchen 'Schock' ohne weiteres ertragen, quasi als eine Entdeckerleistung der eigenen irdischen Wissenschaft. Stattdessen begnügte man sich, die Öffentlichkeit mit unwichtigen Gesteinsproben abzuspeisen, aus denen angeblich das Alter des Sonnensystems oder gar des Universums abgeleitet werden könne. Und die Astronauten wurden zum Stillschweigen verpflichtet.

Eine weitere Chance wurde vertan, als in der Folgezeit Raumsonden in den planetaren Außenbereich geschickt wurden und ihre automatischen Kameras gestochen scharfe Aufnahmen von Ufos aller Größen einschließlich gigantischer Mutterschiffe machten und zur Erde funkten. Auch in diesem Falle hätte man der Weltöffentlichkeit ohne weiteres von diesem überraschenden Ergebnis der ‚Raumaufklärung' Mitteilung machen können und auch hierbei wäre es zu keiner befürchteten Panik gekommen, denn die Menschen aller zivilisierten Staaten dieser Erde haben inzwischen durch die hochzuschätzende 'irdische Aufklärungsarbeit' der weltweit verbreiteten Ufo-Forschungsgruppen so viel an Tatsachenmaterial geliefert bekommen, dass eine Veröffentlichung der Raumsondenbilder nur eine offizielle Bestätigung der privaten Forschungsergebnisse bedeutet hätte.

Aber auch die Russen finden sich nicht bereit, oder besser gesagt noch nicht, ihre ebenso klaren und eindeutigen Beweise auf den Tisch zu legen, weil auch sie befürchten, dass durch den Einbruch dieser neuen Erkenntnisse in die orthodoxe Ideenwelt ihrer Bürger ein gewaltiger Prestigeverlust für das ganze politische System eintreten würde, was doch wohl ein zu großes Risiko wäre. Inzwischen sind jedoch Umstände eingetreten, die eine Revision dieser starren Haltung geraten erscheinen lassen. Denn die Raumfahrtversuche der Russen, die in einem 175-tägigen Aufenthalt in der Sojus-Raumstation einen vorläufigen Höhepunkt erreichen, brachten ein derart überraschendes Ergebnis zutage, dass es selbst die hart gesottensten Vertreter des dialektischen Materialismus und die sonst unbeugsamen Militärs in

Ratlosigkeit und Erstaunen versetzte. Schon die ersten vier Kosmonauten, die sich bereits im Jahre 1978 längere Zeit in der Raumstation aufhielten, hatten die Aufgabe, neben den üblichen Versuchen im schwerelosen Raum insbesondere dem Phänomen der Ufos näher zu kommen. Zu diesem Zweck wurden ihnen Spezialkameras mitgegeben, mit deren Hilfe sie mögliche Flugkörper mit Teleobjektiven aufnehmen sollten. Das ist ihnen auch gelungen, nachdem die Santiner dieses Weltraumexperiment unterstützten, indem sie ein Ufo als Begleitung des irdischen Raumfahrzeugs in entsprechender Distanz mitfliegen ließen. Die ersten Kontaktversuche seitens der russischen Saljut-Besatzung misslangen, und zwar deshalb, weil sie mit irdischen Mitteln der Funkpeilung diese Versuche unternommen hatten. Die Santiner empfingen wohl die Signale, antworteten aber nicht darauf, um zu dokumentieren, dass sie nicht irdischer Herkunft sind.

Ein zweiter Versuch mit Hilfe der Telepathie, in der die Kosmonauten im Rahmen ihrer Ausbildung geschult worden waren, klappte gleich beim ersten Mal, d. h. die Santiner haben sich als ihre außerirdischen Brüder zu erkennen gegeben und ihnen mitgeteilt, dass sie die irdischen Zustände und Geschehnisse auf das Schärfste missbilligen, insbesondere deshalb, weil durch das unreife Verhalten der irdischen Wissenschaft schon erheblicher Schaden im erdnahen Weltraum entstanden ist, der entsprechende Auswirkungen auf den Weiterbestand der Erde als Lebensträger hat. Sie, die Santiner, seien unentwegt damit beschäftigt, wenigstens die größten Schädigungen, die bereits im Magnetfeld der Erde entstanden sind, zu beheben, aber dies sei eben nur bis zu einem gewissen Grade möglich, und diese Grenze sei jetzt erreicht. Sie würden dringend davon abraten, noch weitere, auch unterirdische, Atombombenexperimente durchzuführen, da sonst das Magnetfeld der Erde geschwächt und die Umdrehung des Planeten sich verlangsamen würde. Die Folgen wären nicht auszudenken, denn der bis jetzt noch bestehende stabile Zustand in diesem Sonnensystem würde durch die Änderung des planetaren Magnetfeldes und der dadurch bedingten Bahnänderung völlig in Unordnung geraten, d. h. sämtliche anderen Planeten dieses Systems müssten ebenfalls auf neue Bahnen einschwenken, bis der instabile Zustand wieder in ein Kräftegleichgewicht überführt sei. - Das also steht auf dem Spiel!

Lassen Sie mich hierzu eine Erklärung einflechten über den Zusammenhang zwischen der Schwächung des planetaren Magnetfeldes und einer Umlaufänderung des Planeten: Die Stabilität der Umlaufbahnen der Planeten wird dadurch gewährleistet, dass ein magnetisches Kräftegleichgewicht zwischen den planetaren Magnetfeldern und demjenigen der Sonne besteht. Wird nun etwa ein planetares Feld gestört, z. B. geschwächt, dann tritt eine Potentialverschiebung ein, d. h. das bisher vorhanden gewesene Potentialgefälle vom solaren Magnetfeld zum planetaren Magnetfeld stimmt nicht mehr, was wiederum eine Änderung der gravitativen Verhältnisse zwischen Planet und Muttergestirn zur Folge hat. Mit anderen Worten, der Planet mit dem geschwächten Magnetfeld wird zu einem engeren Bahnumlauf gezwungen, da die Kraft der Gravitation ihn in eine Richtung zum stärkeren Magnetfeld der Sonne zieht, denn die Gravitation ist nichts anderes als diejenige Kraft, die ihren Ursprung im Potentialgefälle zweier Magnetfelder hat. Darin liegt auch das Geheimnis des Ufo-Fluges im Weltraum, der ja voller Kraftfelder ist. Zur Überwindung von Lichtjahrdistanzen bedarf es allerdings noch einer speziellen Technik der Dematerialisation, d. h. der Umwandlung der Materie in die Energieform. Diese vorgenannten Geschehnisse auf russischer und auf amerikanischer Seite hätten eigentlich ausreichen müssen, um das Versteckspiel mit den Ufo-Tatsachen aus der Welt zu räumen. Dass dies trotzdem noch nicht geschehen ist, lässt auf völlige Hilflosigkeit der verantwortlichen Machthaber auf beiden Seiten schließen. Es sind offensichtlich Kräfte am Werk, die unter allen Umständen eine Aufklärung der Menschheit verhindern wollen, da nämlich bei Bekanntwerden dieser grandiosen Wahrheit ihre Rolle, die sie bisher in weltbeherrschender Weise gespielt haben, mit einem Male zur völligen Bedeutungslosigkeit zusammenschrumpfen würde.

Deshalb wird der Menschheit eine noch weiter greifende Krisensituation nicht erspart werden können, bis schließlich die Ausweglosigkeit solche Formen annehmen wird, dass jedes Mittel recht erscheint, das noch Hilfe verspricht, dann allerdings ohne Rücksicht auf Prestige und Wissensleugnung. Die Erde ist nicht mehr weit entfernt von diesem Punkt. Aber dann erst wird es möglich sein, offen über das Angebot einer brüderlichen Hilfeleistung von 'oben' zu sprechen. Dieser Zeitpunkt wird allem Anschein nach zusammenfallen mit einer epochalen globalen Umwälzung der Erde beim Übergang in die höhere Schwingung des Wassermann-Äons, dessen geistige Strahlung, für jeden erkennbar, bereits viele Entwicklungsgebiete von Kultur und Zivilisation ergriffen hat. Denken wir nur an die vielen Gruppen, die sich mit neuen geistigen Erkenntnissen des esoterischen, des inneren Christentums befassen, mit den Fragen nach dem tieferen Sinn des Lebens und ganz allgemein mit dem Suchen nach Wahrheit und Geborgenheit. Viele Zeichen deuten heute auf das geistige Erwachen der Menschheit, in dem die Verheißung Christi Wirklichkeit werden wird: „Ich werde meinen Geist über alles Fleisch ausgießen, und ihre Söhne und Töchter werden frohlocken und sich neuen Wahrheiten öffnen." Auf dem technischen Gebiet werden Automaten entwickelt, werden deren programmierte Fähigkeiten und Einsatzmöglichkeiten alle bisher für möglich gehaltenen Verwendungsbereiche fast täglich erweitern. Dabei stehen wir auf dem Gebiet der Elektronik, also der Nutzbarmachung der kleinsten Energieteilchen unserer materiellen Welt, erst ganz am Anfang im Vergleich zu den Wunderwerken unserer Sternenbrüder, die längst auch die mentale Energieebene in den Dienst ihrer Technik gestellt haben, dies jedoch ausschließlich unter dem Aspekt der Hilfeleistung gegenüber allen zurückgebliebenen Lebensformen. Denn sie haben erkannt, dass nur im Dienen, in der Demut, der Fortschritt liegt, und dass es nichts nützen würde, wenn z. B. eine planetare Menschheitsgruppe nur für sich allein dafür sorgen wollte, dass ihre Höherentwicklung gesichert erscheint, ohne gleichzeitig sich um die Brüder und Schwestern anderer Planetenwelten zu kümmern, deren Entwicklungsstufe noch einen geringeren Grad aufweist.

Das ist das kosmische Gesetz der Solidarität allen Lebens, auf welchen Daseinsebenen auch immer. Das Höhere hat dem Niederen zu dienen, so wie Jesus Christus als der Gottgesandte auf die Erde kam, um ihr den Impuls der universellen Liebe zu verleihen und dadurch sein Erlösungswerk zu beginnen. Und wer da meint, Christus hätte seine Aufgabe nur auf der Erde zu erfüllen, unterliegt einer Täuschung, die allerdings der kirchlichen Auffassung entspringt. Die Wahrheit ist, dass der Gottessohn in seiner Vollkommenheit und Vollmacht die gesamte, in die Materie gebannte geistige Welt des Universums in die eigenständige Freiheit zurückführen wird. In dieser für uns unermesslichen Aufgabe wird er unterstützt von unzähligen Erlösungshelfern diesseits und jenseits der materiellen Welten, wobei die ersteren zu den hoch- und höchstentwickelten Menschenwesen zählen, die in engem Kontakt mit Christus kosmische Entwicklungshilfe leisten.
So durften auch wir auf dieser Erde seit Tausenden von Jahren diese Betreuung durch unsere Sternenbrüder erfahren, ohne dass wir uns dessen überhaupt bewusst geworden sind. Hätten wir nicht unter diesen betreuenden Händen gestanden, dann wären wir schon längst zum Spielball außerirdischer Mächte geworden,

deren moralische Entwicklung mit ihren technischen Errungenschaften nicht Schritt gehalten hat.

Die Zeit ist reif, in kosmischen Bahnen zu denken, so scheint es jedenfalls vor dem Hintergrund der Unruhe, die unseren gesamten Planeten bereits befallen hat, als ein Zeichen bevorstehender Umwälzungen. Was sind das für Umwälzungen, von denen so häufig die Rede ist in allen Schattierungen unheimlicher Ereignisse, von der Kollision mit einem Kometen bis zur totalen Weltauflösung durch atomare Katastrophen?

**Die Erde rüstet sich zur Neuwerdung**

Betrachten wir die kommenden Dinge etwas nüchterner, und zwar aus der Sicht der kosmischen Evolution, so sind uns die Tatsachen nicht fremd, die uns in den alten Schriften der Hochreligionen überliefert wurden und die sich auf Weltwendeereignisse beziehen, indem beschrieben ist, dass z. B. die Sonne und die Sterne einen anderen Lauf genommen hätten und dass verheerende Überschwemmungen eingetreten seien usw.

Diese Ereignisse, deren Richtigkeit wir nicht bezweifeln sollten, traten immer dann ein, wenn ein zodiakaler Zeitabschnitt zu Ende gegangen war und ein neuer begann. Man mag zur Frage der Tierkreisabhängigkeit stehen wie man will, so ist doch eines klar erkennbar, nämlich die großartige Präzision im Bewegungsablauf der Gestirne und ihre Berechenbarkeit, soweit die wissenschaftliche Kenntnis reicht. Und mit genau der gleichen Ordnung und Präzision vollzieht sich auf der immateriellen Ebene die Gesetzmäßigkeit der 'Religio', also der Zurückführung oder der Wiederverbindung alles Gefallenen mit der Lichtheimat, man kann auch sagen, um mit der Bibel zu sprechen, mit dem Vaterhaus, das einst in eigenwilliger Weise verlassen wurde, dargestellt im Bild der Vertreibung aus dem Paradies. Innerhalb dieses Rückführungsprozesses gibt es Entwicklungsepochen oder Reifungsabschnitte, an deren Ende jeweils ein bestimmter Reifegrad der betreffenden Menschheitsgruppe eines Planeten erreicht sein sollte, damit die nächsthöhere Entwicklungsstufe betreten werden kann. Es liegt auf der Hand, dass das planetare Schulhaus von allen Überbleibseln der vorhergehenden Epoche gereinigt werden muss, bevor dieser nächste Entwicklungsabschnitt eingeleitet wird. Denn nur so ist gewährleistet, dass ein unbelasteter Neuanfang stattfinden kann. Wie geht nun eine solche Reinigung vor sich? Bei all dem Unrat, der sich im Laufe des letzten 2000-jährigen Zyklus auf allen Daseinsebenen dieser Erde angesammelt hat, wäre ein sanfter Besen wohl ein untaugliches Instrument. Deshalb kann nur eine Generalreinigung durch Regenerierung des ganzen Planeten helfen.

Da seine Lebenskräfte ohnehin in beispielloser Weise ausgebeutet und zum großen Teil verbraucht wurden, ja selbst seine Rotationskraft durch Schwächung des Magnetfeldes angegriffen wurde, muss neue kosmische Lebensenergie zugeführt werden, und dies geschieht durch eine Neupolung des Planeten, durch einen so genannten Polsprung. Dies hat eine Verlagerung der Erdachse zur Folge, und da alles verhältnismäßig schnell gehen wird, werden zuerst Orkane von unvorstellbarer Heftigkeit über die Erde rasen und nachfolgend die Ozeane sich über die Flachländer ergießen und letztlich wird es zu totalen Veränderungen in der kontinentalen Gliederung kommen. Während dieser Zeit der Neugestaltung wird der Planet nicht mehr bewohnbar sein, da es keine Möglichkeit geben wird, vor den Gewalten des Reinigungsprozesses, der durch die Polverlagerung ausgelöst wird, irgendwo Schutz zu finden.

Dieses kosmische Ereignis hat weiterhin zur Folge, dass sämtliche elektromagnetischen Energien in den Wirbeln des Neuaufbaus des erdmagnetischen Feldes absorbiert werden, also ein so genannter totaler Black-out eintreten wird. Während dieser Zeit wird auch kein Sonnenlicht auf die Erde gelangen, denn in der Umstellungsphase des erdmagnetischen Feldes werden alle Lichtteilchen innerhalb der entstehenden Magnetwirbelfelder ebenfalls absorbiert, da diese ja selbst magnetischer Art sind. Sie werden quasi mit herumgeschleudert, ohne dass sie ihren weiteren Weg bis zum Erdkörper nehmen können. Das sind die kosmo-physikalischen Zusammenhänge des Geschehens.

Von der Erde aus wird sich dem Menschen ein unbeschreibliches Schauspiel darbieten, das allerdings seine Ängste, soweit er unwissend ist, noch beträchtlich steigern dürfte. Denn er wird den Himmel in einem völligen Durcheinander von Blitzen und Lichteffekten in vielen Variationen aller Farben sehen, wobei er selbst in nächtlicher Dunkelheit steht. Diesen Eindruck haben bereits die alten Propheten in innerer Sicht empfunden, woraus sie die Beschreibung „... und die Sterne werden vom Himmel fallen ..." abgeleitet haben.

Im Übrigen ist aber zur Frage der Voraussage von bestimmten Ereignissen zu ergänzen, dass fast alles was die einzelnen, mit prophetischen Gaben ausgestatteten Menschen die Jahrhunderte hindurch empfangen haben, Reflexionen aus der Astralwelt waren, die wiederum genährt wurden von den Gedanken der Menschen, die sich ja vorwiegend mit der Welt des Zerstörerischen befassen, so dass sie auch dasjenige mit ihren eigenen Gedanken anziehen, was sie selbst in gewisser Weise vorprogrammierten, vor allem wenn sie selbst das Verlangen nach sensationellen Aufschlüssen haben. Deshalb ist in jedem Fall äußerste Vorsicht geboten bei der Beurteilung solcher Kundgaben.

Es gibt nur wenige unter den bekannt gewordenen Sehern, deren demutsvolle Haltung und innere Reife sie zu wirklich Berufenen gemacht haben und die der ganzen Menschheit in Einfachheit und Bescheidenheit dasjenige vermitteln durften, was sie aus den

Sphären des Lichts empfangen haben. Dazu zählen z. B. Jakob Lorber und Edgar Cayce, die in fast gleich lautenden Passagen über die kommenden Ereignisse berichteten. Ein weiteres Kennzeichen der Echtheit höherer Eingebungen ist in der Klarheit der Sprache und Ausdrucksweise zu sehen. Sobald es notwendig erscheint, solche Kundgaben kommentieren und interpretieren zu müssen, um überhaupt erst zu einem auslegbaren Sinn zu kommen, ist die Quelle oft im eigenen wirren Spiel der Gedanken zu suchen oder bei Foppgeistern, die die Gelegenheit benutzen, Unruhe unter die Menschen zu tragen.

Was geschieht nun aber mit der Bevölkerung beim Eintritt dieser globalen Umwälzungen? Hier setzt die größte Rettungsaktion ein, die jemals im Universum durchgeführt wurde. Es geht schlichtweg um die vorübergehende Evakuierung eines Planeten und das innerhalb kürzester Zeit. Auch dieses Ereignis wird in vielen prophetischen Schriften bis in die Neuzeit hinein erwähnt und in mehr oder weniger verständlicher Form dargestellt. Die Bibel spricht von Entrückung und trifft damit das Wesentliche, obwohl über die äußeren Umstände natürlich damals nichts gesagt werden konnte. Wenn wir heute von Evakuierung sprechen, so meinen wir entweder das gänzliche Entleeren eines Gefäßes bis zum Vakuum – das wäre ein technischer Vorgang – oder aber eine zwangsweise herbeigeführte Entvölkerung z. B. eines Landstriches oder einer ganzen Stadt, meistens aus Gründen einer äußeren Katastrophe. Bei der bevorstehenden Evakuierung handelt es sich aber um etwas noch nie da Gewesenes, und deshalb ist es notwendig, die Bevölkerung vor Durchführung dieser Maßnahme entsprechend aufzuklären. Dies geschieht in Anbetracht der außergewöhnlichen Umstände mit ebensolchen außergewöhnlichen Mitteln, nämlich durch eine Art 'Fernaufklärung' über die geläufigen technischen Medien, jedoch mit einer Sendeenergie aus dem Kosmos. Für diese Direkteinstrahlung in die Radio- und Fernsehgeräte spielt es keine Rolle, ob das Gerät eingeschaltet ist oder nicht, denn die Sendeenergie ist so stark, dass es nicht mehr besonderer Verstärkertransistoren bedarf, wie es beim üblichen Empfang erforderlich ist.

Was werden die Menschen dieser Erde erfahren? Man wird ihnen mitteilen, dass sie mit größten Katastrophen rechnen müssten, die den ganzen Erdball betreffen, und dass sie gut daran täten, beim Eintreffen der ersten Anzeichen, also der Orkanböen, ein Hilfeangebot anzunehmen, das ihnen von außerirdischer Seite zur Verfügung gestellt werde. - Es handelt sich bei diesem Angebot um kleine Rettungsflugkörper von kugeliger Form, die jeweils Platz bieten für eine kleine Gruppe Menschen, und die in großer Zahl zur Erde geschickt werden. Diese Mini-Raumschiffe können überall landen, wo auch ein Auto Platz findet. Sie werden ferngesteuert von riesigen Mutterschiffen aus, die für diese Rettungsaktion besonders eingerichtet wurden. - Es sei keinerlei Grund für Angst gegeben, da die liebenden Hände unserer älteren Sternenbrüder am Werk seien.

Die Durchschnittsbürger dieser Erde können sich keine Vorstellung machen von der riesenhaften Organisation, die hinter einem solchen Unternehmen steht. Schon die Größe dieser Weltraum-Mutterschiffe übersteigt jedes irdische Vorstellungsvermögen. Sie sind so konstruiert, dass sie für jedes Miniraumschiff eine besondere Anlegestelle besitzen, versehen mit einem bestimmten Code, auf den das Miniraumschiff programmiert ist; das bedeutet, dass der Rückflug von der Erde zum Raumschiff vollautomatisch vonstatten geht. Es ist nur erforderlich, dass nach Betreten des Miniraumschiffes die Türe geschlossen wird, der Kraftkontakt mittels eines nach unten zu bewegenden Griffes hergestellt und auf den Startknopf gedrückt wird. Alles weitere besorgt die automatische Steuerung.

Das größte Problem wird jedoch sein, die Menschen überhaupt so weit zu bringen, dass sie die helfende Hand ergreifen. Denn bis heute ist es doch üblich, sich von der Version einer außerirdischen Gefahr schocken zu lassen etwa in der gängigen Form von

Science-Fiction-Machwerken über eine Invasion der Erde durch eroberungssüchtige Weltraumungeheuer, und was sich die menschliche Negativ-Phantasie sonst alles auszumalen vermag. Und deshalb scheint es mir wichtig, dass 'Zeichen am Himmel', wie bereits in der Bibel festgehalten, die Gemüter der Menschen beruhigen und sie davon überzeugen sollen, dass das Gegenteil von dem geschehen wird, was ihnen als perverse Phantasieprodukte via Leinwand gezeigt wurde.

Wie könnte dieser Eindruck der Hilfsbereitschaft besser vermittelt werden, als durch das christliche Symbol des Kreuzes. In Matthäus, Kap. 24, Verse 29 - 31 sind diese Vorgänge ziemlich eindeutig beschrieben für denjenigen, der dies zu lesen versteht. Ich zitiere: „Bald nach der Trübsal derselben Zeit (des Fische-Zeitalters; Anm. d. Autors) werden Sonne und Mond den Schein verlieren, und die Sterne werden vom Himmel fallen, und die Kräfte der Himmel werden sich bewegen. Und alsdann wird erscheinen das Zeichen des Menschensohnes am Himmel. Und alsdann werden heulen alle Geschlechter auf Erden und werden sehen kommen des Menschen Sohn in den Wolken des Himmels mit großer Kraft und Herrlichkeit. Und er wird senden seine Engel mit hellen Posaunen (darunter sind Aufrufe und Aufklärungsaktionen durch Lautsprecher zu verstehen; Anm. d. Autors), und sie werden sammeln seine Auserwählten von den vier Winden (also von der ganzen Erde; Anm. d. Autors), von einem Ende des Himmels zu dem anderen".

Auch Lukas (Kap. 21, Verse 25 - 28) weist in ähnlichen Worten auf diese Dinge hin. Und so wird die Menschheit zu Beginn dieses grandiosen planetaren Geschehens die riesigen Mutterschiffe, formiert als weiß leuchtende Kreuze, in langsamem Flug über die Erde ziehen sehen. Dies ist dann der Augenblick, da auch die verstocktesten Leugner einer außerirdischen Lebenswirklichkeit kapitulieren müssen, es sei denn, sie wollen auch diese Demonstration eines liebevollen Willens noch als Massenhysterie erklären.

Mancher mag sagen, dass bei einer Erdbevölkerung von über vier Milliarden Menschen (heute sind es ca. 6,5 Milliarden; Anm. d. Hrsg.) eine solche Hilfsaktion, und wenn sie noch so großzügig bemessen ist, einfach nicht durchführbar sei in der gebotenen kurzen Zeit und bei den unterschiedlichsten Zivilisationsstufen auf dieser Erde. Das ist im Prinzip richtig, lässt aber eines außer Acht, dass nämlich trotz globaler Aufklärung und der Demonstration am Himmel viele Menschen nicht gewillt sein werden, ihren Besitzstand zu verlassen und sich einem ungewissen Schicksal auszuliefern. Nur diejenigen also, die bereit sind, alles hinter sich zu lassen, was der Vergänglichkeit angehört, und sich vertrauensvoll dem demonstrierten Christusgeist übergeben, die werden gerettet werden. Deshalb heißt es auch an anderer Stelle des 24. Kapitels im Matthäus-Evangelium: „Dann werden zwei auf dem Felde stehen, einer wird angenommen und der andere wird verlassen werden" (Vers 40)

Und auch der scheinbar unverständliche Bibelspruch: „Die Letzten werden die Ersten sein und die Ersten werden die Letzten sein" (Markus, Kap. 10, Vers 31), deutet auf die gleiche Entscheidungssituation hin, denn es soll damit gesagt werden, dass diejenigen, die bisher nichts galten, weil sie die 'Maßstäbe des äußeren Lebens' sich nicht zu Eigen gemacht, aber sich mit inneren Werten bereichert haben, nun zu den Ersten des neuen Zeitalters zählen werden, und diejenigen, deren Lebensziel es war, sich dem äußeren Lebens- und Besitzgenuss hinzugeben, werden die Letzten sein, die sich, wenn überhaupt, auf die neue Lebensfrequenz einzustellen vermögen. Viele Prophezeiungen gehen davon aus, dass nur etwa ein Drittel dieser Menschheit sich zur Annahme der Hilfeleistung entschließen wird. Und ich darf Ihnen versichern, dass Raumschiffe in ausreichender Anzahl bereitstehen werden, einschließlich einer Reserve für den Fall, dass unter dem Druck der Ereignisse noch mancher die Scheu oder Angst vor dem Unbekannten überwindet und sich quasi in letzter Not den Sternenbrüdern anvertraut.

Was geschieht im Raumschiff selbst? Auch dort ist bereits alles vorprogrammiert, so dass es mit Sicherheit zu keiner Drängelei oder Überfüllung kommen wird. Für jede Gruppe eines Miniraumschiffs stehen entsprechende Aufenthaltsräumlichkeiten zur Verfügung, in denen zunächst für eine geistig-seelische Akklimatisierung gesorgt wird, indem in der jeweiligen Sprache der Ankömmlinge die notwendigen Erläuterungen über das Geschehen abgegeben werden und eine gründliche Reinigung und Desinfektion stattfindet. Unsere Sternenbrüder wissen, dass wir mit allerlei Krankheiten bei ihnen ankommen werden. Deshalb wird es auch nicht möglich sein, mit ihnen sogleich in Kontakt zu kommen. Vielmehr muss sich alles quasi anonym über Lautsprecheranweisungen und Bildschirmtexte abspielen. Die körperliche Gesundung und Heilung von Krankheiten wird dadurch erreicht, dass Körper, Geist und Seele magnetische Energie zugeführt wird und so ihr harmonisch abgestimmtes Gleichgewicht wieder hergestellt wird. Diese Energiezufuhr – man kann es auch Energiebad nennen – hat noch den weiteren Zweck, die irdischen Brüder und Schwestern auf den neuen Schwingungszustand anzuheben, der sie bei ihrer Rückkehr zur Erde erwarten wird. Denn auch die ganze Erde wird dieses Energiebad erhalten und wird dadurch mit neuer Lebenskraft aufgeladen werden. Der Aufenthalt in den Raumschiffen, aus deren Sichtluken die Umwälzungen auf der Erdoberfläche beobachtet werden können, wird so lange dauern, bis die umgewandelte Erde wieder bewohnbar sein wird. Dann folgt die Rückkehr zum Heimatplaneten auf demselben Wege, allerdings in Begleitung der Santiner, die dann ihre ganzen technischen Mittel und Fähigkeiten einsetzen werden, um innerhalb kurzer Zeit die Voraussetzungen zu schaffen für ein Zusammenleben in kosmischer Nachbarschaft.

Sie werden fragen wollen, wann wird sich denn das alles ereignen? Matthäus und Lukas sagen dazu übereinstimmend: „Von dem Tage aber und von der Stunde weiß niemand, auch die Engel nicht im Himmel, sondern allein der Vater. Darum wachet; denn ihr wisset nicht, zu welcher Stunde euer Herr kommen wird. Und darum seid bereit; denn des Menschen Sohn wird kommen zu einer Stunde, da ihr's nicht meinet." Trotzdem haben sich mit dieser Frage unzählige Astrologen, ernsthaft Suchende, Sektierer, Wahrsager und Wichtigtuer Jahrhunderte hindurch befasst und haben damit viel Unruhe und Angst unter die leichtgläubigen Menschen getragen, die bis zu Panikreaktionen getrieben wurden. In diesem Spekulations-Circulus spielt Nostradamus, der französische Seher des 16. Jahrhunderts, mit seinen 966 verschlüsselten Vierzeilern eine zentrale Rolle. Bis heute versuchen Nostradamus-Spezialisten ein Datum zu errechnen, das den Beginn der Wendeereignisse markieren soll. Und wenn dann die Zeit darüber hinweggegangen ist, dann wird ein nächster Versuch unternommen. Das ist regelrecht zu einer Manie geworden.

Nun sei nicht verschwiegen, dass ernst zu nehmende Seher und Seherinnen der Neuzeit zu fast gleichen Prognose-Ergebnissen kommen. Man kann also sagen, dass die Hinweise auf das „Siehe, ich mache alles neu" aus der Johannes-Offenbarung sich verdichten. Trotzdem wird der Auflösungszeitpunkt nicht nach prophetischen Erkenntnissen eingestellt, sondern nach Merkmalen bestimmt, die außerhalb jeden menschlichen Vermögens liegen. Die Nennung eines Datums ist deshalb immer menschliche Spekulation und sollte unterlassen werden, vor allem auch im Hinblick darauf, dass die Menschen, die daran glauben und sich darauf einstellen, bei Nichteintreffen ihre Enttäuschung dadurch abreagieren, dass sie nun alles für ein Märchen halten, das der menschlichen Phantasie entsprungen ist. Es wird also auf diese Weise genau das Gegenteil erreicht von dem, was eigentlich der Sinn jeder Aufklärung sein sollte, nämlich eine Stärkung des Bewusstseins und eine Festigung des Glaubens an die Unfehlbarkeit Gottes. Aus diesem Grunde muss auch die

Filmindustrie angeprangert werden, die aus der Katastrophenangst der Menschen Kapital zu schlagen versucht. Aber das ist ebenfalls ein Zeichen der Endzeit, in der auch noch die Gefühle der Menschen zu egoistischen Profitzwecken missbraucht werden.

Die Erde rüstet sich zur Neuwerdung! Ihr lebendiger Organismus hat nunmehr einen Grad der Schändung und Ausbeutung erreicht, der es geboten erscheinen lässt, dass von höherer Warte aus eingegriffen wird, damit nicht ein Minimum an Lebenskraftreserven auch noch verloren geht. Erst allmählich schlägt dem Menschen das Gewissen und die Einsicht bricht sich Bahn, dass seinem unersättlichen Fortschrittsdrang, den er nur auf seine äußere Lebenswelt bezieht, Grenzen gesetzt sind, die er nicht überschreiten darf ohne Gefahr zu laufen, dass seine Tage auf dieser Erde gezählt sind. Wenn dies auch im anderen Sinne zutrifft, so wird doch bereits jetzt ein neues Verantwortungsgefühl geboren, das dem Zeitgeist des neuen Äons dienlich sein wird. So lasst uns unsere Aufgabe darin sehen, die Menschen vorzubereiten auf die kommenden Dinge, damit aus dem Geheimnisvollen eine klare Erkenntnis erwachsen kann für diejenigen, die sich mit aufnahmefähigen Sinnen und unverbrauchtem Verstand den Zeichen am Himmel gegenüberstellen und in ihnen das erkennen, was die Bibel mit den damaligen Ausdrucksmöglichkeiten den Menschen vermitteln wollte. Lassen Sie mich abschließend allen Fragenden und Wahrheitssucher den guten Rat geben: Haltet euch in allem, was die Zukunft betrifft, an Jesus Christus, dann seid ihr geborgen und keine Macht dieser Welt ist im Stande, euch den Mantel des schützenden Lichtes zu entreißen.

**Ergänzung**

Nachstehende Botschaft eines außerirdischen Missionsträgers wurde dem Verfasser dieser Schrift auf dem Wege der Mentaltelepathie übermittelt. Da diese Botschaft an die ganze Menschheit der Erde gerichtet ist, sei sie veröffentlicht als Ergänzung zu dieser Schrift, deren Inhalt ebenfalls Bedeutung für die gesamte irdische Menschheit besitzt. Zur Erklärung sei noch vorausgeschickt, dass der Verfasser schon seit längerer Zeit Mentalkontakte hat und auch schon andere Botschaften der gleichen korrespondierenden Stelle einem bestimmten Leserkreis mitgeteilt hat. Aus diesem Grunde ist der persönlich gehaltene Beginn dieser neuesten Botschaft nicht verwunderlich. Die Bestätigung eines Dankes an unsere Sternenbrüder für ihren entbehrungsreichen Einsatz zum Schutze dieses Planeten vor der latenten Gefahr einer Selbstzerstörung bedeutet also nichts anderes als eine selbstverständliche Geste einem Erdenbruder gegenüber, dessen Bewusstsein bereits eine außerirdische Wirklichkeit mit einschließt, von der er weiß, dass ohne sie die Erde längst zum Demonstrationsobjekt eines satanischen Zerstörungswillens geworden wäre. Aus diesem Grunde würde es der ganzen Menschheit oder zumindest ihrer verantwortlichen Staatenlenker gut anstehen, endlich die Maske der Selbstherrlichkeit abzulegen und sich einem demonstrierten Gotteswillen zu beugen, wenn sich dieser auch zunächst noch in einer unbegreifbaren Form äußert.

Ashtar Sheran-Botschaft vom 10. Januar 1979:
*Es ist für uns immer eine große Freude, wenn wir sehen dürfen, dass unsere Hilfe verstanden wird. Wir stehen bereit, um die größte Rettungsaktion vorzubereiten, die in der Geschichte des Universums je durchgeführt worden ist. Eine ganze Flotte von riesigen Mutterschiffen wurde umgerüstet, um euch in Empfang zu nehmen. Oh könntet ihr es sehen, ihr hättet nicht den gerings-*

ten Zweifel mehr, der immer noch in eurem Herzen nagt. Sagt den Menschen, die euch nahe stehen, was euch erwartet. Es ist die Liebe zwischen Brüdern und Schwestern, die uns euch erwarten lässt. Ihr werdet selbst sagen, dass es eine Fahrt in den Himmel war, die jetzt noch vor euch liegt, so wie einst auch Jesus es als eine Fahrt in den Himmel empfand, als er auf die gleiche Weise die Erde und damit die erlebten Höllenqualen verlassen durfte. Wenn dies auch die heutigen Menschen noch nicht begreifen können, so wird doch der Tag kommen, an dem sie aus dem Staunen nicht mehr herausfinden werden. Und dieser Tag ist auch unser größtes Freudenfest, denn mit diesem Tag geht unsere mehrtausendjährige Betreuung dieses leidvollen Planeten zu Ende, und von dann ab sind wir mit euch auf normalen Wegen verbunden und ein für euch jetzt noch unvorstellbarer Aufschwung auf allen denkbaren Ebenen des Menschseins im kosmischen Sinne wird einsetzen.

Ihr werdet erfahren, wer und was ihr in Wirklichkeit seid und was ihr in Wahrheit auf dieser Erde hinter euch gebracht habt. Aber blickt nicht zurück, belebt nicht mehr das Vergangene, sondern lasst eure Gedanken bereits jetzt in eine großartige Zukunft ausschweifen, die eure kühnste Phantasie noch übertrumpfen wird. Der Weltraum gehört euch, allerdings in einem anderen Sinne, als ihr es bisher gewohnt seid. Er wird nicht nur geistig, sondern auch technisch zu eurem erweiterten Lebensraum zählen, und Bewusstseinsring um Bewusstseinsring wird sich euch erschließen, so wie wir es selbst vor fast hunderttausend Jahren erleben durften. Die Galaxis wird zu eurer Nachbarschaft werden und die wunderbaren Geheimnisse des Kosmos werden sich euch nach und nach erschließen, entsprechend euren Reifestufen, die ihr euch selbst erarbeiten werdet, aber dieses Mal nur unter dem Aspekt der Freude und der universellen Liebe. Tausend Hände werden euch dabei helfen, denn ihr habt ja viel nachzuholen, obwohl auch einiges nur auf Wiedererweckung wartet, weil vieles ja schon vor eurer Inkarnation in die Dunkelheit euer Eigentum war. So lasst uns gemeinsam weiterschreiten auf den Lichtstufen der Erkenntnis und uns immer mehr dem Herzen des Vaters nähern, der auch auf uns wartet. Friede sei mit euch allen.

Ein Nachwort aus den Sphären des Lichts:
*Ja, freut euch auf den Tag eurer Befreiung. Ihr werdet diese Rettungsaktion wirklich als Befreiung empfinden, wie ein Gefangener, der nach langjähriger Dunkelhaft in das Licht treten darf. Die Stunde der Wahrheit steht vor der Tür. Keine Menschheit im Universum stand je vor einem größeren Schritt ins Licht als die irdische, und keiner Menschheit wurden je größere Hilfen und Wegweisungen gegeben als der irdischen, die allerdings auch dem ungebrochensten Einfluss des Widergeistes ausgesetzt war, wie dies sonst nirgendwo im Universum der Fall war.*
*Diese Zeit ist jetzt abgelaufen und dies bedeutet für die Dunkelmächte einen Radikalentzug ihrer Lebensgrundlage. Dies ist auch der Grund, warum in der Gegenwart noch die scheußlichsten Verbrechen geschehen, vom einzelnen Mord, der schon zur Tagesordnung zählt, bis zum Massen- und Völkermord durch Fanatismus und Krieg. Dies sind die Anzeichen eines letzten Tobens der Finsternis, das noch zugelassen wird, um den Wankelmütigen einen inneren Schock zu versetzen. Denn nur durch eine solche Schocktherapie – um einen gebräuchlichen medizinischen Ausdruck zu verwenden – wird es noch möglich sein, das erforderliche seelische Kraftpotential zu erzeugen für die Entscheidung pro oder contra Christus.*

In dieser Ergänzung soll außerdem Antwort gegeben werden auf drei Fragen, die häufig gestellt werden.

Ist die Polwendung gleichbedeutend mit einer Erdachsenverlagerung?
Eine Polverlagerung ist gleichzusetzen mit einer Erdachsenverlagerung, denn die Rotationsachse geht eben durch die Pole. Und wenn Geophysiker ihre Bedenken hierzu anmelden, indem sie eine Änderung der Erdachse auf Grund der ihnen bekannten Kreiselgesetze für unwahrscheinlich oder gar für unmöglich halten, dann sei ihnen gesagt, dass bei Gott nichts unmöglich ist! Da es sich bei diesen Wandlungsvorgängen um die Auslösung göttlicher Entwicklungsgesetze handelt, ist eine Beurteilung dieser Ereignisse aus irdisch-wissenschaftlicher Sicht wohl nicht angebracht. Die aus irdischer Sicht und Erkenntnisfähigkeit unvorstellbaren Kräfte, die zur Veränderung der Rotationsachse erforderlich sind, werden durch einen Willensimpuls des Erlösers so dirigiert, dass weder eine Störung im harmonischen Gesamtgefüge des Sonnensystems eintritt, noch dem Planeten Erde in Bezug auf seine Eigenbewegung ein Schaden entstehen kann. Erinnern wir uns, dass Christus sagte: „Mir ist gegeben alle Gewalt im Himmel und auf Erden", das heißt der ganze Kosmos gehorcht seinem Willen. Und dies bedeutet wiederum, dass es für ihn keine unabänderlichen Naturgesetze gibt! Nur die Menschen vermögen wegen ihrer selbst eingeengten Erkenntnisbreite die kosmischen Entwicklungsgesetze nicht in ihr wissenschaftliches Weltbild einzupassen, und von daher kommen die Zweifel an der Neuwerdung und Neuordnung aller Dinge, wie sie seit langen Zeiten vorausgesagt wurden. Erst bei deren Eintritt wird ihnen die Erleuchtung kommen.


Was geschieht mit den Kranken und Gebrechlichen, die sich nicht selbst helfen können, z. B. Insassen von Krankenhäusern und Altenheimen?
Es ist verständlich, dass sich die nachdenklich werdenden Menschen besonders um die Kranken und Gebrechlichen Sorgen

machen. Was soll mit ihnen geschehen, die sich nicht selbst helfen können? Auch in dieser Hinsicht können wir beruhigt sein. Es wird so sein, dass die besonders Hilfsbedürftigen in den Krankenhäusern und Altenheimen sozusagen durch eine Art ‚Vorkommando' evakuiert werden, indem diese Anstalten durch eine separate Aufklärungsaktion über die Rettungsmöglichkeiten unterrichtet werden. Diese Aufklärung wird ebenfalls über alle Kommunikationsmittel ausgestrahlt werden, über die diese Anstalten verfügen und wird auch spezielle Anweisungen enthalten, wie im Falle der einzelnen Krankenkategorien zu verfahren ist. Zur Evakuierung der Krankenhäuser und Altenheime werden ebenfalls Spezialrettungsschiffe zur Verfügung stehen, die sogar mit Bioenergiegeräten ausgestattet sind, so dass die Patienten und Gebrechlichen eigentlich direkt von einem Krankenhaus in ein Gesundungshaus umsteigen können. Darauf wird ebenfalls hingewiesen werden. Aber auch dabei gilt die Devise, dass nur nach dem freien Willensentschluss der Einzelnen gehandelt werden darf; es sei denn, dass sich ein Kranker in einer Lage befindet, in der er selbst nicht entscheiden kann. Dann wird eine stellvertretende Entscheidung zugelassen. – Wir sehen, dass jede irdische Sorge unbegründet ist und dass an alles gedacht worden ist, was zu einem vollständigen Gelingen der Neuwerdung dieses Planeten notwendig ist. Es liegt jetzt nur noch am Vertrauen unseren Sternenbrüdern gegenüber, die im göttlichen Auftrag handeln. Und dass dieser Auftrag zur Zufriedenheit des Auftraggebers ausgeführt wird, dafür liegen bereits mehrtausendjährige Garantien vor.

<u>Was geschieht bei der Evakuierungsaktion mit den Tieren?</u>
Dazu möchte ich bemerken, dass selbstverständlich auch an die Tiere gedacht wurde. Bekanntlich besitzen unsere so genannten jüngeren Geschwister ein besonders feines Vorahnungsvermögen, das sich in ihrem unruhigen Verhalten bei bevorstehenden Katastrophen, wie z. B. Erdbeben, deutlich bemerkbar macht.

Diese intuitive Eigenschaft wird zu ihrer Rettung ausgenutzt, indem die freilebenden Tiere durch eine instinktgesteuerte Beeinflussung auf bestimmte Sammlungsplätze hingeleitet werden, z. B. auf größere Lichtungen oder sonstige Freiflächen, von wo sie ebenfalls in Spezial-Kleinraumschiffen abgeholt werden. Da sie die ihnen gebotene Hilfeleistung medial fühlen können, das heißt durch ihren Instinkt, wird es keines besonderen Anstoßes bedürfen, um die Tiere zum Betreten ihrer Rettungsarche zu bewegen. Der Vergleich mit der Arche Noahs ist in diesem Falle durchaus angebracht.

Ich muss aber hinzufügen, dass nur solche Tiere den Rettungstrieb verspüren werden, die bereits einen gewissen Grad an Intelligenzvermögen erreicht haben und sich daher in den höheren Schwingungszustand ihrer nachherigen Lebenswelt einpassen können. Oder mit anderen Worten: Alle Tiere, deren Instinkt ausschließlich auf das Töten anderer, schwächerer Tiere ausgerichtet ist, also die Gattungen der Raubtiere und giftigen Reptilien, werden nicht mehr unter der weiterlebenden Kreatur zu finden sein. Und was das Kleintier betrifft, das in enger Symbiose mit dem Leben spendenden Humusboden existiert, so wird dafür Sorge getragen werden, dass diese Lebewesen, einschließlich der wichtigen Mikroben, so lange in einem Schwebezustand über der Erde gehalten werden, bis sie nach der Umwandlung wieder in den ihnen arteigenen Existenzbereich eingesetzt werden können.

Die ganze Aktion geschieht mit Hilfe der Antigravitationskräfte von den Raumschiffen aus. Diese Energiestrahlen sind so gepolt, dass sie ausschließlich Kleinorganismen ansprechen und auf alles Anorganische keine Wirkung ausüben. Ich weiß, dass sich diese Schilderung recht phantastisch ausnimmt, doch bitte ich, sich doch daran zu erinnern, dass schon im alten Ägypten zu Zeiten des Mose sich solche Dinge ereignet haben, die unter dem Begriff der ägyptischen Plagen in die Bibel Eingang gefunden haben. Mose stand mit seinen außerirdischen Betreuern telepathisch in Verbindung und konnte mit deren Hilfe die ‚Wunder' der Schlangendemonstration vor dem Throne des Pharao, die Frösche- und Heuschreckenplage und dergleichen vollbringen. Alle diese überlieferten Geschehnisse, einschließlich des ungewöhnlich reichen Fischzuges der Jünger Jesu auf dem See Genezareth, beruhen auf dem Einsatz von Antigravitation in Form von gerichteten Energiestrahlen aus einem außerirdischen Raumschiff. Machen wir uns also in dieser Hinsicht keine Gedanken; es ist für alles vorgesorgt, was für einen Neubeginn auf der gereinigten Erde vonnöten ist.

**Entwicklungshilfe für die Erde**

Der irdischen Menschheit, die sich nach kirchlicher Tradition bisher in den Mittelpunkt der Schöpfungsgeschichte versetzt sah, fällt es verständlicherweise schwer, die biblische Genesis auf ein Universum zu übertragen, von dessen Größe sie bislang keine rechte Vorstellung haben kann. Denn selbst die stärksten Teleskope der modernen Astronomie reichen bei weitem nicht aus, um auch nur annähernd den wirklichen Tatbestand einer universellen Schöpfung mit unzähligen bewohnten Welten zu erhellen. Wenn man von vornherein dem kurzsichtigen Fehler unterliegt, die Lebensvoraussetzungen, wie sie sich auf unserer Erde darbieten, als ein Axiom für die Entstehung von Leben überhaupt zu definieren, dann allerdings bleibt kein Raum mehr für das Verständnis weit überlegener Zivilisationen und Kulturen auf anderen Planeten unserer benachbarten Sonnensysteme, die schon längst vor unserer geschichtlichen Zeit mit dem dritten Planeten unseres Heimatsystems Kontakt hatten. Aufgrund dieser vorgefassten Meinung kommen dann wissenschaftliche Äußerungen zustande, wie ich sie in einem kirchlichen Gemeindeblatt gelesen haben: „Bis vor kurzem wurde angenommen, der Schritt vom Vorhandensein von Wasser bis zur Entstehung von Leben sei relativ 'einfach'. Nun ist aber nicht überall oder auch nur an verschiedenen Stellen, wo Wasser war, auch wirklich Leben entstanden. Das geschah offenbar nur an einem einzigen Punkt – ein 'Glücksfall', wenn man so will, oder, wenn man dafür eine religiöse Umschreibung gebrauchen will, ein 'Schöpfungsakt'. Daraus ergibt sich, dass in heutiger naturwissenschaftlicher Sicht ein einheitlicher Ursprung des Lebens zumindest im Bereich unseres Planeten Erde ganz allgemein angenommen wird. ... Kurz zusammengefasst wäre also zu sagen: Dass es auch sonst im Weltall Leben gibt, das mit dem auf der Erde vorhandenen Leben vergleichbar wäre, ist grundsätzlich nicht ausgeschlossen, sondern durchaus denkbar. Es ist aber unwahrscheinlich." Diese orthodoxe Meinung eines Lehrstuhlinhabers für Astronomie wirft ein bezeichnendes Schlaglicht auf die Erkenntnisbereitschaft der heutigen Schulwissenschaft, wenn es darum geht, bereits erbrachte Beweise außerirdischer Lebensrealitäten von weitaus höherer Entwicklungsstufe, als sie unser Nachhilfeplanet aufweist, anzuerkennen. Dessen ungeachtet ist es längst möglich, mit unorthodoxen Mitteln Verbindung mit diesen Intelligenzträgern aufzunehmen und der Menschheit ihre Botschaft zu vermitteln.

Ashtar-Sheran-Botschaft vom 16. August 1980
*Friede über alle Grenzen! Für die meisten Menschen dieser Terra sind wir heute noch Phantasiegebilde, obwohl doch schon tausende Beweise unserer realen Existenz vorliegen. Aber nicht nur äußere Beweise liegen vor, sondern auch Botschaften, die euch auf telepathischem Wege übermittelt wurden, und dies nicht nur über unmaßgebliche Medien, wie ihr sie nennt, sondern auch über die russischen Kosmonauten in ihrer Raumstation Saljut 6. Diese Tatsache sollte eigentlich Anlass genug sein, nunmehr das Versteckspiel aufzugeben und der Weltöffentlichkeit klar und eindeutig Rechenschaft zu geben über das Empfangene. Denn der Inhalt dieser Botschaften geht die ganze Erdbevölkerung an*

*und nicht nur einige wenige Bevollmächtigte von Breschnews Gnaden. Allerdings muss betont werden, dass Breschnew, der Herrscher des Sowjetreiches, längst nicht mehr die Zügel in der Hand hat, sondern dass die Clique der roten Militärs das Sagen hat. Und ihnen ist es zu verdanken, dass kein Wort unserer Botschaften aus dem Kreis der Privilegierten hinausgelangt. Dies hat zwei Gründe: Einmal scheuen wir uns nicht, die Dinge, die sich hinter den roten Kulissen abspielen, beim Namen zu nennen, und zum anderen befürchten die sowjetischen Marschälle einen Prestigeeinbruch bei Bekanntwerden der außerirdischen Mitteilungen. Denn über das Wohl und Wehe der Erdenmenschheit hat nicht eine außerirdische Macht zu befinden, sondern die Ordnungsmächte dieses Planeten, und dass sich die roten Marschälle dazu zählen, bedarf keiner Frage.*

*Trotzdem werden wir unsere telepathischen Kontakte mit der Saljutbesatzung fortsetzen, es sei denn, dass ihnen von unten der Befehl erteilt werden sollte, keine Botschaften von einem ‚Konkurrenzunternehmen' mehr anzunehmen. Ja, so weit ist ihnen ihr Erfolg mit der Raumstation bereits in den Kopf gestiegen, dass sie meinen, über kurz oder lang könnten sie sich mit uns gleichstellen und dann wollten sie sehen, wer der Herr im Universum ist. Bald wird jedoch der Zeitpunkt kommen, da solche Blütenträume in ein bitteres Erwachen übergehen. Auch dies haben wir mit aller Deutlichkeit ihnen klar zu machen versucht. Aber was ist gegen notorische Blindheit und Taubheit auszurichten?*

*Ich wiederhole noch einmal: Wir sind gekommen, um der Menschheit der Terra in ihrer größten Not, in die sie bald hineingeraten wird, mit unseren technischen Mitteln zu Hilfe zu kommen. Wie sich das abspielen wird, wurde bereits über mehrere Kontaktstellen bekannt gegeben. Es liegt jetzt an den Menschen selber, diese Hilfe anzunehmen und dadurch einer neuen Welt der Lebensfreude entgegenzugehen, oder sie abzulehnen und noch einmal von vorne zu beginnen. Niemand kann zu dem einen oder anderen gezwungen werden. Wir sind vorbe-*

*reitet und warten auf euch. Eure Entscheidung kann euch niemand abnehmen. Aber das eine darf ich euch sagen: Wer seine Angst vor dem Ungewöhnlichen dieser Rettungsaktion überwindet und sich voller Vertrauen uns zuwendet, den wird ein Lebensstandard erwarten, den ihr euch in euren kühnsten Träumen nicht vorstellen könnt. Wir werden euch verwöhnen aus Freude über euren Entschluss. Wir werden euch in unsere Liebe einschließen, wie ihr sie während eures ganzen irdischen Daseins niemals erfahren habt, und wir werden euch unsere Lebenswelt zeigen, so wie ihr einem lieben Besuch euer Heim zeigt und ihm alle Bequemlichkeiten anbietet.*

*Freut euch auf den Tag eurer Befreiung, der auch für uns ein Tag der Freude ist, denn er bildet für uns den Abschluss einer Mission, die wir als ein Versprechen Jesus Christus gegenüber übernommen haben und die uns nicht leicht gefallen ist. Aber das soll jetzt vergessen sein, nachdem der Tag der Neuwerdung dieses Planeten vor der Tür steht und das Alte dem Neuen Platz machen muss. Haltet euch an Jesus Christus, dem auch wir dienen und dessen Liebe uns beflügelte, die Betreuung dieses Planeten trotz vieler Rückschläge bis heute durchzustehen.*

*Ihr könnt nicht ermessen, was geschehen wäre, wenn wir unsere Hände von euch abgezogen hätten. Ihr wäret zum Spielball der Dunkelmächte geworden, die euch aus Rache für den Sieg der Liebe auf Golgatha in ein Chaos gestürzt hätten. Auch heute noch hält diese Rache in unverminderter Härte an. Das seht ihr an den Gräueltaten, die täglich die Spalten eurer Zeitung füllen. Noch sind diesen Mächten die Hände nicht gebunden, noch dienen sie den Menschen zur Stärkung ihres Willens zum Guten, aber ihre Zeit ist abgelaufen und mit jedem Tag kommt ihr einen Schritt eurer Befreiung näher. Wir sind nicht die Einzigen, die das Schicksal der Erde verfolgen. Mit uns sind es noch viele planetare Menschheiten, die den Kampf, die Harmagedonschlacht auf der Terra verfolgen. Denn vom Ausgang dieser Endauseinandersetzung hängt auch die Weiterexistenz des Bösen auf anderen Welten ab. Wenn es auch im Vergleich zur Erde nur vereinzelt noch auftritt, so ist doch zu befürchten, dass bei Auflösung des Konzentrationspunktes eine Einflussnahme auf andere Planeten erfolgen könnte. Und bei mangelnder Erfahrung würde die Möglichkeit einer Infiltration bestehen. Deshalb dient das Geschehen auf der Erde als Lehrbeispiel in zweierlei Hinsicht. Einmal können die Tricks des Schwarzen studiert werden und zum anderen kann eine Abwehrstrategie aus den irdischen Erfahrungen entwickelt werden. Ihr seht also, welche Mittelpunktsbedeutung das Staubkorn Erde im All hat und wie groß das Interesse an diesem Stern ist, der bald in unsere Reihen eingegliedert wird als willkommenes Mitglied unserer Konföderation. Ich heiße euch heute schon herzlich willkommen!*

**Fragen zur Weltlage**

Die Verschmutzung der Erde greift immer mehr um sich; kriegerische Auseinandersetzungen geben zu weltweiter Sorge Anlass; die Weltmächte vervollkommnen ihre Atomwaffen und rüsten auf trotz Abrüstungsgesprächen; es werden unterirdische Atombombenversuche von unvorstellbarer Sprengkraft durchgeführt trotz der Beteuerung der Friedenserhaltung; weltweite Inflation, Arbeitslosigkeit, Flüchtlingselend tragen zu tiefer Angst und Sorge bei. Wie wird diese Situation aus geistiger Sicht beurteilt? Steht die Weltwende kurz bevor, wie vielerorts angenommen wird? Was ist von den Santinern zu hören?

Antwort aus den Sphären des Lichts:
*Ich kann verstehen, dass euch diese Geschehnisse, die du aufgezählt hast, stark berühren und bedrängen. Trotzdem sage ich an dieser Stelle noch einmal: Lasst euch nicht einschüchtern von den letzten Aktionen der Dunkelmacht, die jetzt noch alles versucht, um zu ihrem Ziel zu gelangen, der Zerstörung dieser*

Welt. Dies wird nicht geschehen! Alles, was in dieser Beziehung als angebliche Offenbarungen verbreitet wird, trägt das Siegel der Dunkelmacht, die ihren Scheinsieg auf diese Weise ‚propagandistisch' aufwerten will. Je mehr Menschen sich dadurch in Angst und Verzweiflung versetzten lassen, umso größer ist der Erfolg dieser Kampagne. Ihr hört täglich in euren Nachrichtensendungen einerseits von den Bemühungen, den so genannten Rüstungswettlauf zu einem Ende zu bringen, und andererseits von ebensolchen Bemühungen, ja nicht in einen Nachteil gegenüber dem hochgerüsteten Gegner zu fallen. In diesem Durcheinander der Bemühungen spiegelt sich exakt die Harmagedonschlacht der geistigen Mächte von Licht und Finsternis. Ihr erlebt jetzt den Zustand auf eurer materiellen Lebensebene, der sich auch in den geistigen Reichen abspielt und zum Sieg des Lichts führen wird.

Und deshalb sage ich zum wiederholten Male: Die Finsternis verliert ihre Macht! Was für ein Jammerspiel kennzeichnet doch die letzte Phase eines verblassenden Zeitalters, das die Jahrhunderte hindurch diktiert wurde von den Zornesausbrüchen des Dunklen und seines Anhangs. Dadurch wurde die Geschichte dieser Epoche mit Blut geschrieben, das ihm willfährig geopfert wurde.

Es war für die Santiner sehr, sehr schwer, diese Zeit zu überstehen, nicht in Verzweiflung zu verfallen und die Erde sich selbst zu überlassen. Unzählige Konferenzen haben stattgefunden, unzählige Gebete wurden nach oben gesandt, um die Lichtkräfte zu unterstützen und den Schicksalsweg dieser Menschengeschwister abzukürzen. Vieles ist erreicht worden, von dem ihr keine Ahnung habt; vieles mussten sie aber auch geschehen lassen, damit das oberste Gebot des freien Willens nicht beeinträchtigt wurde. Uns so ist es bis heute. Die Frage, warum Gott dies zulässt, ist damit beantwortet.

Die Zeit ist nun gekommen, da ihr euch über den endgültigen Sieg des Lichts freuen dürft, der sich nun auch über eure

*materielle Welt ausbreitet. Ihr werdet es merken an der zunehmenden Stärke der Friedensbewegungen in Ost und West, an denen bald kein Politiker mehr vorbeigehen kann ohne seinen Ruf einzubüßen. Ihr werdet erleben, wie eure Jugend mit Begeisterung die Friedensideen aufnehmen wird und sie umsetzt in ein neues Denken der Solidarität mit allem Leben.*
*Nicht von ungefähr wird gerade dieser Begriff zu einem politischen Signal, das über alle Grenzen hinweg leuchtet und das in Kürze seine Bedeutung noch wesentlich erweitern wird, wenn nämlich eine Solidaritätsbekundung von außerirdischer Seite auf euch zukommen und euch damit einbeziehen wird in die Allgemeinschaft einer Liebe, von deren Größe ihr euch heute noch keine Vorstellung machen könnt. Es ist die Liebe, von der Jesus sagte, dass sie durch nichts aufgewogen werden kann, weil sie in sich selbst vollkommen ist. Strebt schon jetzt danach, sie zu verwirklichen, und ihr habt den ersten Schritt getan in die unermessliche Freiheit eures göttlichen Geistes. Seht die Erde bereits jetzt in einem neuen Lichte, und ihr tragt dazu bei, dass die Schatten der Finsternis verschwinden. Seht auch euch selbst schon als Kinder des Lichts und ihr zieht schon jetzt diejenigen Kräfte an, die eure nachfolgende Lebensebene bestimmen werden.*

*Ich darf dir sagen, dass das Martyrium der Erde bald zu Ende sein wird. Es wird nicht mehr lange dauern, bis sich die Tore öffnen, die für die Menschheit den ersehnten Schritt in die Freiheit eines neuen Lebenszyklus bedeuten. Viele werden jedoch diesen Schritt nicht tun können, da sie von ihren eigenen Gedanken an Besitz und Macht gebunden sind. Für diese Brüder und Schwestern wird ebenfalls ein neuer Zyklus anbrechen, der aber andere Vorzeichen trägt als die nächste Stufe der Religio, auf der ihr von euren Sternenbrüdern erwartet werdet. Vertraut ganz auf ihre Hilfe – auch dies wiederhole ich – und ihr werdet sicher durch die kommenden Ereignisse geschleust werden. Ich benutze bewusst das Bild einer Schleuse, denn ihr werdet bei der Rettungsaktion diesen Eindruck gewinnen. Die Santiner sind bereit und warten auf ihren Einsatz, der für sie den Abschluss einer jahrtausendelangen Betreuungsmission für diese Erde bedeutet. Ihr könnt euch denken, mit welchem Eifer sie dieser letzten großen Aufgabe nachkommen werden. Und vielleicht könnt ihr euch ein wenig in ihre Lage versetzen, wenn sie endlich ihre Schützlinge in die Arme schließen und ihre übergroße Freude mit ihnen teilen dürfen. Schmerz und Not wird es nicht mehr geben und für die Erde beginnt der Tag, an dem sich die Weissagung aus der Bibel bewahrheiten wird: Und der Tod wird nicht mehr sein.*

**Lichtgebet**

Oh, sende Licht auf diese Erde
und sprich erneut dein Wort: Es werde!
Gebiete nach der Gnadenfrist
dem dunklen Wahn, der bösen List,
dass uns die Wahrheit mache frei,
dass tausendfaches Leid vorbei,
dass Tränen bald aus Freude glänzen -
Friede über alle Grenzen.

# Wenn die Not am größten ...

**Einführung**

Der nachfolgende Abschnitt fügt sich in die Gesamtthematik unserer bisherigen Veröffentlichungen ein mit dem Schwerpunkt ‚Kritische Weltlage am Übergang zum Wassermann-Äon'. Die Problematik ist in Kurzbeiträgen und Fragenbeantwortungen dargestellt.
Die materialistische Verirrung des Lebens geht ihrem Ende entgegen. Sie wird abgelöst von einer höheren Dimension des Lebens, in der das geistige Prinzip das Zepter führen wird. Wir stehen gegenwärtig mitten in diesen Geburtswehen, die von unabsehbaren ökologischen Katastrophen begleitet werden. Die Aussichten, sie noch vor Eintritt größerer Nöte abwenden zu können, sind gleich null. Denn dazu wäre ein globales Umdenken notwendig, was jedoch unter den herrschenden nationalegoistischen Machtstrukturen nicht zu erwarten ist.
Trotzdem wird es eine Rettung geben, die aber außerhalb jeder irdischen Einflussnahme liegen wird, und die in Zusammenhang steht mit der Verheißung aus der Johannes-Offenbarung: „Siehe, ich mache alles neu". Bald wird der Mensch vor diesem ‚Jüngsten Tag' stehen und wird die Entscheidung zu treffen haben, ob er sich einer Hilfe anvertrauen will, die im bisherigen wissenschaftlichen Weltbild keinen Platz gefunden hat. Die Korrektur wird jedoch schnell vonstatten gehen, wenn die irdische Lehrmeinung einer kosmischen Tatsache weichen muss.


Unseren Vorfahren galtst du, Mutter Erde,
als Stütz- und Mittelpunkt der Welt.
Ach, längst schon ist der Allmittelpunkt
in endlose Fernen gerückt – und du wurdest
ein winziges Teilchen eines Sonnentröpfchens
im grenzenlosen Ozean des Alls ...
Wie lange brauchte der Mensch,

bis er deine Stellung im Ganzen erkannte!
Und wie viele sind sich heute noch nicht
der Sternhaftigkeit ihrer Erdenheimat bewusst!
Wie wenige stehen auf der Erde
wie auf einem Raumschiff,
das sie sicher durch die Weiten des Kosmos trägt,
unbekannten Küsten entgegen!
Wie wenige sehen dich
als Stern unter Sternen!
K. O. Schmidt


**Wenn die Not am größten – dann ist Gott am nächsten.**

Aus den Sphären des Lichts:
*Ihr alle kennt dieses Sprichwort, das euch in einprägsamer Kürze auf die Tatsache hinweisen will, dass es aus jeder Notlage, in die ein Mensch selbstverschuldet oder ohne eigene Schuld hineingerät, immer noch einen Ausweg gibt, selbst wenn sein eigener Verstand bereits alle Hoffnung begraben hat. Und deshalb sprechen solche Menschen, die einen Zustand der höchsten Gefahr bei sich selbst schon einmal erfahren haben und wider Erwarten daraus gerettet wurden, von einem Wunder, dem sie ihre Rettung zu verdanken haben. Es ist also etwas geschehen, das sich außerhalb ihres logischen Denkvermögens abgespielt haben muss, und womit sie nach menschlicher Vorstellung niemals rechnen konnten. Diese Ereignisse sind zwar selten; sie sind aber meist glaubwürdig überliefert, weil sie einen derart tiefen und bleibenden Eindruck im Gemüt des Betroffenen hinterlassen haben, dass er nicht anders kann, als das Erlebte wahrheitsgetreu zu erzählen. Die innere Erregung führt sogar dazu, dass in vielen Fällen eine totale Wandlung in der Einstellung zum Leben eintritt, insbesondere dann, wenn der Errettete von Schutzengeln und Wundern bisher nichts wissen wollte.*

*Diese Darstellung kann ohne weiteres auf die heutige Situation der irdischen Menschheit übertragen werden. Sie befindet sich bereits in einer größeren Notlage, als sie selbst wahrhaben will. Kein einziger Lebensumstand gleicht noch demjenigen, der als gesund bezeichnet werden könnte. Die Umwelt befindet sich in einem Denaturierungsvorgang, der weiter fortschreiten wird, und der durch keine menschliche Anstrengung aufgehalten oder gar rückgängig gemacht werden kann. Allmählich werden sich die maßgebenden Wissenschaftler der Gefahr bewusst, in die sich die Menschheit dieses Planeten infolge ihres zügellosen Verhaltens der Natur gegenüber hineinmanövriert hat. Ihr wisst wohl, dass euer Planet nur einen begrenzten Lebensraum bietet und dass sein Leben euer Leben ist. Trotzdem benehmt ihr euch, als wäre alles in unerschöpflicher Fülle vorhanden, und als käme es nur darauf an, der Natur eure chemische Unterstützung angedeihen zu lassen, damit ihre Lebenskräfte in Form eines genügenden Nahrungsangebots und ausbeutbarer Ressourcen aller Art nach eurem Willen zur Verfügung stehen.*
*Kein Wort des Dankes geht über eure Lippen, wenn ihr die Gaben, die eure Lebensträgerin noch spenden kann, entgegennehmt als etwas Selbstverständliches, auf das ihr uneingeschränkt Anspruch erhebt. Denkt doch einmal darüber nach, welche unendliche Vorarbeit dazu notwendig war, um euch das bieten zu können, was ihr gedankenlos konsumiert als Nahrungsmittel und als Rohstoffe. Viele von euch sind der Meinung, dass dies alles sich über unvorstellbare Zeiträume von selbst entwickelt habe nach chemischen und physikalischen Gesetzmäßigkeiten, die ihr in euren wissenschaftlichen Versuchslabors zu entdecken trachtet. Oh, ihr Verstandeskinder! Alles, was ihr durch eure Versuche entdeckt, sind nicht etwa Ausgangsprodukte nach der Vorstellung einer Urzeugung aus sich selbst, sondern bereits Fertigprodukte aus der geistigen Retorte! Denn bevor etwas entstehen kann, das sich euren Sinnen als chemischer Prozess darbietet, muss logischerweise vorher eine Instanz am*

*Werke gewesen sein, die eben die entdeckte Gesetzmäßigkeit als Uridee geboren hat.*

Wir dürfen darin eine weit vorausschauende Fürsorge für ein Menschengeschlecht erblicken, das sich durch eigene Anstrengung und Willensschulung diese Geschenke zunutze machen kann, um schließlich immer tiefer in die geheimnisvolle Welt der Schöpfungsgrundlagen vorzudringen, bis die Erkenntnis dämmert, dass hinter allem Zerlegbaren ein letztes Unzerstörbares steckt, das nicht mehr mit den Mitteln der Mathematik und Spekulation verifiziert werden kann. Dieses unzerstörbare Etwas, das die alten Griechen mit ‚Pneuma' bezeichneten, liegt allem Leben zugrunde. Wir würden aber einen weiteren Irrtum begehen, wenn wir dieses Leben nur bestimmten Bereichen der Schöpfung zuerkennen würden, also etwa dem Menschen-, Tier- und Pflanzenreich, während das Mineralreich mit seinen unendlich vielen Erscheinungsformen in die Kategorie des Leblosen verbannt werden würde. Jedes Atom ist eine Lebenswelt für sich, wenn sie auch unseren Sinnen nicht zugänglich erscheint. Die neuesten Erkenntnisse der Atomforschung zeigen uns, dass innerhalb eines Atoms vergleichsweise dieselben Bewegungsgesetze vorherrschen, wie sie uns auch im Makrokosmos vor Augen treten seit der Entdeckung und Berechnung der Planetenbahnen durch den genialen Astronomen Johannes Kepler.

Noch frappierender wird dieser Vergleich, wenn wir uns einen Modellmaßstab zurechtlegen, mit Hilfe dessen wir die makrokosmische Einheit unseres Sonnensystems mit der mikrokosmischen Einheit eines Atoms auf eine ‚überschaubare' Ebene bringen:
Der Sonnendurchmesser beträgt 1.392.700 km und die mittlere Entfernung zwischen Erde und Sonne 149 Millionen km. Wenn wir nun einen Verkleinerungsmaßstab von 1:10 Milliarden unserer weiteren Betrachtungsweise zugrunde legen, dann würde

sich unsere Sonne als leuchtende Kugel von 14 cm Durchmesser darstellen, umkreist von vier Stecknadelköpfen als den vier inneren Planeten Merkur, Venus, Erde, Mars, und zwar auf Ellipsenbahnen frei im Raum schwebend in Abständen von rund 6 m, 10 m, 15 m und 23 m. Die vier großen Planeten Jupiter, Saturn, Uranus, Neptun sowie der kleinere Pluto würden ihre Bahnen in Abständen von rund 78 m, 143 m, 287 m, 450 m und 592 m einnehmen.

Wenn wir noch unseren nächsten Fixstern Alpha Centauri in unser Modell einbeziehen wollen, der von uns rund 40 Billionen km, das sind mehr als 4 Lichtjahre, entfernt ist, dann müssten wir ihn in einem Abstand von 4000 km im Raume annehmen; das entspricht der Entfernung von der Küste Nordafrikas bis zum Nordkap. Würden wir unser Modell 100-fach verkleinern, dann wäre unsere Sonne zur Größe eines Stecknadelkopfes zusammengeschrumpft und der nächste Stecknadelkopf, nämlich Alpha Centauri, würde in einer Entfernung von 40 km schweben. Die Darstellung unserer galaktischen Nachbarschaft im gleichen Maßstab bis zu einer Entfernung von 10 Lichtjahren (das sind 94,6 Billionen km) würde eine Kugel mit einem Radius von knapp 95 km erfordern. In dieser Kugel wären jedoch nur etwa 14 Stecknadelköpfe zu verteilen mit durchschnittlichen Abständen von 40 bis 50 km!

Das Modell weiter ausdehnen zu wollen, etwa auf die ganze Milchstraße, hätte keinen Sinn, weil es unser Vorstellungsvermögen übersteigen würde. Unsere Welteninsel ‚Milchstraße' umfasst etwa 200 Milliarden Fixsterne. Sie hat die Gestalt einer elliptischen Scheibe, die von mächtigen Spiralarmen gebildet wird. Dieser unfassbar große Spiralnebel hat einen Durchmesser von rund 120.000 Lichtjahren. Er besitzt eine rotierende Eigenbewegung. Wir wissen heute aus direkter Beobachtung von der Existenz von etwa 100 Millionen solcher Welteninseln. Die Schätzung beläuft sich auf 100 Milliarden. Der für uns heute sichtbare Raum hat einen Durchmesser von etwa 15 Milliarden

Lichtjahren. Grenzen sind nirgends erkennbar. Diese Unendlichkeit der materiellen Schöpfung sprengt alle Maßstäbe unseres Daseins.

Auch im Mikrokosmos stehen wir ähnlichen unbegreiflichen Dimensionen gegenüber. Der Durchmesser eines Atoms beträgt etwa ein zehnmillionstel Millimeter. Innerhalb dieses unvorstellbar kleinen Bereichs kreisen tausendmal winzigere Teilchen, die Elektronen, um einen Atomkern, und zwar ähnlich wie Planeten um die Sonne. Man könnte deshalb ein Sonnensystem als ein kosmisches Atom bezeichnen. Dies leuchtet um so mehr ein, wenn man auch für die Mikrowelt ein Modellbild entwirft. Um einen anschaulichen Vergleich zu haben, vergrößern wir den Atomkern auf einen Kugeldurchmesser von 14 cm, analog unserer Modellsonne. Das Atom selbst hätte dann eine kugelförmige Ausdehnung von 14 km, da sein Kern etwa 100.000-mal kleiner ist. Der Durchmesser eines Atomkerns beträgt nämlich etwa ein billionstel Millimeter. Die Elektronen müsste man sich dann in einer Größe von einem zehntel Millimeter in unserem Modell vorstellen.

Die Gesamtheit der Elektronen bezeichnet man als Atomhülle. Man darf sich diese nun nicht als eine wirre Wolke denken, vielmehr umgibt den Atomkern eine Reihe konzentrisch angeordneter, mehr oder weniger kugelförmiger, gedachter Schalen. Im Ganzen nimmt man sieben solcher Energieschalen an, die praktisch die Bahnflächen der den Kern umkreisenden Elektronen darstellen sollen. Die Anzahl der Elektronen wächst von 1 (Wasserstoff) bis zu insgesamt 92, was dem schwersten natürlichen Element (Uran) entspricht. Im Modellbild würden ihre Abstände vom Atomkern (14 cm Durchmesser) für die innerste Bahn rund 140 m, für die nachfolgenden Bahnen etwa 480 m, 820 m, 1300 m, 2300 m 3500 m und 7000 m betragen. Lassen diese Entfernungen des Unvorstellbaren den reinen Raumcharakter des Atoms deutlich werden, so verstärkt sich dieser Eindruck noch durch den gegenseitigen Abstand der Atome selbst, der in unserem Modell mit rund 1000 km anzunehmen wäre. Wer wollte nicht in diesen erhabenen Schöpfungsbildern dieselbe waltende Grundidee erkennen?

Angesichts dieser gewaltigen Dimensionen im Mikro- wie im Makrokosmos kann nun allzu leicht der Gedanke des Verlorenseins in uns aufsteigen, der dann in die Frage mündet: Stehe ich mit meinem Bewusstsein überhaupt in einem lebendigen Zusammenhang mit dieser unermesslichen Schöpfung oder bin ich nur ein Zufallsprodukt, entstanden aus unzählig vielen chemischen und selektiven Prozessen im undurchschaubaren Wechselspiel zwischen Makro- und Mikrokosmos? Die Antwort auf diese Frage liegt in unserem Inneren bereit: Sei ohne Furcht! Zwar reicht dein Bewusstsein noch nicht aus, um die Sternenwelten als Lebensträger zu begreifen, doch sei dir stets bewusst, dass dein eigentliches Wesen göttlichen Ursprungs ist. Stärke dein inneres Wissen, dass dein Herz im Herzen der Gottheit schlägt; stärke deine Seele, indem du ihr das Gefühl der Allverbundenheit verleihst; stärke dein göttliches Ich, indem du es mit der Kraft der All-Liebe durchdringst. Sieh in allem, was sich deinen äußeren und inneren Sinnen zu erkennen gibt, das Wirken der göttlichen Liebe als Universalbewusstsein und ewige Schöpferkraft; sieh dich selbst als bewussten Teil der universellen Lebensoffenbarung mit dem gemeinsamen Ziel, über viele Reifungsstufen bis in die All-Freiheit geistiger Vollkommenheit aufzusteigen, die Christus in die Worte fasste: Ich und der Vater sind eins.

Dies also ist die Antwort auf unseren bangenden Blick in die Tiefen des Alls und dies ist zugleich auch der Wahrheitskern aller Hochreligionen, nicht nur auf der Erde, sondern in allen höheren Welten des Universums. Das Wissen um die All-Einheit des Lebens erfüllt uns mit Zuversicht und Kraft, denn wir verbinden uns durch diese Gedanken mit dem göttlichen Lebensprinzip selbst, das im kleinsten Teilchen eines Atoms wie in den größten Sternengebilden des Kosmos mit unerschöpflicher Energie alles in Bewegung hält. Der altgriechische Denker Heraklit hat diese Erkenntnis auf die einfache Formel gebracht: „Panta rhei" (Alles fließt). Dieser ewige Strom des Lebens offenbart für uns alle sichtbar die Liebe der Gottheit zu allen Schöpfungswesen. Dieses Wissen veranlasste übrigens unsere Sternenbrüder an Stelle eines Gottesbegriffes unserer Vorstellung die Bezeichnung ‚Das Ewige Leben' zu wählen und in Skulpturen und Bildnissen symbolhaft als jünglinghafte Gestalt darzustellen, was so viel wie ‚Zeitloses Sein' ausdrücken soll.

Nun mag vielleicht jemand einwenden, dass der 'Strom des Lebens' doch unausweichlich durch den Tod unterbrochen werde; insofern sei doch wohl von zwei Polaritäten auszugehen. Wer so denkt, folgt der materialistischen Ansicht, dass das Bewusstsein an den Körper gebunden sei und mit ihm verlösche. Dies ist der verhängnisvollste Irrtum, der je aus einer philosophischen Lehre entwickelt wurde und bis heute überliefert wird. Diese Lehrmeinung hat zur Folge, dass jeder Versuch, das Leben als ein unzerstörbares Ganzes zu erklären, auf wissenschaftliche Kritik stößt, jedoch ohne dass ein Beweis für das Gegenteil angetreten wird. Die Geleise der materialistischen Lebensauffassung sind schon viel zu tief eingefahren, als dass es gelingen könnte, ein allgemeines Umdenken zum Wohle der gesamten Menschheit herbeizuführen.
Während auf dem Gebiet der Atomforschung und der Waffenentwicklung ein kaum vorstellbarer Aufwand getrieben wird, werden bei der Erforschung transzendentaler Phänomene so gut wie keine Fortschritte erzielt, obwohl doch gerade dieses Wissensgebiet den Schlüssel zum Verstehen des Lebensprinzips bieten würde. Aber man scheut sich, die 'gesicherte' Plattform des menschlichen Verstandes zu verlassen und zu versuchen, mit der Kraft der Gedanken eine Brücke in die unbekannten Gefilde

jenseits der materiellen Daseinswelt zu schlagen. Mit der entsprechenden Einstellung würden sich Resultate erzielen lassen, die weit über die Mutmaßungen parapsychologischer Experimentierkunst hinausgehen. Ein neuer Begriff für das Leben würde sich geradezu aufdrängen, nämlich: Allgegenwart des Seins.

Man würde auf diesem Wege finden, dass es in Wirklichkeit keine Abgrenzung zwischen Lebendigem und Totem gibt, sondern dass sich das Leben in unendlich vielfältiger Art und Weise äußert und für eine gewisse Zeit in eine körperhafte Erscheinung tritt, um in dieser Form eine ganz bestimmte Aufgabe zu erfüllen. Dass sich diese Verkörperung nicht nur auf den Menschen beschränkt, sondern dass das ganze Weltall mit seinen unermesslichen Sternenreichen mikrokosmisch und makrokosmisch gesehen in diesen Wechsel der Lebenszustände einbezogen ist, bedarf keiner besonderen Erläuterung mehr. Wohl aber bedarf es eines strikten Hinweises, dass ein Wohnplanet wie unsere Erde, seine Aufgabe als Lebensträger nur dann erfüllen kann, wenn auch der Mensch sich seiner Aufgabe bewusst ist, alle schädlichen Einflüsse, die die Lebenskraft des Planetenkörpers schmälern, von ihm abzuhalten. Dies entspricht zwar der Logik unseres Verstandes, nicht aber dem Machttrieb einer materialistisch-ideologischen Denkweise, deren Selbstbetäubung jede Rücksichtnahme auf die Voraussetzungen des Lebens ausschließt. Die Konsequenz daraus wird nicht mehr lange auf sich warten lassen, denn auch die Erde ist ein empfindsames Wesen und wird seine lebensbedrohenden Parasiten abschütteln. Die kosmische Evolution lässt sich nicht durch Dummheit und Unwissenheit aufhalten.

**Wissenschaftler schlagen Alarm!**

Schleichende Vergiftung der Ackerböden durch den Sauren Regen - Pflanzensterben von bisher unbekanntem Ausmaß steht bevor - Die ungeheuer vielfältige, bislang wohlausgewogene Mikrobiologie des Bodens kommt aus dem Gleichgewicht - Das Bodenleben ist bereits stark geschwächt und das Gleichgewicht im biologischen Kreislauf der Natur erheblich gestört - Fortschreitende 'Atemschwäche' der Ackerkrume hat katastrophale Auswirkungen.

Die Industriezentren in West und Ost verseuchen mit vielen Millionen Tonnen Schwefeldioxyd jährlich die Lufthülle unseres Planeten. Hauptleidtragend sind die Pflanzenwelt und bisher noch intakt gebliebene Landschaften wie z. B. Kanada, dessen unberührte Seen teilweise bereits kein Leben mehr zeigen. Ursache: der Saure Regen! Eine bedrohliche Lage für alle Lebewesen hat sich auch durch die Verdünnung der erdumspannenden Ozonschicht in der Stratosphäre ergeben. Besonders über den Erdpolen hat ihr Abbau dramatische Werte angenommen. Wie ein Schild schützt uns die Ozonschicht vor der gefährlichen ultravioletten Strahlung der Sonne. Jedes Prozent, um das die Gesamtmenge des Ozons verringert wird, erhöht die Intensität der UV-Strahlung um mehrere Prozent. Die Folgen sind katastrophal: Klimaveränderung, Beeinträchtigung des Pflanzenwachstums, Verminderung der Sauerstofferzeugung, erhöhte Häufigkeit von Hautkrebs und vieles mehr. Die Umweltschutzkonferenzen 1984 in Ottawa, 1989 in Helsinki und 1993 in Rio de Janeiro haben nur die Problematik aufgezeigt, nicht aber die Schadenverursacher zur Rechenschaft gezogen! Solche Beispiele ließen sich beliebig fortsetzen. Ist Abhilfe überhaupt noch möglich oder drohen die Nahrungsquellen für den Menschen zu versiegen? Vorboten der Zeitenwende?

Eine Antwort von geistiger Seite:
*Dieser Problemkreis, der hier angesprochen wurde, ist ein Teil dessen, was man mit 'Vergewaltigung der Schöpfung durch eine unwissende Menschheit' bezeichnen könnte. Euer Wohnplanet ist schon nicht mehr in der Lage, genug Abwehrkraft zu entwickeln, um das ihm anvertraute Leben gesund zu erhalten. Seine Unvernunft, seine Blindheit gegenüber den Gesetzen der Schöpfung und seine skrupellose Machtentfaltung haben den Menschen zum Gefangenen seiner eigenen Taten gemacht. In kaum zu überbietender Glorifizierung nennt er sich 'Krone der Schöpfung' und vergisst ganz, dass zur Verleihung einer solchen Auszeichnung auch ein entsprechendes Verhalten gehört. Von der Erfüllung dieser Voraussetzung ist die irdische Menschheit jedoch weit entfernt. Sie muss erst einmal lernen, ihr Vorstellungsbild vom Prinzip des Lebens zu berichtigen. Denn solange vom Entstehen des Lebens und seinem Vergehen gesprochen wird, ist es unmöglich, das Leben als universelles Schöpfungsprinzip zu erkennen.*

*Es gibt nirgendwo etwas, das wir als 'tot' bezeichnen könnten. Es gibt nur Wandlung und Höherentwicklung. Denn das Ziel allen Lebens heißt Vollkommenheit - und der Weg dahin heißt Religio, die Wiederverbindung mit dem Universalgeist des Lebens, der Mikro- und Makrokosmos gleichermaßen durchflutet und alles in seine unermessliche Liebe einbezieht. Davon ist der Mensch nicht ausgeschlossen, trotz seines schöpfungswidrigen Verhaltens.*

*Der Mensch versucht durch den Einsatz seiner Intelligenz sich ein Wissen anzueignen, das ihm Aufschluss geben soll über die letzten Geheimnisse der Natur und bedenkt dabei nicht, dass sein Verstand und seine äußeren Sinne ihm nur einen Teil der Schöpfungswahrheit vermitteln können, nämlich nur die Welt der Erscheinungen, die sich ihm durch seine Forschungen in der Materie offenbart. Die weitaus größere Schöpfungswahrheit, ja die Kausalität der Erscheinungswelt können ihm nur seine*

*geistigen, d. h. seine inneren Sinnesorgane vermitteln, denn sie schließen das Tor auf in die Welten des Unvergänglichen über Raum und Zeit. Über diese geistige Brücke ist er bewusst oder unbewusst verbunden mit seinem göttlichen Ursprung als Bestandteil des Unvergänglichen, das als sein wahres Selbst zur Wirkung kommen möchte.*
*Dies ist aber nur möglich, wenn das Verstandesdenken in den Hintergrund tritt und seine Rolle als ausführendes Instrument begreift ohne Eigenwilligkeit und Eigenmächtigkeit. Nur in einem harmonischen Zusammenspiel zwischen Schöpfergeist und menschlicher Intuition kann sich das Leben in allen seinen Äußerungen und artgemäßen Erscheinungen nach der Schöpfungsidee frei entfalten zu allseitigem Nutzen. Dass dies dem natürlichen Zustand des universellen Lebens entspricht, bezeugen die vielen Botschaften und liebevollen Ermahnungen eurer Sternenbrüder, die sie euch über geeignete Mittler zukommen lassen. Es gehört mit zum Unverständlichsten der geistigen Entwicklungsstufe dieser Menschheit, dass es ihr nicht gelingt, sich aus den Niederungen ihrer Bewusstseinsbegrenzungen zu erheben und eine Wahrheit anzuerkennen, die sie mit einem Schlage aus der Sackgasse einer technischen Lebensbedrohung befreien würde.*

*Leider ist nicht mehr damit zu rechnen, dass die verantwortlichen Staatenlenker sich zu einem gemeinsamen Schritt zur Erhaltung der natürlichen Lebensquellen entschließen werden, vielmehr werden nur unter Wahrung der verschiedenartigen Einzelinteressen einige unzureichende Versuche unternommen werden, die aber den Weg in die Katastrophe nicht aufhalten können. Bevor jedoch die Schändung der Erde einen irreparablen Umfang annimmt, tritt an die Stelle irdischer Unvernunft die Liebe des Erlösers. Was darunter zu verstehen ist, habe ich euch in früheren Botschaften bereits mitgeteilt. Rückt aber den Tag der Neuwerdung dieser Erde nicht in eine ferne Zukunft – die*

*Vorboten lassen eine solche Gleichgültigkeit nicht mehr zu, sondern seht den 'Tag des Gerichts', wie er in der Bibel bezeichnet wird, als ein Ereignis, das sich bald für jedermann verständlich bemerkbar machen wird. Dies zu ignorieren ist gleichbedeutend mit der wissenschaftlichen Leugnung einer außerirdischen 'Nachbarschaftshilfe', deren technische Perfektion und menschliche Größe euer irdisch beschränktes Bewusstsein auf die Stufe des wahren Lebens anheben wird. Eure Sternenbrüder erwarten euch mit Freude.*

Was ist unter 'nahe bevorstehende Weltwende' zu verstehen? Die nicht zu leugnende schleichende Vergiftung unserer Lebensgrundlagen ist für den gewöhnlichen Erdenbürger noch kein Indikator, der auf eine totale Umwandlung der Erde durch kosmische Einflüsse hindeutet. „Man merkt doch nichts", sagt der Durchschnittsbürger und wendet sich kopfschüttelnd seinen Alltagspflichten zu.

*Diese Meinung, die auch bei vielen Wissenden von einer inneren Erwartung erzeugt wird, kann ich verstehen. Denn in der Tat, nach äußeren Eindrücken zu urteilen, sind noch keine Anzeichen erkennbar, die auf eine baldige Veränderung der irdischen Verhältnisse schließen lassen. Dies ist aber ein Trugschluss, denn in Wirklichkeit ballen sich ungeheure Kräfte zusammen, die dem Ereignis des 'Jüngsten Gerichts' entsprechen, wie ihr sagen würdet. Diese Kräfte werden sich bald durch tektonische Umlagerungen in der Erdkruste bemerkbar machen und geographische Veränderungen hervorrufen. Es wird beginnen mit sich steigernden Erdbeben in den euch bekannten kritischen Zonen. Außerdem werden Vulkane mit außergewöhnlicher Stärke in Tätigkeit treten. Diese geologischen Merkmale bilden quasi den Aufruf an die Menschheit, sich an einen Schöpfer zu erinnern, der ihrem irdischen Treiben gebieten kann. Und viele Menschen werden diese Mahnzeichen begreifen und unwillkürlich ihren Blick himmelwärts richten.*

*Dies ist dann der Zeitpunkt des Erscheinens der 'Zeichen am Himmel', d. h. die von den gigantischen Rettungsschiffen eurer Sternenbrüder gebildeten leuchtenden Kreuze werden die Erde umkreisen und die Rettungsaktion einleiten. Durch ihre zur Erde gerichteten elektromagnetischen Strahlen werden alle Empfangsgeräte für Radio- und Fernsehsendungen der ganzen Welt die entsprechenden Informationen senden. Kurz nach dieser Ankündigung werden die ersten kugelförmigen Kleinstraumschiffe ferngesteuert zur Erde gesandt und die Evakuierungsaktion beginnt. Es wird einige Zeit in Anspruch nehmen, bis alle Evakuierungswilligen in die großen Rettungsschiffe aufgenommen worden sind. Erst dann wird sich die Verlagerung der Erdachse ereignen und die Erde wird ihr Gesicht und ihre Schwingungskonstante ändern. Während dieser Zeit herrscht Dunkelheit infolge der Absorption des Lichts durch die Magnetwirbel im erdmagnetischen Feld. Dieser Zustand wird so lange andauern, bis sich ein neues Magnetfeld gebildet hat und das Sonnenlicht wieder ungehindert die Erdoberfläche erreichen kann.*

*Der Anblick der regenerierten Erde wird ein fremdartiges Gefühl in euch hervorrufen, denn die Kontinente und Ozeane, die euch bisher so vertraut waren, haben dann eine andere Gestalt angenommen. Freilich kommt eines noch hinzu, was den fremdartigen Charakter unterstreicht: Ihr werdet zunächst das Grün vermissen, das euch das vegetative Leben signalisieren würde. Aber es bedarf nur der Geduld, bis sich in dieser Hinsicht das Gewohnte einstellen wird. Eis und Schneeregionen wird es nur noch an den Polen geben, weil die hohen Felsgebirge verschwinden werden. Auch die Erdrotation wird sich der geringeren Festigkeit der Materie anpassen, d. h. die Erde dreht sich um ein geringes Maß schneller um ihre Achse. Dadurch wird ein Kapazitätsverlust ihres Magnetfeldes vermieden, was eine Änderung ihrer Umlaufbahn zur Folge haben würde.*

*Die Neubesiedlung der Erde wird mit Hilfe eurer Sternenbrüder vor sich gehen, die alles daran setzen werden, um so bald wie möglich wohnliche Verhältnisse zu schaffen. Versorgungsengpässe wird es während der Übergangszeit nicht geben, denn eure Sternenbrüder stellen euch alles zur Verfügung, was ihr zum Leben benötigt, und werden durch Anwendung ihrer Technik in kurzer Zeit auf der Erde ein Paradies schaffen; so werdet ihr es im Vergleich zu euren jetzigen Verhältnissen empfinden. Aber die eigentliche Krönung des neuen Lebenszustandes ist darin zu sehen, dass keinerlei Rivalität herrschen wird, sondern ausschließlich die Erkenntnis einer menschlichen Gemeinschaft mit dem einen Ziel, die nächsthöheren Entwicklungsstufen so rasch wie möglich zu erreichen bis zum Grade der Vollkommenheit. Und auf diesem Wege begleiten euch viele Helfer der diesseitigen und jenseitigen Welten, denn das Leben ist eine kosmische Einheit auf unendlich vielen Seinsebenen, die ihr alle einmal kennen lernen werdet.*

**Die Erde im Umbruch**

Dieser Beitrag geht auf ein gemeinsames Gebet zurück, das ausgelöst wurde durch die vielen Schreckensmeldungen über Gewalttaten in aller Welt und Zukunftsvisionen der düstersten Art. In diesem Gebet rang sich die Seele durch irdische Dunkelheit und Bedrückung hinauf bis zur Sphäre des Christuslichtes, aus der sie die Antwort empfing. Ich bin davon überzeugt, dass täglich Tausende solcher Gebete mit ähnlichem Inhalt nach 'oben' gesandt werden in der Hoffnung, dass diese geistigen Hilferufe Erhörung finden. So bin ich dankbar, dass ich eine Antwort aus den Sphären des Lichts bekannt machen darf, die gleichzeitig eine Bestätigung dafür sein möge, dass alle Gebete, die aus der Kraft des Glaubens gesprochen werden, die hohe Instanz auch erreichen.

Die Menschheit steht am Ende einer Dunkelepoche. Die aus ihr geborenen Kräfte wollen noch gewaltsam ihre Herrschaft aufrechterhalten. Ihre Waffen sind: Unruhe und Unzufriedenheit, seelische Bedrückung und Machtmissbrauch, Massenmord und politische Erpressung, Zerstörungswut und Rüstungswahnsinn. Andererseits zeigen sich bereits die Lichtstrahlen einer Zukunftswelt in technischen Innovationen, die ans Wunderbare grenzen, und in einer Bewusstseinsweitung von kopernikanischen Ausmaßen.

Nun das Gebet (auszugsweise):
„Im Namen der leidenden Menschheit bitten wir, den Mächten der Finsternis Einhalt zu gebieten und den Kräften des Lichts die Herrschaft zu übertragen. Wir befürchten, dass dieser Planet in ein Chaos stürzt, wenn ihm nicht bald Hilfe zuteil wird. Mit dieser Herzensbitte wenden wir uns an Jesus Christus: Lass' aus dem Leid dieser Erde, der du deine göttliche Liebe gebracht hast, ein Leben in Frieden und Freude erstehen. Sprich dein Wort der Erlösung. Amen."

Antwort aus den Sphären des Lichts:
*Deine Gedanken, die du in diesem Gebet geformt hast, haben den Empfänger erreicht, für den sie gedacht waren. Höre, ich spreche jetzt im Namen des Angerufenen und sage euch, dass die Erde, eure Wohnstätte, nur noch kurze Zeit dieses Leid erdulden muss. Bald ist die karmische Schuld getilgt, die auf so vielen Völkerschaften ruht. Oh, könntet ihr die Zusammenhänge überblicken, so wie es uns möglich ist, dann würdet ihr die Gerechtigkeit erkennen, die sich noch auf den Gebieten auswirkt, die du mit deinen Eingangsworten charakterisiert hast. Es ist eine höhere Gerechtigkeit, die über allem menschlichen Verstande steht und die den Gesetzen der kosmischen Evolution zugrunde liegt.*

*Ihr wisst, an welchem Wendepunkt eure Erde sich befindet, und ihr wisst auch, dass keine irdische Macht auch nur im Gerings-*

ten an den bevorstehenden Ereignissen etwas ändern kann. Ich sagte euch einmal, dass ein Gedanke des Gottessohnes genügt, um diese Erde und das ganze Planetensystem auf eine höhere Entwicklungsstufe anzuheben. Alle warten auf diesen Impuls, der die Befreiung bedeutet für diesen Stern, auf dem er sein Erlösungswerk begann. Tausende eurer Brüder und Schwestern von anderen Sternen warten darauf, bis das Wort gesprochen wird zur Umwandlung der Erde.

Ihr könnt euch nicht vorstellen, welche Vorbereitungen für diese einmalige Aktion bereits getroffen worden sind. Es sind 'Fliegende Städte', die euch empfangen werden, mit allen Einrichtungen, die für einen längeren Aufenthalt benötigt werden. Eure Sternengeschwister, die mit dieser Aufgabe betraut wurden, sehen mit Freude diesem Augenblick entgegen, der sie für die Schmähungen entschädigen wird, die sie in vielen Jahren stillschweigend erdulden mussten. Ihr werdet es erleben, was es heißt, von der Liebe geführt zu werden, und ihr werdet es mit eigenen Augen sehen, welche wunderbare Harmonie sich in einer technischen Perfektion verwirklicht hat. Lasset diese Gedanken nicht mehr los, denn es ist für euch bereits ein Stück Wirklichkeit, wenn ihr auch darunter etwas anderes versteht.

Die Tür zum Eintritt in das Wassermann-Zeitalter, wie ihr es bezeichnet, wurde euch schon geöffnet. Deshalb erlebt ihr auch in der Gegenwart eine rasante Entwicklung auf den Gebieten der Kommunikationstechnik und der Elektronik. Dies alles, so sehr es euch auch faszinieren mag, ist erst der Anfang von einer Zukunftswelt, die keine Grenzen mehr kennt.

*Ich weiß, dass euch die Frage des Zeitpunktes ein wenig Kopfzerbrechen bereitet, wann die große Umstellung in die höhere Schwingung des Lebens erfolgen wird. Aber dazu habe ich mich schon geäußert, und ihr habt auch von anderer zuverlässiger Seite diesbezügliche Angaben erhalten. Ich sage es noch einmal, dass die Zeit reif ist für die Neuwerdung der Erde, und dass die*

*Ernte des Fische-Zeitalters bald eingebracht wird. Ich weiß auch, dass euch diese Zeitangabe an die vielen Prognosen erinnert, die von Nostradamus-Spezialisten, Hellsehern und Astrologen mehrmals errechnet und nach Verstreichen der Zeitdaten zunächst korrigiert und dann beiseite gelegt wurden. Wer nun meint, er müsse auch diese Angabe in die gleiche Kategorie einreihen, dem bleibt dies natürlich unbenommen; er wird aber spätestens dann seine Meinung ändern müssen, wenn die 'Zeichen am Himmel' erscheinen und die geologischen Ereignisse den Ernst der Stunde unterstreichen.*

*Es wäre jedoch unklug, sich bereits jetzt auf das Kommende einzustellen und seine Pflichten, die Beruf und Alltag fordern, zu vernachlässigen. Auch der bisherige Lebensstil sollte nicht geändert werden, es sei denn im Sinne einer bewussteren Lebensgestaltung. Wenn sich dann die Tage der 'großen Trübsal', wie die sie Bibel nennt, abzeichnen, ist es für euch Wissende eine Herzenspflicht, euren mitbetroffenen Brüdern und Schwestern die notwendige Hilfe und Unterstützung zukommen zu lassen. Ihr sollt sie aufklären über das unbegreifliche Geschehen und sollt sie ermuntern, die rettenden Hände zu ergreifen, die sich vom Himmel zur Erde ausstrecken werden. Es ist der Wille des Vaters, dass alle Menschen gerettet werden, die sich für die Schwingungserhöhung entscheiden.*

*Seine Liebe umfasst aber auch diejenigen, deren Seele noch keine Resonanzfähigkeit für diese höheren Schwingungen besitzt. Sie werden nicht zu leiden haben, wie viele von euch annehmen. Vielmehr wird die Trennung ihres Seelenleibes von seinem irdischen Kleid in bewusstlosem Zustand vor sich gehen. Und wie ihr wisst, werden diese Erdengeschwister wiedergeboren werden auf einem anderen Planeten, der nicht zu eurem Sonnensystem zählt. Diese neuen Wohnstätten werden alle Entwicklungsmöglichkeiten bieten, die einen raschen Fortschritt in geistiger und seelischer Hinsicht gewährleisten.*

Auf welcher Entwicklungsstufe werden die Zurückgebliebenen ihren neuen Läuterungszyklus beginnen und wie werden die ersten Inkarnationen stattfinden, da doch die normalen genetischen Voraussetzungen (Elternpaar) fehlen? Wie ist der Planet beschaffen? Hat er bereits eine Tierwelt?

*Die Außenwelt der Nachzügler wird ihrer Innenwelt entsprechen, d. h. da es hauptsächlich an Liebe mangelt, wird auch ihre neue Umgebung zunächst lieblos sein. Sie werden einen kargen Boden vorfinden, der sich nur durch intensive Bearbeitung die zum Leben benötigten Nahrungsmittel abringen lässt. Dazu ist gegenseitige Unterstützung und Hilfsbereitschaft erforderlich, sowie eine entsprechende Einstellung dem Nahrungsspender gegenüber, also der Natur. Dies wird aber nur ein relativ kurzer Lernprozess sein, der sich über einige Generationen erstrecken wird.*

*Viel länger wird die Schulung des Geistes dauern, dessen Fähigkeiten vollkommen neu entwickelt werden müssen. Denn während der Erdenzeit lag das Hauptgewicht auf der Erfindung neuerer und besserer Methoden des Tötens zum Zwecke der eigenen Machtentfaltung. Es liegt auf der Hand, dass gerade diese Eigenschaften einer eingeborenen unmenschlichen Handlungsweise besonders intensiver Korrekturbemühungen bedarf. Dazu wird es nötig sein, dass spezielle Schulen eingerichtet werden, in denen die göttlichen Gesetze des menschlichen Zusammenlebens sowie das Ziel der menschlichen Entwicklung überhaupt gelehrt werden.*

*Diese universellen Lebensgesetze wurden einer starsinnigen Menschheit schon einmal überbracht, als das Volk Israel aus der Not seiner tiefsten Demütigung in Ägypten durch den Beistand außerirdischer Betreuer befreit wurde, und später ihrem medial begabten Führer Mose in einem Raumschiff auf dem Berge Horeb im Sinaigebirge die Gesetzestafeln ausgehändigt wurden als Grundstock für ein göttlich ausgerichtetes Leben. Auch auf dem Nachzüglerplaneten wird es wieder so sein, dass Sternen-*

*brüder dieses Lehramt solange übernehmen bis geeignete Nachfolger aus den Reihen der Lernwilligsten ausgebildet worden sind, die die Institute in eigener Verantwortung weiterführen können und für die Überlieferung an die nachfolgenden Generationen sorgen. Diese Schulen entsprechen also den alten irdischen geistigen Bildungsstätten. Aus diesen Belehrungen wird dann eine Religion hervorgehen, die als Grundlage für Kultur und Zivilisation dienen wird. Nach einer längeren Entwicklungszeit über viele Generationen wird schließlich der Zeitpunkt kommen, dass die Nachzügler ihre 'Reifeprüfung' bestanden haben und den Evolutionsschritt nachholen werden.*

*Die weitere Frage will ich wie folgt beantworten: Die ersten Verkörperungen auf diesem Planeten werden durch Schwingungsminderung des Seelenleibes bis zur stofflichen Verdichtung stattfinden. Da dies nur langsam vor sich gehen kann, wird sich in einem ersten Stadium die Seele ihrer Veranlagung gemäß von der neuen Lebensebene angezogen fühlen, bis sie immer mehr von den organischen Substanzen in sich aufnimmt, wodurch die allmähliche Verdichtung bis zur Körperlichkeit eintritt. Dieser Vorgang wird den längsten Zeitraum in Anspruch nehmen und stellt eine Wiederholung der Vertreibung aus dem Paradiese dar, um mit dem Bilde aus dem Alten Testament zu sprechen, allerdings mit dem Unterschied, dass es sich dabei nicht um ein einzelnes Menschenpaar handelt, sondern um viele, die gleichzeitig den Impuls zur Verkörperung in sich verspüren. Auf dem gleichen Wege wird sich auch das Tierreich einfinden und die höhere Pflanzenwelt sich als Nahrungsträger entfalten. Danach werden die weiteren Inkarnationen nach den körperlichen Entwicklungsgesetzen erfolgen, bis die Nachzüglerschule ihre Pforten wieder schließen kann.*

**Fliegende Städte**

Die riesigen Mutterschiffe unserer Sternenbrüder werden auch als 'Fliegende Städte' bezeichnet. Wird dieses Bild zurecht gebraucht?
*Ich kann sehr gut verstehen, dass euch die Bezeichnung 'Fliegende Städte' für die zur Aufnahme der Evakuierungswilligen bereitstehenden Rettungsschiffe etwas irritiert. Trotzdem trifft diese Bezeichnung genau die Wirklichkeit, denn für eine längere Zeit der Versorgung von Hunderttausenden von Menschen außerhalb ihrer gewohnten Umgebung bedarf es aller Einrichtungen, die ihr mit 'Infrastruktur' bezeichnet. Ihr könnt es nicht begreifen, dass eine Liebe, zu der ihr gar nicht fähig seid, dies alles geschaffen hat, nur um den irdischen Geschwistern jede Bequemlichkeit zu bieten und ihnen das Gefühl zu geben, dass sie von lieben Freunden aufgenommen werden. Die Aufnahmekapazität jeder dieser 'Fliegenden Städte' beträgt etwa 100.000 Menschen. Eine ausreichende Anzahl von ihnen befindet sich im All in Warteposition, und zwar im Umkreis von Mars und Jupiter.*

Werden die Raumschiffe während der Rettungsaktion ihre Warteposition beibehalten oder werden sie sich der Erde nähern?
*Die Raumschiffe werden selbstverständlich in Erdnähe stationiert, damit die Evakuierung so rasch wie möglich vonstatten gehen kann. Ihr Abstand von der Erde wird rund 100.000 km betragen. Dies scheint zwar für Rettungszwecke eine unermesslich weite Strecke zu sein, doch ist zweierlei dabei zu bedenken: Zum einen muss darauf geachtet werden, dass die gigantische Abstoßkraft dieser Riesenschiffe keinen störenden Einfluss auf die Planetenbahn der Erde ausübt, und zum anderen wird diese Entfernung von den kugelförmigen Miniraumschiffen in kurzer Zeit überwunden. Ihre Abstoßkraft ist trotz ihrer relativ geringen Größe so stark, dass der Flug nur etwa zwanzig Minuten dauern*

*wird.* (Dies bedeutet eine durchschnittliche Geschwindigkeit von 83 km/sec; Anm. des Autors) *Von der ungeheuren Beschleunigung, die damit verbunden ist, wird allerdings im Innern nichts zu spüren sein, weil jedes Raumschiff sein eigenes Schwerefeld besitzt.*

Unterscheiden sich die Schwereverhältnisse in den 'Fliegenden Städten' von denjenigen der Erde?
*Bereits mit dem Betreten der Miniraumschiffe werdet ihr das Schwerefeld der Erde verlassen und euren Körper nicht mehr als Last empfinden, wie es besonders bei älteren Menschen der Fall ist. Dies ist darauf zurückzuführen, dass das Schwerefeld in jedem Raumschiff regulierbar ist und die vertrauensbereiten Erdengeschwister als ein erstes Willkommensgeschenk von ihrer Erdenschwere befreit werden. Das hat eine weitere positive Folge: Alle Herz- und Kreislaufstörungen sowie Gelenkleiden und sonstige Beschwerden, die mit Alterserscheinungen zusammenhängen, werden durch diese Schwerkraftminderung günstig beeinflusst. Ihr würdet in diesem Falle sagen: Ich fühle mich wie neu geboren. Und in gewissem Sinne handelt es sich ja auch um ein Hineingeborenwerden in einen völlig ungewohnten Lebenszustand, der nichts mehr mit einer Erdgebundenheit zu tun hat. Dieses Gefühl der Neugeburt wird sich noch verstärken, wenn ihr in die Rettungsschiffe gelangt und das Gebundensein an euren Körper kaum mehr fühlt. Ihr werdet euch freuen wie die Kinder, wenn sie ihren Körper beim Hüpfen und Tanzen bewegen.*
*Die Schiffe können mit euren astronomischen Mitteln nicht erkannt werden. Allerdings wurde ein Teil von ihnen euren Astronauten und Kosmonauten bei ihren Flügen mit den Raumfähren bzw. mit der Raumstation 'Mir' deutlich gezeigt und ihnen die bevorstehende Rettungsaktion mit den kugelförmigen Miniraumschiffen mehrmals vorgeführt, so dass jeder Zweifel an der Existenz dieser Riesenschiffe und an ihrer Aufgabe ausge-*

*schlossen ist. Das bewusste Verschweigen dieser Begegnungen aufgrund höherer militärischer Weisung hat dem überwältigenden Eindruck, den diese außerirdische Demonstration auf die Beobachter gemacht hat, keinen Abbruch getan. Im Gegenteil, mancher der irdischen Raumfahrer befindet sich durch das Schweigegebot in einem Gewissenskonflikt, der wohl so lange andauert, bis die Wahrheit jedem offenbar wird. Dann aber ist die Not bereits groß, und eure Militärstrategen werden diejenigen sein, die die Gewissenslast auf sich nehmen müssen, ohne dass eine nachträgliche Reue ihnen noch etwas nützen wird. Es liegt nun an den Wissenden, den Mut aufzubringen, diese Wahrheit zu verbreiten, soweit es ihre Möglichkeiten erlauben. Die Aufnahmebereitschaft für diese Wahrheit nimmt zu!*

Wie groß ist die Besatzung dieser 'Fliegenden Städte'?
*Nach irdischer Vorstellung müsste jedes dieser Riesenschiffe zumindest mit einem Kommandanten, mit Offizieren und Mannschaften besetzt sein. Diese Vorstellung geht jedoch fehl. Sämtliche 'Fliegenden Städte' werden von einer einzigen Kommandozentrale gesteuert, die sich in einem Spezialschiff dieser Rettungsflotte befindet. Ich weiß, dass ich eurem Vorstellungsvermögen viel abverlange, doch ändert das nichts an der Wirklichkeit. Das Herzstück dieser Kommandozentrale ist ein Energieverstärker und Frequenzwandler, der in der Lage ist, Gedankenimpulse in Steuerimpulse umzusetzen. Diesen Vorgang zu beschreiben ist nicht möglich, da euch zum Verständnis der technischen Abläufe die entsprechenden Kenntnisse fehlen. Ihr befindet euch aber in eurer technischen Entwicklung nahe an dem Punkt, da ihr über die Eingabe von Sprachelementen in eure Computer die nächste Stufe der höheren Frequenzen eurer Gehirnströme anzuwenden lernt, die euch dann auf ein Wundergebiet der kosmischen Verständigung ohne Grenzen führen werden. Dieses Ziel wird jedoch bereits ein Geschenk des neuen Zeitalters sein ohne die Gefahr des Missbrauchs dieser Energie-*

*form. Jedes einzelne Raumschiff ist ebenfalls mit einem Energieverstärker und Frequenzwandler ausgestattet, der die empfangenen Impulse an die Steuerungsaggregate weiterleitet. Durch diese Fernsteuerungstechnik kann ein einzelnes Schiff ebenso wie eine beliebige Anzahl auf jeden gewünschten Kurs gebracht werden. Eine Standortveränderung ist also innerhalb kürzester Zeit möglich.*

Wie sind die 'Fliegenden Städte' eingerichtet?
*Genauso wie die äußeren Voraussetzungen für einen reibungslosen Rettungseinsatz geschaffen worden sind, entsprechen auch die Inneneinrichtungen dieser 'Fliegenden Städte' ganz ihrer Aufgabe. Ihr werdet höchst erstaunt sein, wenn ihr ein Verkehrssystem antreffen werdet, das eigens dazu dient, eine Verbindung zwischen den 'Wohnvierteln' herzustellen, die euch als Unterkünfte zur Verfügung stehen. Ihr könnt dabei wählen zwischen Transportbändern als rollende Gehsteige und mehrsitzigen offenen Kabinen, die nach Umlegen eines Hebels sich im Schwebezustand vorwärtsbewegen. Die Fahrtrichtung wird durch entsprechende Hebelstellung bestimmt. Da ihr wohl diese Art der Fortbewegung liebt, werdet ihr eine ausreichende Anzahl dieser Schwebekabinen vorfinden. Ein Zusammenstoß ist ausgeschlossen, da eine Abstoßkraft jede gefährliche Annäherung verhindert. Doch damit nicht genug - mit der gleichen Kabine lassen sich auch senkrechte Bewegungen ausführen bis fast zur Höhe des Raumschiffes selbst. Weil das 'Dachteil' des Schiffes durchsichtig ist, kann man sich ungefähr vorstellen, welch wundervolles Erlebnis mit einem solchen 'Höhenflug' verbunden ist: Der Blick in eine funkelnde Sternenpracht ist von atemberaubender Schönheit und stärkt im Menschen das Gefühl für ein All-Leben und eine All-Verbundenheit.*
*Was nun die Gestaltung der Wohnstadt angeht, so möchte ich dem irdischen Gedanken an ein tristes Häusermeer von vornherein mit der Tatsache begegnen, dass alle Wohnhäuser mit*

*leuchtenden Fassaden versehen sind, wobei auf eine gute farbliche Abstimmung Wert gelegt wurde. Dieses Licht ist jedoch nicht mit den grellen Farben eurer Leuchtreklamen zu vergleichen. Es ist vielmehr ein kaltes Licht, das weitgehend die Eigenschaften des Sonnenlichtes hat, jedoch ohne dessen Ultraviolett und Infrarot. Die Helligkeit entspricht einem sanften Tageslicht, wie ihr es von eurem Mittelmeerklima gewohnt seid.*

*Im Innern der Häuser erwarten die Gäste die eigentlichen Überraschungen. Zu jeder Wohneinheit zählt nämlich ein Kommunikationsgerät, das euch nicht nur die Möglichkeit gibt, jederzeit in der Art von Bildtelefonen mit euren Verwandten und Bekannten im selben Raumschiff oder in anderen Schiffen in Verbindung zu treten, sondern auch jede beliebige Blickrichtung nach außen einzustellen, damit ihr euch eine 'Rundumorientierung' verschaffen könnt, soweit euer Fassungsvermögen dazu ausreicht. Sogar Nahbilder von eurer planetarischen Nachbarschaft könnt ihr einstellen, ähnlich dem Zoom-Verfahren bei euren Filmkameras. Selbstverständlich werdet ihr über dieses Allround-Gerät ebenfalls laufend Informationen erhalten, die wichtige Ereignisse, Betreuungsfragen, Verhaltensregeln sowie eure irdische Zukunft betreffen. Diese Informationen empfangt ihr in eurer Muttersprache. Für die Santiner bildete der Sprachenwirrwarr, der auf dieser Erde herrscht, ein kleines Hindernis, das aber schon längst durch Sprach- und Ausdrucksstudien überwunden werden konnte.*

*Zur Ausstattung der Wohneinheiten, die ihr 'standardisiert' nennen würdet, möchte ich folgende Erläuterungen geben: Jede Wohnung ist so gestaltet, dass sie den Wünschen der Gäste weitgehend angepasst werden kann, d. h. es ist eine individuelle Raumaufteilung möglich. Dies geschieht dadurch, dass anstelle von festen Trennwänden an beliebiger Stelle eine 'Energiewand' hergestellt werden kann, die licht- und schallabsorbierend wirkt. Die dafür erforderlichen technischen Einrichtungen sind ein Bestandteil von Decke und Fußboden. (Siehe im Buch 'Leben in*

universeller Schau', ebenfalls erschienen im Bergkristall Verlag; Anm. des Hrsg.)
*Bei den Sanitärräumen wurde jede erdenkliche Vorsichtsmaßnahme gegen übertragbare Krankheiten getroffen. Obwohl bereits beim Betreten der Rettungsschiffe durch die höhere Schwingung des Energiefeldes der Heilungsprozess einer organischen Erkrankung erheblich beschleunigt wird, kann nicht ausgeschlossen werden, dass bakterielle Herde eine gewisse Resistenz zeigen. Um einer damit verbundenen latenten Seuchengefahr vorzubeugen, werden alle Körperausscheidungen durch Dematerialisierung in freie Energie umgewandelt. Dasselbe Verfahren wird bei der Beseitigung von Speiseresten und sonstigen Abfällen angewandt. Dadurch tritt weder ein Entsorgungsproblem auf, noch ist eine Übertragung von Krankheitskeimen zu befürchten.*
*Auch die Versorgung mit Wasser ist völlig problemlos, wenn man weiß, dass aus freien Atomen jede gewünschte Art von Materie gebildet werden kann, und an freien Atomen besteht im Weltraum kein Mangel. Ebenso wie bei der Entsorgung ist auch bei diesem wichtigsten Versorgungsteil jede Wohneinheit unabhängig; denn sie ist mit einem entsprechenden Gerät für eine chemische Verbindung von zwei Teilen Wasserstoff und einem Teil Sauerstoff ausgerüstet. Damit gekoppelt ist auch ein Temperaturregler, der auf der Basis einer Beschleunigung dieser chemischen Verbindung arbeitet. Fast möchte ich es als selbstverständlich darstellen, dass eine ganze Reihe von natürlichen Geschmacksstoffen dem frisch erzeugten Wasser beigefügt werden kann, so dass auch in dieser Hinsicht für Abwechslung gesorgt ist.*
*Was das Essen betrifft, so ist jeder Gedanke an Mangel oder Massenverköstigung unbegründet. Ihr werdet es erleben, dass Mahlzeiten bereitgehalten werden, die sogar weitaus reichhaltiger und bekömmlicher sind als bisher gewohnt und von unübertroffenem Feingeschmack, und zwar – auch das wundert nicht*

*mehr – nach Programmauswahl eines 'Speisenzubereitungsgeräts'. Es handelt sich dabei um ein Verfahren, das mit eurer Kühltechnik vergleichbar ist. Die fertigen Speisen werden bei wenigen Minusgraden gelagert und dann durch Knopfdruck zur Garung gebracht. Dadurch ist gewährleistet, dass die Speisen trotz langer Lagerung ihres Vitamingehaltes nicht verlustig gehen. Das Garen erfolgt mittels einer Wärmestrahlung, die dem Infrarot des Sonnenlichts verwandt ist und die Eigenschaft besitzt, die Speise vollständig zu durchdringen, so dass sich sowohl das Innere als auch die Randzonen gleichmäßig bis zur gewünschten Temperatur erwärmen. Dieses Verfahren benötigt nur wenige Minuten.*

*Ein besonderes Kapitel sollte noch der Kleidungsfrage gewidmet werden. Nur so viel sei gesagt, dass die irdische Kleidung ohne Ausnahme gegen bereitgehaltene neue Kleidungsstücke eingetauscht werden muss, um auch in dieser Hinsicht jeder Gefahr einer bakteriellen Verseuchung vorzubeugen. Die irdischen Kleidungsstücke gehen den Weg der vorerwähnten Abfallbeseitigung. Der einer Gesundheitswäsche ähnliche Ersatz ist auf Erden unbekannt. Das gleiche gilt für die Oberbekleidung, die sich ohne einengende Bestandteile sehr bequem trägt. Auch hier gibt es Auswahlmöglichkeiten, um Eintönigkeit zu vermeiden. Die Reinigung der Kleidungsstücke, die jeden Außenschmutz infolge einer speziellen Imprägnierung abstoßen, ist denkbar einfach: Das ganze Kleidungsstück wird im Kleiderschrank automatisch durch eine hochfrequente Beschallung von allen Schmutzteilchen befreit. Oder anders ausgedrückt: Jeden Morgen kann frische Unter- und Oberbekleidung dem Schrank entnommen werden. Die Fußbekleidung ist übrigens Bestandteil des ganzen Kleidungsstückes, verstärkt durch kreppähnliche Verdickungen an den Sohlen und Fersen. Jedes Kleidungsstück besteht aus einem unteren und einem oberen Teil, die beide durch einen elastischen Gürtel mit besonderen Hafteigenschaften verbunden werden. Das Öffnen geschieht einfach durch Lösen*

*eines bestimmten Gürtelteils, wodurch der Haftverbund unterbrochen wird.*
*Für die Nachtruhe gibt es Liegen, die sich jeder Körperform genau anpassen und optimale Voraussetzungen für einen gesunden, tiefen Schlaf bieten. Zur Beleuchtung der Zimmer ist zu bemerken, dass man vergebens nach einer Lampe suchen wird, denn die Helligkeit ist so natürlich, als ob es sich um Sonnenlicht handelt. Wie bereits in anderem Zusammenhang erwähnt, wird dieser Eindruck dadurch hervorgerufen, dass alle Wände ein sanftes, gleichmäßiges Licht ausstrahlen, das in der Tat der Zusammensetzung und der Qualität des Sonnenlichts entspricht. Bei dieser Art der Zimmererhellung gibt es keine Schatten. Die Stärke des Lichts ist regulierbar bis zum völligen Erlöschen. Nun wollt ihr natürlich wissen, wie dieses Licht erzeugt wird und welche Energieform ihm eigen ist. Gleichermaßen wie der gesamte Energiebedarf eines solchen Riesenschiffs für seine Fortbewegung und innere Versorgung aus der unerschöpflichen Energiequelle des Kosmos gedeckt wird, so ist auch die Lichterzeugung ein Produkt der gleichen Quelle. Die Zimmerwände bestehen nämlich aus kleinsten natürlichen Zellen, die im kosmischen Energiefeld zu leuchten beginnen.* (Es handelt sich hierbei um Oszillatoren, die eine bestimmte Energieart in Licht umsetzen; Anm. des Autors) *Damit sich der Mensch wohl fühlt, benötigt er eine bestimmte Umgebungstemperatur. Auch diese Bedingung wird durch die gleiche Energiequelle erfüllt: Die Fußböden der Wohnung besitzen eine Wärmespeicherfähigkeit und sorgen automatisch für eine angenehme Raumtemperatur. Eine individuelle Regelung ist selbstverständlich möglich.*
*Neben all diesen reizvollen und überraschenden Neuigkeiten einer perfekten und unauffälligen Technik, an die man sich schnell gewöhnen wird, bleibt als tiefstes und nachhaltigstes Erlebnis der Anblick des Sternenhimmels. Er zeigt sich dem Auge in einer solchen Klarheit und Schönheit, wie es durch die höchstgelegenen Observatorien dieser Erde nicht der Fall sein*

*kann, da auch sie immer noch den Schleier der Atmosphäre zu überwinden haben. Einen kleinen Vorgeschmack haben inzwischen eure Astro- und Kosmonauten während ihrer Erdumkreisungen erleben dürfen. Der überwältigende Eindruck von der Größe und Erhabenheit des Alls war in ihren Äußerungen deutlich zu spüren. Nun wird man vielleicht einwenden, dass die Betrachtung des Firmaments doch nicht die einzige Abwechslung sein kann während des Aufenthalts in diesen Rettungsschiffen. Dieser Einwand stößt jedoch ins Leere. Wenn ihr jetzt schon sehen könntet, was euch auf dem Gebiet einer sinnvollen Beschäftigung und Fortbildung geboten wird, dann würdet ihr von einem Erstaunen ins andere fallen.*

*Es steht euch eine Bibliothek zur Verfügung, die hinsichtlich Reichhaltigkeit und Neuartigkeit keinen Vergleich mit euren größten Universitätsbibliotheken zu scheuen braucht. In sämtlichen Kultursprachen werdet ihr Werke vorfinden, die eure gesamte klassische Literatur umfassen. Darüber hinaus werdet ihr aber auch einen Blick in eure literarische Zukunft werfen können, denn es steht euch bereits ein Wissensgebiet offen, das von den Sternen handelt, die die Santiner auf ihren Reisen in die Tiefen des Alls erforscht haben. Es ist eine unbeschreibliche Faszination, die von diesen Erlebnisberichten ausgeht. Die Texte werden ergänzt durch dreidimensional wirkende Farbbilder, die durch ein besonderes Aufnahme- und Reproduktionsverfahren eine völlige Natürlichkeit des Dargestellten ausstrahlen. Es ist auch möglich, diese Bilder durch einen Projektionsapparat auf eine dafür vorgesehene Wandfläche zu werfen, um dadurch den unmittelbaren Erlebniseffekt um ein Vielfaches zu steigern. Es sind Anblicke fremder Welten, die euch die Unendlichkeit der Lebensoffenbarung so eindrucksvoll vor Augen führen werden, dass der Gedanke einer Mittelpunktsschöpfung, die sich Erde nennt, wie ein beschämender Traum vergehen wird. Mit diesen Ausblicken in eure nahe Zukunft werden sich wohl die meisten von euch befassen. Aber auch für Spezialgebiete wie der Ener-*

gieumwandlung, der interstellaren Kommunikation, der kosmischen Anthropologie und anderer Wissenschaftszweige stehen Lehrwerke zur Verfügung.
Es bedarf keiner Frage, dass außer der geisteswissenschaftlichen Betätigung auch reine Unterhaltungs- und Geschicklichkeitsspiele angeboten werden. Diese Spiele sind aber alle darauf ausgerichtet, dass keiner der Mitspieler sich in irgend einen Nachteil versetzt sieht, wie es bei euren Spielen üblich ist, die durchweg auf Gewinn und Verlust angelegt sind. Bei den Spielen der Santiner kommt es darauf an, jeweils den Mitspielern größere Freude zukommen zu lassen als man sie für sich selbst anstrebt. Auf diese Weise kann nie eine Missstimmung aufkommen. Vielmehr hat jeder das Gefühl des Beschenktwerdens, und das wiederum lässt ein Dankbarkeitsgefühl entstehen, was zu innerer Harmonie und Zufriedenheit beiträgt. Diesen Spielen kann man sich sowohl in dafür eingerichteten Räumen widmen als auch im 'Freien', das heißt auf entsprechenden Spielfeldern.
Wer Interesse an Leibesübungen aller Art hat, der begibt sich in die dafür vorgesehenen Gymnastikräume, in denen Geräte zum speziellen Körpertraining bereitstehen. Ihr werdet euch wahrscheinlich wundern, wie genau diese Geräte auf die Körperteile abgestimmt sind, die man einer stärkenden Übung unterziehen möchte. Auch hier gilt der Grundsatz, dass jeder Betätigung die Freude als Antrieb dienen soll. Den Gymnastikräumen ist jeweils ein kleines Schwimmbecken angegliedert, das durch ständig bewegtes Wasser jeden körperlichen Ausgleich durch Simulierung von Lang- und Kurzstreckenschwimmen erlaubt.
Für Musikliebhaber ist in geradezu idealer Weise gesorgt. Sie können sich nicht nur der gewohnten Instrumente bedienen, sondern auch eine Musik hören, die noch nie ihre Ohren erreicht hat. Man könnte sie mit 'Weltraummusik' bezeichnen, weil sie nicht mit irgendwelchen Instrumenten erzeugt wird, sondern aus dem All als 'Gesang der Sterne' wie eine reine Folge harmonischer Tonstufen aufgefangen werden kann. Dazu dienen beson-

*ders konstruierte Empfangsgeräte, die auf dem Resonanzprinzip beruhen. Es liegt auf der Hand, dass es sich bei dieser Art von Musik nicht um Schallwellen handeln kann (diese hätten im luftleeren Raum ja gar keine Fortpflanzungsmöglichkeit), vielmehr sind es reine Energieschwingungen, die von den in ständiger Bewegung und Eigenrotation befindlichen Himmelskörpern und Sterneninseln ausgehen. Diese bilden quasi eine Erregerquelle im Energiekontinuum des Universums und erzeugen eine Wellenstruktur, die in vielfacher Überlagerung sich einem Resonator mitteilt, der die Energieschwingung in Schallwellen verwandelt und so hörbar macht. Das Verblüffende dabei ist, dass während eines Raumfluges die Frequenzen ständig wechseln, so dass eine 'Weltraummusik' von einem überwältigenden Variationsreichtum an das Ohr dringt. Dieses akustische Erlebnis in Verbindung mit dem optischen Eindruck des unendlichen Weltraums lässt die Größe eines Schöpfergeistes erahnen und ein unsagbares Glücksgefühl aufsteigen, das dem Menschengeist das Gemeinsame des universellen Lebens bewusst werden lässt.*

Ich weiß, dass diese Beschreibung bei vielen Lesern den Eindruck einer Science-Fiction-Geschichte hinterlassen wird. Dies kann niemandem verübelt werden, der sich ausschließlich an die Ergebnisse einer materialistisch ausgerichteten Wissenschaft klammert und nicht bereit ist, auch Dinge zu akzeptieren, „von denen sich unsere Schulweisheit nichts träumen lässt", um mit Shakespeare zu sprechen. Wer jedoch dem vor Jahren kaum für möglich gehaltenen technischen Fortschritt zu folgen vermag, dem sollte es nicht allzu schwer fallen, offenen Blickes den Dingen zu begegnen, die heute noch die meisten Menschen schockieren, morgen aber bereits zur Realität eines selbstverständlichen Forschungsgebietes gehören werden. Dazu zählt auch die Tiefe der menschlichen Seele, die genauso geheimnisvoll ist wie das All, das uns immer vertrauter werden wird. Wenn wir uns in der Stille auf unser Innerstes konzentrieren, die eigenen Gedanken zum Schweigen bringen und versuchen, die Sternenräume mit den Flügeln der Geistseele zu durchmessen, dann können wir das Gefühl der Allfreiheit erleben. Der Körper bleibt zurück und nur die Geistseele, die keiner materiellen Einschränkung unterliegt, löst sich aus ihrer irdischen Umklammerung und begibt sich bei vollem Bewusstsein in die weiten Gefilde der Sternenwelten, begleitet von Wesenheiten der jenseitigen Daseinsebene, die ihr verwandt sind und die ihr den notwendigen Schutz bieten vor niederen Bewohnern der erdnahen Sphären. Doch kann es auch geschehen, dass der Verwandtschaftsgrad zwischen dem Astralreisenden und seinen Begleitern nicht gerade von einer hohen Entwicklungsstufe bestimmt ist, sondern z. B. unter starren, vorgefassten Meinungen leidet. In solchen Fällen wird die Astralreise in einer Fata Morgana enden, und bei stark irdisch geprägten Begleitern kann sie sogar mit chaotischen Projektionen aus der eigenen Vorstellungswelt simuliert werden. Bei Wiedergabe solcher 'Erlebnisse' ist deshalb eine kritische Haltung am Platze.

Abschließend sei noch auf die wichtige Tatsache hingewiesen, dass das geistige Reich die Möglichkeit hat, jeden Menschen zu inspirieren, ohne dass er sich dessen bewusst ist. Die hohen geistigen Sphären werden aber niemals den freien Willen des Menschen beeinflussen, es sei denn, dass ihm Gefahr droht. Wohl aber ist es ein Kennzeichen der niederen Geisterwelt, auf den Menschenwillen einen Zwang durch negative Inspirationen auszuüben. Was dies für Einzelschicksale und für Völkerschicksale bedeutet, lehrt die Geschichte dieser Erde. Deshalb ist es geradezu lebenswichtig, dass wir unsere Gedanken und Gefühle auf die Gottverbundenheit unseres Wesens ausrichten und auf die Stimme hören, die sich in unserem Inneren vernehmbar machen will: „Lernt eure Gedanken zu beherrschen und verbindet euch mit der Universalkraft der Liebe, die euch allezeit beschützt und die euch zuverlässig auf dem Wege zur Vollkommenheit geleitet: Jesus Christus. Er allein bietet die Gewähr eures sicheren Aufstiegs aus den Welten der begrenzten Horizonte in die All-Freiheit eures ewigen Seins."


*Der Gedanken liebevolles Schwingen*
*überspannt die Sternenweiten.*
*Fühle, wie sie dich durchdringen*
*und zum hohen Ziel geleiten ...*

# Am Ende der Zeit

**Einführung**

Wenn wir vom Ende einer Zeit sprechen, so muss man folgerichtig davon ausgehen, dass sie auch einen Anfang gehabt hat. Da aber Zeit an sich weder Anfang noch Ende haben kann, muss in unserem Falle ein anderer Begriff gemeint sein, als ein grenzenlos fließendes Abstraktum. In der Tat ist hier die Rede von einem abgrenzbaren Zeitabschnitt, nämlich von einem Teil des 'Großen Jahres', wie man eine Umlaufperiode unseres Sonnensystems um ein höheres Zentralgestirn bezeichnet. Die Umlaufdauer beträgt, im irdischen Zeitmaß ausgedrückt, rund 25.800 Jahre. Wie das Erdenjahr in 12 Zeitabschnitte unterteilt wird, die erfahrungsgemäß von bestimmten Eigenschaften geprägt sind, so wird auch im Großen Jahr nach 12 Einflussfeldern unterschieden, die allerdings im Vergleich zu den Einflussfeldern im planetaren Bereich um ein Vielfaches wirkungskräftiger sind. Denn während die Sonne, von der Erde aus betrachtet, scheinbar in einem Jahr alle Einflussfelder des Tierkreises berührt, benötigt das Sonnensystem, vom höheren Zentralgestirn aus betrachtet, für das Durchwandern eines einzigen Tierkreiszeichens eine Zeitspanne von jeweils 1900 bis 2500 Jahren. Die Unterschiede in der Verweildauer hängen mit dem extremen Ellipsenverlauf unseres Sonnensystems zusammen.

Die Eigenschaften der Einflussfelder des Großen Jahres ergeben sich aus dem göttlichen Erlösungsprinzip, das mit dem menschlichen Verstand nicht zu begreifen ist, wohl aber durch Intuition dem menschlichen Bewusstsein zugänglich gemacht werden kann. Nach altem überliefertem Wissen aufgrund kosmischer Gesetze ist unser Sonnensystem im Begriff, das Einflussfeld des Tierkreiszeichens der Fische zu verlassen und in das Einflussfeld des Wassermanns einzutreten.

Die Fischezeit nahm ungefähr mit Christi Geburt ihren Anfang. Ihre dominierenden Eigenschaften sind Hingabe, Liebe und Opferbereitschaft. Infolge der Unreife der Menschheit wurde der bestimmende Charakter dieses Einflussfeldes nicht verstanden. Die Erde wurde dadurch zum Planeten der Herrschsucht und des Fanatismus. Nun ist das Ende der Fischezeit gekommen, ohne dass die Reife für die nächste Evolutionsstufe erreicht wurde. Es ist deshalb verständlich, wenn wir von dem größten Schritt sprechen, vor dem die Menschheit steht, denn unsere grobstoffliche Lebensebene wird sich im nächsten Äon in eine feinstofflichere Welt umwandeln, deren bestimmendes Wesensmerkmal das geistige Prinzip ist. Dieser Orientierungsrahmen möge dem besseren Verständnis dienen.

**Gegenwartsanalyse**

Die Menschheit befindet sich in einer Zeitspanne, die wir als Übergangsstadium zwischen zwei Zeitaltern bezeichnen können. Dies ist kosmisch bedingt und insofern vom Menschen nicht beeinflussbar. Jeder Astronom hat Kenntnis von den großen Zusammenhängen, die aus der Bewegung der Sterne resultieren. Er kann aufgrund seiner modernen Beobachtungsmethoden genau berechnen, welche Konstellationen die Sterne und Planeten, soweit sie ihm mit Hilfe seiner Teleskope zugänglich sind, zu einer gewissen Zeit bilden werden. Dies ist aber nur das äußere Geschehen, dem allerdings in der Regel das ausschließliche Interesse gewidmet wird. Ohne die Leistungen der Astronomie schmälern zu wollen, sei jedoch hinzugefügt, dass es neben den Kenntnissen der Himmelsmechanik, um einen Ausdruck der früheren Astronomen zu gebrauchen, auch ein Wissen gibt, das die siderischen Einflüsse auf die feinstoffliche Natur des Menschen beschreibt. Wenn wir nun die astrologischen Deutungen der Gegenwartssituation unseres Wohnplaneten in Betracht ziehen, dann ergibt sich für uns das Bild einer Weltenwende: Die Ablösung der Regentschaft einer rein nach außen gerichteten Lebensauffassung und der Beginn eines Zeitalters, in dem sich

die geistigen Werte des Lebens zum bestimmenden Faktor entfalten werden. Diese Evolutionsstufe ist so gewaltig, dass Erschütterungen sowohl im physischen Bereich unserer Lebensebene als auch in seelisch-geistigen Bezirken in noch nie da gewesener Stärke eintreten werden. Das zu begreifen, sollte den Gegenwartsmenschen zum Nachdenken anregen.
Ich will nun versuchen, diese Tatsachen verständlich zu machen. Zunächst müssen wir uns darüber im Klaren sein, auch wenn wir uns als Einzelwesen betrachten, bezeichnen wir uns doch als Individuum, also als etwas Unteilbares, und so sind wir alle tatsächlich Teile eines universellen Lebens, das in unzähligen Seinsstufen und unvorstellbarer Vielfalt den Kosmos erfüllt. Niemand von uns ist auch nur annähernd in der Lage, sich ein Bild zu machen von dieser Grenzenlosigkeit des Lebens. Trotzdem können wir mit der Wesenskraft unserer Seele und mit den Flügeln des Geistes zu jeder Zeit Verbindung aufnehmen mit unseren Brüdern und Schwestern in fernen Welten des Universums, wie auch mit unseren Geistgeschwistern in den jenseitigen Reichen. Das Band der Kommunikation, das uns dafür zur Verfügung steht, heißt 'Gedankenenergie', und ihre Fortpflanzungsgeschwindigkeit ist unmessbar. Diese Art der Verständigung erscheint allerdings dem modernen Homo sapiens als ein unbeweisbares Geschehen, denn es gibt ja dafür keine wissenschaftliche Messmethode, die den objektiven Nachweis liefern könnte. Also verweist man die Gedankenbrücke kurzerhand in die Bereiche des Mystischen und des Unwissenschaftlichen.
Es wird aber für jeden Menschen des neuen Äons die Zeit kommen, da die Geisteswissenschaft um einen ganz erheblichen Zweig erweitert werden wird. Dieser Zeitpunkt bedeutet die Befreiung von einer materiellen Schöpfungsvorstellung auf Grundlage bisheriger Lehrmeinungen und das Erwachen vieler Menschen zu einem höheren Bewusstsein. In diesem Augenblick ist der Mensch auch fähig, bewusst und ohne Scheu Kontakte aufzunehmen mit Menschheiten anderer Wohnsterne, die uns mit

einer unvorstellbaren Technik des Raumfluges besuchen, um einer Brudermenschheit ihre Hilfe anzubieten, wenn der 'Tag des Gerichts' den Schlusspunkt setzt hinter eine Epoche der materialistischen Menschenverachtung und Gottesleugnung. „Siehe, ich mache alles neu", das wird die große Überschrift sein, wenn sich aus der geistigen Finsternis eine verwandelte Erde erhebt und das Wort in Erfüllung geht: „Tod, wo ist dein Stachel; Hölle, wo ist dein Sieg?" Dann gibt es keinen Unterschied mehr zwischen Rassen und Völkern, wie er sich über der scheinbaren Welt der Gerechten in furchtbaren Tiraden des Hasses entlädt. Dieser Zustand kann mit einer geistigen Umnachtung verglichen werden, die so stark ist, dass das erlösende Licht vergeblich versucht, die starre Wand der Unbelehrbarkeit zu durchbrechen. Das gilt in gleicher Weise für den Wahnwitz der Rüstungen, die sich zu einem unbeherrschbaren Höhepunkt steigern, indem sogar der Weltraum in die militärischen Überlegungen einbezogen wird. Das sind gefährliche Besessenheitssymptome, die nur noch unter Aufbietung aller Kräfte der Vernunft unter Kontrolle gehalten werden können. Wir fragen uns: Hat das neue, das kommende Zeitalter überhaupt die Kraft, ein solches Höllenspektakel bezwingen zu können? Und wir erhalten darauf die Antwort: Diese Kraft ist bereits wirksam, und kein Widerstand, von welcher Seite er auch kommen mag, wird sie im Erreichen ihres Erlösungszieles behindern können.

**Fernsehsendung vom 12. Juli 1984:**
**'Der verbrauchte Planet'**

Jede Stunde gehen auf der ganzen Welt 18 Millionen Quadratmeter Wald unwiederbringlich verloren. Gleichzeitig werden in jeder Stunde so viele Menschen geboren, dass sie eine kleine Stadt bevölkern könnten. Diese Tatsachen drohen in wenigen

Jahrzehnten zu einer tödlichen Katastrophe zu führen. Kann man diese Katastrophe verhindern?

Stellungnahme aus den Sphären des Lichts:
*Diese Fernsehsendung mit dem Titel 'Der verbrauchte Planet' wurde inspiriert, damit die Menschen endlich begreifen, was geworden ist aus der alttestamentlichen Aufforderung „Macht euch die Erde untertan". In dieser Aufforderung kommt die ganze Raffinesse einer verführerischen Rechung zum Ausdruck, die nun aufzugehen scheint. Aus der Fragestellung „Kann man die Katastrophe noch verhindern?" ist bereits die Hoffnungslosigkeit und Hilflosigkeit abzulesen, denen sich die verantwortlichen Regierungen ausgesetzt sehen. Die wahre Antwort lautet: Selbst bei Anstrengung aller Kräfte, die ein solidarisches Verantwortungsgefühl aller Regierungen dieser Erde erzeugen könnte, wäre es schon nicht mehr möglich, wieder einen Zustand zu schaffen, den man als natürlich bezeichnen könnte. Ich möchte damit sagen, dass die Menschheit bereits in einem Boot sitzt, das im Sog eines Wassersturzes dahintreibt - unfähig, dem tödlichen Verhängnis zu entrinnen. In einem solchen Falle ist eine Hilfeleistung nur vom festen Ufer aus möglich. In die Realität übertragen bedeutet dies, dass eine gefährdete Menschheit eine Hilfe in Anspruch nehmen darf, die 'von außen' kommen wird, gesteuert von der Liebe zu einer Brudermenschheit, die sich blindlings dem Verführerspiel des Widergeistes ausgesetzt hat und bis heute noch nicht gewillt ist, von der Eroberungssucht abzulassen und die Ströme des wahren Lebens aufzunehmen, die ein grenzenloses Universum durchpulsen.*

**Wird die Erde bald nur noch Wüste sein?**
UNO-Umweltschutzorganisation warnt vor Dürrekatastrophe

Auf die Bedrohung der Erde durch katastrophale Wüstenbildung hat die Umweltschutzorganisation UNEP hingewiesen. In einem am 5. Juni 1984 anlässlich des internationalen Umweltschutztages veröffentlichten Bericht alarmiert UNEP alle Staaten angesichts der fortschreitenden Austrocknung und Verödung der Erde, für die der Mensch die alleinige Verantwortung trage. Die Staaten der Welt müssten sofort handeln, falls sie ein „bisher nicht da gewesenes Chaos" verhindern wollten. In jedem Jahr werden laut UNEP 21 Millionen Hektar Boden durch Abholzung, Überweidung und Auswaschung völlig unproduktiv. Eine derartige Reduzierung des produktiven Bodens führt unvermeidlich zur Katastrophe. Bisher war dies nur in den Entwicklungsländern sichtbar; die Entwicklung wird jedoch laut UNEP unausweichlich auf die Industriestaaten übergreifen. Australien, die USA und UdSSR sind Beispiele: In diesen Ländern treten bereits ernste Probleme wegen der Wüstenbildung des Bodens auf. Der 1977 von 94 UNO-Staaten verabschiedete Aktionsplan, mit dem die Verödung der Erde bis Ende des Jahrhunderts vollständig aufgehalten werden soll, ist nach Angaben der UNEP gescheitert an der mangelnden Erkenntnis der Tragweite dieser geologischen Veränderung und am politischen Willen der Regierungen.

Stellungnahme aus geistiger Sicht:
*Dieser Bericht der UN-Organisation ist nur die Spitze des Eisberges, wie ihr zu sagen pflegt. Die Wirklichkeit zeigt noch erschreckendere Ausmaße, wenn man in Betracht zieht, dass nicht nur der Boden, sondern auch die Luft und das Wasser bereits einen Verseuchungsgrad erreicht haben, der eine natürliche, gesunde Entfaltung des Lebens auf diesem Planeten nicht mehr zulässt. Der Zeitpunkt ist schon überschritten, da ein*

*gemeinsames Handeln aller Staaten die Regenerierung der Erde hätte vollziehen können. Bevor jedoch der Planet zur Wüste wird, erfährt der Mensch, was die Prophezeiung heißt: Gott lässt seiner nicht spotten.*

**Ist die Erde unser Eigentum?**

In den achtziger Jahren hat sich die Frage des Umweltschutzes immer mehr zu einem politischen Schwerpunktthema entwickelt. Man hat allmählich erkannt, dass sich kein Volk seiner globalen Verantwortung für die Erhaltung gesunder Lebensverhältnisse entziehen kann. Leider hat jedoch diese elementare Erkenntnis noch nicht zu den erforderlichen Konsequenzen geführt, um eine verhängnisvolle Entwicklung in den Industrieländern wie auch in den Ländern der sog. Dritten Welt aufzuhalten und in neue Bahnen zu lenken, die das Prinzip der gegenseitigen Abhängigkeit zum Mittelpunkt des Planens und Handelns erhoben hätten. Durch eine solche Betrachtungsweise hätten sich für die Bedürfnisse des Menschen in Einklang mit den göttlicher Schöpfungsideen wie von selbst Wege geöffnet, die der Erhaltung der Schöpfung dienen. Stattdessen haben wir es vorgezogen, die äußeren Erscheinungen der Welt zu erforschen und ihre physikalischen und chemischen Eigenschaften nach Nutzungsmöglichkeiten zu untersuchen, ohne die Auswirkungen auf die natürlichen Lebensvoraussetzungen zu berücksichtigen und die göttliche Substanz zu erkennen, die allem Lebendigen zugrunde liegt. Deshalb blieben wir an unserer kleinen Erde hängen und haben uns durch einen selbst gezogenen kleinen Gesichtskreis eingeschränkt, der kaum über unsere Tagesbedürfnisse hinausreicht. Darin liegt auch der Grund, weshalb wir unseren Planeten als unser Eigentum betrachten, über das wir eigenmächtig verfügen könnten. Es kommt uns anscheinend nicht in den Sinn, dass uns die Erde nur als eine Lern- und Läuterungsstätte für unsere geistige Höherentwicklung anvertraut wurde, die ein Bestandteil unseres Sonnensystems ist und einer höheren Schöpfungsordnung angehört. Dementsprechend sollten wir auch ein höheres Verantwortungsbewusstsein gegenüber der Schöpfung entwickeln, das sich auf unseren geistigen Wesensmittelpunkt gründen sollte.

Alles Leben ist Bewegung, und wo Bewegung ist, herrscht ein geistiges Prinzip. Das gilt für die größten Sternsysteme ebenso wie für die kleinsten Bausteine der Materie, die Atome. Überall tritt eine gesetzmäßige Ordnung in Erscheinung, deren Missachtung durch den Menschen Leid und Krankheit und schließlich die Zerstörung seines Lebensraumes zur Folge hat. Es scheint nun so, dass unsere Welt diese letztgenannte Folge nun zu befürchten hat, denn man sucht auf höchster Ebene nach Möglichkeiten, einer solchen katastrophalen Entwicklung, die sich bereits in lang andauernden Dürreperioden und verheerenden Überschwemmungen abzeichnet, wirkungsvoll Einhalt zu gebieten.

Die UNO-Generalversammlung hatte 1989 die neunziger Jahre zur 'Dekade der Katastrophenvorbeugung' erklärt. Dem deutschen Komitee gehörten Experten aus Wirtschaft, Entwicklungshilfe, Wetter- und Rettungsdiensten, Forschung, Politik und Medien an. Aus Sicht der deutschen Experten ist eine Zunahme von Naturkatastrophen weltweit nicht auszuschließen, wobei zivilisatorisch bedingte Umweltveränderungen wie der befürchtete Treibhauseffekt eine Rolle spielen könnten.

Das Freiburger Wetteramt führte Studien zur Frage der Klimaveränderung durch, mit dem Ergebnis, dass der Sommer des Jahres 1991, das ohnehin als das trockenste Jahr seit Beginn der Wetteraufzeichnung Mitte des vergangenen Jahrhunderts registriert wurde, sich als Vorbote der Klimawende entpuppen werde. Die Studien, die sich auf globale Tendenzen und auf die Auswertung jahrzehntelang gesammelter regionaler Daten stützten, kamen schließlich zu einer alarmierenden Prognose: Es wird im Jahresdurchschnitt immer heißer und trockener, und die Klimazonen werden sich um 400 bis 800 Kilometer nach Norden verschieben. Die Ursachen dieser Prozesse wurden bereits vielfach analysiert: Weltweit trägt die stetig wachsende Energieproduktion zum Ansteigen der Temperaturen bei; die Zerstörung der Ozonschicht durch Schadstoffe lässt mehr UV-Strahlen zur Erde durchdringen. Eben diese Schadstoffschichten bremsen die Wärmeabstrahlung von der Erde in die Atmosphäre; die höheren Temperaturen verstärken die Verdunstung der Feuchtigkeit im Boden. Insgesamt fördert der vermehrte Ausstoß von Verbrennungsrückständen in die Umwelt die Windzirkulation, wodurch sich wiederum die Extreme, also Unwetter, Orkane und Dürreperioden, häufiger und heftiger abwechseln.

Das Goddard-Raumfahrtzentrum der NASA in Greenbelt, USA, berichtete im Oktober 1991 über die neuesten Messungen der schützenden Ozonschicht über der Antarktis. Demnach ist in den oberen Luftschichten ein Rückgang um 35 % zu verzeichnen. Die niedrigsten Werte hatten die Forscher zuvor im Oktober 1987 ermittelt; jetzt lägen sie noch um etwa 5 bis 10 % unter dem alten Tiefststand. Auch Messergebnisse über der Arktis zeigen bereits eine unerwartete Verdünnung der Ozonschicht über Kanada und Nordeuropa. Die Ozonschicht liegt in etwa 20 bis 50 Kilometern Höhe in der Stratosphäre und schirmt die Erde wie ein Schild vor den ultravioletten Strahlen der Sonne ab. Im Jahre 1986 wurde das erste bedeutende Ozonloch über der Antarktis entdeckt, aber noch nie war die Ozonschicht so dünn wie jetzt.

Stellungnahme aus geistiger Sicht:
*Die Zerstörung der Ozonschicht ist nur noch ein weiterer Schritt zur Zerstörung der Lebensvoraussetzungen auf eurem Planeten. Alles führt zu einer Selbstaufgabe dieser eigenwilligen Menschheit, die bis heute nicht bereit ist, sich in eine höhere Lebensordnung einzufügen, die ihr schon vor dreieinhalbtausend Jahren*

*durch ihre kosmischen Geschwister überbracht wurde in der alleinigen Absicht, einer Brudermenschheit den schweren und leidvollen Weg der Erfahrung und Läuterung über viele Inkarnationen zu ersparen. Ihr könnt euch nicht vorstellen, was es für die Santiner bedeutete, zusehen zu müssen, wie eine ganze Menschheit dem Vernichtungswillen des Widergeistes unterlag. Jetzt, am Ende seiner Herrschaft, sieht die Läuterungsbilanz dieser Menschheit so katastrophal aus, dass nur noch eine umfassende Reinigung aller Lebensbereiche eures Planeten euch in die Lage versetzen kann, endlich den Anschluss an das Lebensniveau eurer Sternengeschwister zu erreichen. Alles, was sich in naher Zukunft ereignen wird, ist auf dieses Ziel ausgerichtet. An euch liegt es nun, euer Denken, eure Gefühle und euer Handeln auf dieses Ziel zu richten, damit ihr den Übergang auf eine höhere Ebene des Lebens ohne große Angleichungsschwierigkeiten bewältigen könnt. Ihr werdet staunen, wenn ihr den Mut aufbringt, alles hinter euch zu lassen, was euch noch an eure grobstoffliche Welt binden möchte. Und ihr werdet froh und glücklich sein, wenn euch eine Liebe umfängt, die frei ist von allen selbstsüchtigen Gedanken und nur eines kennt: im anderen, im Bruder und in der Schwester, sich selbst zu sehen, das göttliche Selbst einer unendlichen Lebensgemeinschaft über Raum und Zeit.*

Die Menschheit wird jetzt begreifen müssen, dass sie das Universalgesetz von Ursache und Wirkung nicht außer Kraft setzen kann, um sich von aller Schuld reinzuwaschen. Die wissenschaftlichen Erklärungsversuche der Ursachen einer beginnenden Klimakatastrophe werden sich bald als Tatsachen erweisen, die keinen Zweifel mehr an der Schuld der Menschheit zulassen.

**Zur Frage der Glaubwürdigkeit medialer Botschaften**

Aus den Sphären des Lichts:
*Die Ereignisse, die ihr alle erwartet, lassen sich nicht nach Tag und Stunde fixieren, denn sie richten sich u. a. nach dem Verhalten der Menschen selbst, d. h. erst wenn der Punkt erreicht ist, da die Regierenden dieser Erde erkennen müssen, dass sie mit ihrer Politik in eine Sackgasse geraten sind, aus der es, ohne das Gesicht zu verlieren, kein Entrinnen mehr gibt. Erst dann ist das Klima geschaffen, das es euren Sternenbrüdern ermöglicht, ihre Hilfe anzubieten. Nun mögt ihr sagen: Dieser Zeitpunkt wird nie eintreten, denn ein Großmachtpolitiker kann und wird vor der Weltöffentlichkeit nie zugeben, dass er mit seinem Latein am Ende ist und insofern sei diese Annahme nur ein Wunschgedanke. Darauf ist zu erwidern, dass die Weltentwicklung auf eine Katastrophe zusteuert, der alle Regierungskunst nicht mehr gewachsen sein wird. Es bedarf deshalb keines ausdrücklichen Eingeständnisses seitens eines hohen Verantwortungsträgers der Großmächte, vielmehr wird die tatsächliche Lage von jedermann begriffen werden, und viele Menschen werden sich dann einer höheren Macht zuwenden, die sie trotz allen verstandesmäßigen Überlagerungen in ihrem Inneren empfinden werden.*
*Dass dies deutlich genug geschieht, dafür sorgen die Strahlungskräfte des neuen Äons, welche die Erde immer stärker treffen werden. Schon jetzt sind sie so stark, dass sich überall geistig interessierte Kreise bilden mit dem Ziel, den vielen suchenden Menschen Aufklärungshilfe zu leisten. Dass bei Medialkontakten auch die menschliche Einbildungskraft oft eine Rolle spielt und sogar jenseitigen Wichtigtuern und Foppgeistern Einlass gewährt wird, ist ein Begleitumstand des erwachenden Menschen. Solange ihr also noch keine Sicherheit in der Kommunikation mit den Sphären des Lichts erlangt habt, solltet ihr euren Verstand als Kontrollorgan benutzen. Denn vieles, was sich anmaßt, aus höchsten Quellen zu stammen, ist bei nüchterner*

*Prüfung nur ein Deckmantel für eine Geistseele, die ihr Geltungsbedürfnis auf diese Weise befriedigen möchte.*
*Das gleiche trifft auf die Scheinverbindungen mit angeblichen Kommandanten außerirdischer Raumschiffe zu. Hier kennt oftmals die Phantasie keine Grenzen. Es gibt jenseitige Geistwesen, deren Charakterwert nicht gerade hoch einzustufen ist, und die sich einen Spaß daraus machen, in die Figur eines Raumschiffkommandanten zu schlüpfen, und sich mit einem wohlklingenden Namen in Ufo–begeisterten Kreisen durch ein Medium zu melden, um so den Eindruck zu erwecken, diese Gruppe sei dazu ausersehen, eine Art Stützpunktfunktion für die Sternenbrüder auszuüben. Der Inhalt solcher Botschaften hält meistenteils einer kritischen Betrachtungsweise nicht stand und ist kaum dazu geeignet, ein klares Bewusstseinsbild zu vermitteln für den neuen Zeitabschnitt, in den die Erde nunmehr eintreten wird. Schon die Begriffe einer fünften oder noch höheren Dimension, mit denen sehr großzügig umgegangen wird, lassen darauf schließen, dass es sich dabei nur um eine Wissensvorspiegelung handelt, denn nirgendwo ist eine Erklärung für diese frei erfundenen Begriffe zu finden.*
*Kurz und gut - ich rate euch in der gegenwärtigen Phase des Übergangs, in der es euch noch an einem gesicherten Überblick fehlt, mehr Realitätssinn zu bewahren, wobei allerdings die Grenze der Realität nicht mit eurer irdischen Wissensbegrenzung zusammenfallen darf, sondern bereits in den Bewusstseinsraum verschoben werden muss, der euch geöffnet wurde durch stichhaltige Beweise für die Existenz einer außerirdischen planetaren Menschheit von hoher Intelligenz und Reifestufe.*
*Nehmt zur Kenntnis, dass diese eure Raumbrüder vom benachbarten Sonnensystem Alpha Centauri, wie ihr es nennt, unter Inkaufnahme erheblicher Mühen und Opfer zu euch kommen, um euch in einer großen Notlage, in die ihr bald gelangen werdet, brüderliche Hilfe zu leisten. Was ihr über die Art der Hilfeleistung bereits erfahren habt, ist zukünftige Wahrheit. Ihr werdet*

*euch bald selbst davon überzeugen können. Diese Wahrheit ist allen Regierungen bekannt, die ein entscheidendes Wort im Weltgeschehen mitzureden haben. Die Ignoranz, die hauptsächlich von den Militärs geschürt wird, weicht allmählich einer Ernüchterung, die dem vermehrten Erscheinen von Raumschiffen über Militärbasen und über Großstädten entspringt. Trotzdem ist nicht damit zu rechnen, dass die Regierungen den Mut finden, die Öffentlichkeit davon zu unterrichten, weil sie eine Unruhe befürchten müssten. Lieber nehmen sie in Kauf, dass bei Eintritt globaler Katastrophen eine Angstpsychose entsteht ohne den rettenden Aspekt einer Hilfe von 'oben'. Ihr habt die Aufgabe, so weit es in euren Kräften steht die euch zugewandten Menschen auf diese außerirdische Bruderschaftshilfe aufmerksam zu machen und ihnen jede Angst vor den bevorstehenden Umwälzungen zu nehmen. Tut dies aber mit aller Sachlichkeit und Klarheit, ohne dass ihr euch von imaginären Ufos mit angeblich negativem Charakter beirren lasst. Solche Produkte entstammen irdischen Vorstellungen und haben mit der Wirklichkeit nichts zu tun.*

*Alles ist vorbereitet, um dem Träger der Gottesliebe, Jesus Christus, den größten Dienst zu erweisen, der den Abschluss seiner Erlösungsmission für den Planeten einer verführten Menschheit bedeutet. Die Harmagedonschlacht, der Kampf zwischen Gut und Böse, geht zu Ende, und der Sieg der göttlichen Liebe wird euch die Tore öffnen in eine Lebensgemeinschaft, die von dieser Liebe getragen wird. Die Ernte wird jetzt eingebracht. Aber wer hat die erforderliche Reife erreicht? Merket wohl: Es kann nur derjenige die höhere Schwingung aufnehmen, der sich von den Schlacken des vergehenden Zeitalters löst und bereit ist, einer neuen Lebensdimension vertrauensvoll entgegenzugehen. Allen Menschen, die mit dieser geläuterten Einstellung den kommenden Umwälzungen entgegensehen, wird es zur Freude werden, den höheren Rhythmus des Lebens aufzunehmen und seine Grenzenlosigkeit kennen zu lernen.*

*Erlöst von der ich-beschränkten Sicht werden sie die Worte Jesu begreifen: „Ich gehe euch voraus, die Stätte zu bereiten." Diese Verheißung ist euch sehr nahe, denn die kosmische Uhr kündet bereits die volle Stunde an und der neue Tag zeigt sich schon in seiner Morgenröte. Das letzte Kalenderblatt der Fischezeit wurde umgeschlagen und an seiner Stelle erscheint die Losung des Wassermann-Äons: Erfüllet den Geist mit eurer Liebe und benützet sie als Brücke zu euren Brüdern und Schwestern im All, die euch sehnlichst erwarten, um euch eure wahre Heimat als Kinder des einen Vaters zu zeigen und gemeinsam auf den Stufen des Lichts weiterzuschreiten.*

*Nie kann ein Mensch außerhalb der göttlichen Allgemeinschaft stehen, denn alles Sein hat die gleiche Quelle und alle Verschiedenheit ist der Reichtum der Einheit, weil alles im Einen und das Eine in allem ist. So geht nun die Erde der 'Zeit aller Zeiten' entgegen. Damit ist die herrlichste aller Zeiten gemeint, die sie bisher durchlaufen hat. Wohl den Menschen, die dies begriffen haben, denn sie bilden den Anfang einer neuen Generation, die in Glück und Frieden ihr Leben gestalten, ohne befürchten zu müssen, dass das böse Element wieder alles durchkreuzen wird.*

## Zur Frage der Telepathie und Mental-Telepathie

Die Erfahrung lehrt, dass die 'Unmöglichkeiten' von gestern die Selbstverständlichkeiten von heute sind, und die Utopien von heute die Wirklichkeiten von morgen. Diese Erfahrungstatsache gilt nicht nur für den technischen Bereich unseres Lebens, sondern mehr noch für die verschütteten Fähigkeiten des Menschen auf dem Gebiet der Gedankenkraft und der Fernwirkung geistiger Energien bis in kosmische Räume. Von kosmischer Warte aus gesehen steht die Erdenmenschheit erst am Anfang ihrer Selbstentfaltung. Vor ihr liegt eine grenzenlose Zukunft, die sich heute keimhaft andeutet und durch telepathische Verbindungen mit höheren Wesenheiten bereits zur Gewissheit wird. Wir gelangen dadurch zur Erkenntnis unserer Allverbundenheit. Um dies beglückend erleben zu können, muss eine bewusste Identität des 'Ich' mit dem 'Selbst', also des äußeren Menschen mit dem inneren, verwirklicht werden. Erst dieses Selbstsein ermöglicht die Überschreitung körpergebundener Grenzen und die Erschließung der inneren Wirklichkeit, des All im Ich. Die Überlagerung von Ich und Selbst erzeugt automatisch diejenigen Kräfte, die wir mit dem Begriff 'metaphysisch' belegen. Dazu zählen wir auch die Fähigkeit der Gedankenübertragung und des Empfangens von Fremdgedanken. Diese Erscheinungen als Äußerung der Intelligenz gottverbundener Wesen zeigen sich unabhängig von körperlichen Bedingungen. Es kann also Geist auf Geist, Bewusstsein auf Bewusstsein unmittelbar einwirken – unabhängig von Raum und Zeit.

Alle Kräfte in uns, alle Gedanken- oder Willenskraft, ist letztendlich Allkraft. Je lebendiger wir uns des Verbundenseins mit den Kraftquellen der Gottheit bewusst sind, desto weiter öffnen wir uns dem Einströmen und Wirken der kosmischen Kraft und haben teil am Urkraftfeld des Ewigen. Wir müssen uns also bewusst machen, dass jedes Kraftfeld Teil größerer Energiefelder und mit seinesgleichen in einem übergeordneten, organismischen Ganzen verbunden ist, etwa so wie eine Zelle mit Millionen anderer sich zu Organen zusammenschließt.

Dieses gegenseitige Verbundensein gilt grundsätzlich auch für unseren Einfluss auf die Umwelt. Wenn wir eine positive Aura erzeugen, werden wir bei Menschen, Tieren und Pflanzen eine sympathische Reaktion feststellen. In allen Kraftfeldern waltet das selbe geistige Fluidum. Wie und wo wir es in Anspruch nehmen, ist allein unsere Sache. Wir müssen uns nur darüber im Klaren sein, dass wir als Folge davon unser eigenes Schicksal immer während gestalten. Menschen, die sich dieses Wissen angeeignet haben und danach leben, erkennt man an ihrer sonnenhaften Dynamik, an der positiv-magischen Ausstrahlung ihres Wesenskraftfeldes, an ihrer Lebendigkeit, freundlichen Zugewandtheit und Hilfsbereitschaft. Eine solche Wesensausstrahlung wirkt ansteckend, weil sie das göttliche Selbst im anderen zum Mitschwingen bringt.

Was jeder von uns im Bereich von Sympathie und Antipathie erfahren kann, bildet im Prinzip auch die Voraussetzung für die Telepathie und erst recht für die Mentaltelepathie, denn eine Gedankenverbindung ist nur zwischen zwei gleichschwingenden Wesenskraftfeldern möglich. Jede Disharmonie der einen oder anderen Seite unterbricht eine solche Verbindung sofort bzw. lässt sie schon gar nicht zustande kommen. Deshalb setzt eine zuverlässige Gedankenübertragung eine Wesensgleichheit beider Partner voraus. Das heißt natürlich nicht, dass beide auch die gleiche geistige Entwicklungsstufe einnehmen müssten, vielmehr bezieht sich die Bedingung der harmonischen Einheit ausschließlich auf den seelischen Bezirk. Um es noch einmal klarzustellen: Gedanken sind nicht an Sinneswahrnehmungen gebunden, sondern haben überzeitlichen und überräumlichen Charakter. Die Telepathie beruht also auf einer Fernwirkung des menschlichen Bewusstseins. Man könnte diesen Vorgang vergleichen mit der Erscheinung des Magnetismus, der ja auch Fernwirkung ohne Berührung ist.

Ähnliche Erfahrungen kann man in der Meditation machen, in der sich Seelenfenster öffnen, die Blicke in eine bisher unerforschte Welt gestatten, und bei der eine lebendige Teilhabe an fremdem Wissen wie an höheren Erkenntnissen stattfindet, die dem Bewusstsein sonst verschlossen blieben. Bei der Telepathie handelt es sich nicht um die Aufhebung von Naturgesetzen, viel weniger um unbegreifliche Wunder, sondern um die Anwendung naturgesetzlicher Abläufe und um den Nachweis, dass über dem rein statistischen Wert mancher Naturgesetze noch höhere Erkenntnisebenen liegen, die sich unserem Verstandeswissen entziehen. Außer den bereits genannten Voraussetzungen ist Telepathie nur durch Meditation und konzentrative Selbstent-

spannung möglich. Was heißt das? In der Meditation schließe ich mich von allen Eindrücken und Einwirkungen der Außenwelt ab und öffne mich der Innenwelt. Die Tätigkeit meiner Sinnesorgane nach außen ist eingestellt und die Gedanken sind in Ruhe.
Mit Mentaltelepathie bezeichnen wir die gedankliche Verbindung mit dem geistigen Reich. Es wäre höchst unbefriedigend, ja unter Umständen sogar schädlich, wenn wir nur aufs Geratewohl versuchen wollten, Verbindung mit der geistigen Welt aufzunehmen. Denn durch ein geöffnetes Fenster kommen nicht nur Sonne und reine Luft. Als Gesprächspartner sollten wir uns deshalb einen Geistlehrer wünschen, damit wir auch einen Gewinn aus diesem Kontakt verbuchen können. Vor Aufnahme einer solchen Kommunikation richten wir im Gebet die Bitte an Jesus Christus um seinen Schutz gegen mögliche Störeffekte von unerwünschter Seite. Leider denken viele Medien nicht an die Notwendigkeit dieser geistigen Vorbereitung. Dementsprechend sind sie dann oftmals Täuschungen und bewussten Irreführungen durch Geistwesen aus niederen Sphären ausgesetzt. Aus Inhalt und Sprache des Empfangenen kann man dann unschwer feststellen, welcher Gattung der Inspirator zuzurechnen ist. Beispiele dieser Art gibt es leider genügend.
Es hängt von der Konzentrationsfähigkeit ab, inwieweit es gelingt, für die Dauer der Kommunikation die eigenen Gedanken 'unter Verschluss' zu halten. Dies erfordert Übung. Denn es kommt ja darauf an, dass man den empfangenen Fremdgedanken von seinen eigenen Gedanken unterscheiden kann. Den Unterschied erkennt man daran, dass die empfangenen Gedanken meist von einer anderen Ausdrucksweise geprägt sind. Trotz aller Gedankenkontrolle lässt es sich kaum vermeiden, dass sich ab und zu, meist unbewusst, doch ein eigener Gedanke einschleicht und das innere Diktat dadurch verfälscht wird bzw. ihm einen anderen Sinn gibt. Ist dies der Fall, so wird bei einem gut eingeübten Medialkontakt das Diktat unterbrochen bis der Empfänger seinen Fehler bemerkt und ihn nach Rückfrage

korrigiert. Dies ist ein Punkt, dem beim Lesen medial empfangener Texte besondere Beachtung geschenkt werden sollte. Der erfahrene Leser wird es meistens bemerken, wenn der Inhalt solcher Botschaften von eigenen Gedanken des Mediums durchsetzt ist, ohne dass eine Korrektur erfolgte. Es handelt sich dann um ein 'Gemeinschaftsprodukt' zwischen jenseitigem Inspirator und irdischem Empfänger.

Eine weitere wesentliche Voraussetzung für die Kommunikation mit den Sphären des Lichts besteht darin, dass das Medium ausschließlich von dem Wunsch beseelt ist, nur in einer dienenden Funktion tätig zu sein. Sobald ein Geltungsbedürfnis im Spiel ist, wird das Medium von Geistseelen mit der gleichen Charakterschwäche in Anspruch genommen. Die empfangenen Botschaften tragen dann auch den entsprechenden 'Stempel'. Die beste Garantie für eine zuverlässige Dauerverbindung mit den Sphären des Lichts ist ein Vertrauensverhältnis zwischen jenseitigem Geistlehrer und diesseitigem Gesprächspartner, das auf Seelenverwandtschaft gegründet ist. Es findet dann eine Zusammenarbeit statt, die auf beiden Seiten von Freude begleitet und ausschließlich darauf ausgerichtet ist, in der gegenwärtigen verworrenen Übergangszeit Orientierungshilfe zu leisten und vor allem den Menschen die Zukunftsangst zu nehmen.

Alle Botschaften, die diesen Merkmalen entsprechen und dem Verstandesniveau des heutigen Menschen angepasst sind, haben als Absender die Weiße Bruderschaft. Was ist darunter zu verstehen? Die Weiße Bruderschaft ist die jenseitige Gemeinschaft der Helfenden und stellt quasi den ausführenden Arm des Gottessohnes dar. Totales Vertrauen in ihn zeichnet diese Gemeinschaft aus. Ihr Wille ist identisch mit seinem Willen. Infolgedessen besteht kein Unterschied zwischen seinem Werk und dem Handeln der Bruderschaft. Alles zielt darauf ab, den Menschen aus dieser Quelle zu inspirieren, so dass er sich selbst helfen kann. Dies ist aber nur dann möglich, wenn er sich nach innen wendet und sich nicht mehr von den negativen Verlockungen einfangen lässt, die überall auf ihn lauern. Darin liegt die eigentliche Gefahr, der sich der Mensch infolge seines Begierdentriebs laufend aussetzt. Die Zustände auf dieser Erde gleichen zum Teil einer totalen Besessenheit durch die Kräfte der Gewalt und Zerstörung, die nicht einmal mehr vor offener Zurschaustellung ihrer Absichten zurückschrecken.

Vor diesem Hintergrund eines Scheintriumphes der Dunkelmacht ist eine Selbstbefreiung dieser Planetenmenschheit kaum mehr möglich. Selbst wenn es noch gelänge, die Mächte der Finsternis in ihre Schranken zu weisen, wäre die Regenerierungskraft der Erde schon nicht mehr stark genug, um überall wieder natürliche Lebensverhältnisse herzustellen. Aus diesem Grunde konzentriert sich die Arbeit der Weißen Bruderschaft darauf, die aufnahmefähigen Seelen der Menschheit wachzurütteln und sie auf die kommenden Dinge vorzubereiten. Leider hört nur ein geringer Prozentsatz der zivilisierten Weltbevölkerung auf diese mahnenden Stimmen, da die meisten Menschen ihre Zukunftspläne auf ein materielles Besitzstreben ausrichten. Wenn sie aber wüssten, dass diese Pläne längst von einem anderen Architekten entworfen wurden, der mit dem kosmischen Maßsystem arbeitet, dann wäre kaum Raum mehr für menschlichen Egoismus. So wird an die Stelle der fehlenden Einsicht eine höhere Vernunft treten müssen, denn durch das selbstherrliche Verhalten dieser Menschheit wird das Erlösungswerk des Gottessohnes keine Verzögerung erleiden, d. h. alle Zukunft dieser Menschheit liegt in den Händen einer unermesslichen Liebe, die uns schon vor zweitausend Jahren verheißen hat: „Ihr sollt vollkommen werden, wie euer Vater im Himmel vollkommen ist."

**Die Gesetzgebung auf dem Berge Sinai - ein Gotteswunder?**

Die Bibel ist voller unerklärlicher Wunder. Doch soll an einem der wichtigsten biblischen Ereignisse des Alten Testaments verdeutlicht werden, dass diese Wunder ganz reale Grundlagen haben. Seit Jahrtausenden ist eine außerirdische hochentwickelte Menschheitsgruppe aus dem Nachbarsonnensystem Alpha Centauri darum bemüht, der tief gefallenen irdischen Brudermenschheit aus ihren selbst angelegten Fesseln zu helfen. Die Art der Belehrungen und die für uns ungewöhnliche Botschaftsübermittlung stoßen seit ebenso langer Zeit auf Unverständnis und Ablehnung, da eine klare Erkenntnis der größten menschheitsgeschichtlichen Geschehnisse und deren universale Zusammenhänge bis heute verhindert wurde, in alten Zeiten von priesterlichem Hochmut und von wissenschaftlichen Atheismus und der verbreiteten Gewalttätigkeit in der Neuzeit. Die Lehre von der Existenz Gottes und seiner wirkenden Kräfte muss als überzeugende Wissenschaft allen Menschen zum geistigen Inhalt werden.

Diese Lehre in ihren Grundzügen in ein Volk einzupflanzen, bei dem gewisse Voraussetzungen hierfür gegeben waren, war der Sinn der 'Gesetzgebung im Sinaigebirge' vor rund dreieinhalbtausend Jahren. Es war kein unerklärliches Wunder, denn Gott, der urewige Geist, verlangt von keinem Menschen, dass er blind und bedingungslos an etwas glauben soll, das nicht in irgendeiner Form mit dem Verstand erfassbar und mit den äußeren oder inneren Sinnen wahrnehmbar ist. Der wahre Sachverhalt der seinerzeitigen 'Gesetzgebung' wurde uns in einer klaren und überzeugenden Darstellung von den Nachfahren der damaligen außerirdischen Betreuer wiedergegeben. Diese Santinerbotschaft wurde bereits vor Jahren im Medialen Friedenskreis Berlin unter Leitung von Herbert Viktor Speer durch Medialschrift empfangen. Ich zitiere:

*Als das Hellhörmedium Mose nach dem Zug durch das Schilfmeer mit seinem Volke die Wüste durchquerte, wurden die Israeliten von einem Raumschiff geführt, das ihnen stets vorausflog und ihnen die Richtung wies. Dieses Raumschiff führte das Volk zum Sinai-Gebirge. Dort lagerten die aus der ägyptischen*

*Knechtschaft Befreiten auf der Ebene, die ihr mit dem Namen Sabaije bezeichnet. Das Weltraumschiff schwebte über dem Gipfel des 2000 m hohen Djebel Musa und verständigte sich über das geistige Band mit dem Mittler Mose. Dieser hochsensitive Mann hätte das große universale Gesetz Gottes wohl aus der geistigen Welt über das Hellhören empfangen können. Doch es war störende Einflussnahme der Dämonie zu befürchten, wie das später auch der Fall war. Die Israeliten waren außerdem ein an Gott zweifelndes Volk, das Mose nur wenig Glauben geschenkt hätte. Das Weltraumschiff wurde von allen Israeliten deutlich gesehen. Das ganze, für die Erdenmenschheit so wichtige Geschehen hat sich folgendermaßen abgespielt:*
*Es wurden Mose befohlen, mit seinem ganzen Volk den Landungsbereich bzw. den Strahlungsgürtel des Raumschiffes zu meiden. Die Antigravitationsstrahlung war so stark, dass sie jeden in der Nähe weilenden Menschen zumindest vorübergehend gelähmt hätte. Darum wurde ihm gesagt, dass er eine Grenze ziehen solle, die keinesfalls überschritten werden dürfe. Erst nach dem sehr lauten Entwarnungszeichen der Sirene war es erlaubt, die Grenze zu überschreiten. (2. Mose 19, 12-13; Anm. d. Hrsg.) Ein eingeschaltetes Raumschiff von jener Größe lädt sogar das Gestein mit Strahlungsenergie auf. Das Raumschiff durfte wegen der Gefahr eines sofortigen Energieverlustes den Boden nicht berühren und musste daher eingeschaltet über dem Berggipfel schwebend verharren. Die Energie wurde auf das äußerste Minimum beschränkt, doch sie genügte noch, die Haut von Mose teilweise zu schädigen. Er trug Verbrennungen, ähnlich denen eines Sonnenbrandes, im Gesicht und an den Händen davon, so dass sein Antlitz wie ein radioaktives Mal leuchtete. Da Mose bei Sonneneinwirkung Schmerzen empfand, wurde ihm zur Heilung der Haut eine Entstrahlungsmaske überreicht. Diese Schutzmaske trug er dann bei allen seinen Verhandlungen mit den Santinern (2. Mose 34, 29-35; Anm. d. Hrsg.). Mose wurde in das Raumschiff eingelassen, das am Tage*

*wie eine konzentrierte Rauchwalze über dem Dschebel Musa schwebte und in den Nächten wie eine Feuersäule leuchtete, so dass der ganze Berg in ein rotes Licht getaucht schien.* (2. Mose 24, 15-18; Anm. d. Hrsg.) *Mose hielt das Weltraumschiff für eine Wohnung Gottes, denn es war sehr prächtig ausgestattet. Hier wurde ihm das Universal-Gesetz der Bruderschaft überreicht, das seine Gültigkeit im ganzen Universum besitzt und dem sich alle Planetenbewohner, mit Ausnahme der Erdenmenschheit, gebeugt haben, weil ein Leben und ein Fortschritt ohne dieses Gesetz unmöglich ist. Es ist das große und einzig gültige Gesetz der interplanetarischen Bruderschaft. Mose war der erste Mensch auf Erden, der dieses Gesetz von einem Beauftragten Gottes empfing.*

*An Hand der Bibelseiten seht ihr bereits, wie falsch eure Überlieferungen sind, wenn sie von Wolken- und Feuersäulen berichten, aus denen Gott, der Herr, spricht. Die Wirbel um den Rumpf des Raumschiffes lassen die Atmosphäre stets als eine Wolke erscheinen, da jede Unreinheit in der Luft, wie Sand und Staub, angesaugt werden und um das Schiff wirbeln. Nachts glüht die Aura wie ein rotes Elmsfeuer, so dass es einer Feuersäule ähnlich ist.*

Das sind die unwiderlegbaren Tatsachen. Die lebenswichtigen Schöpfungsgesetze und Lebensweisungen wurden Mose sogar in der damaligen Schrift auf haltbaren Hartfolien aufgezeichnet. Es wurde ihm empfohlen, diese Gesetzestafeln gut aufzubewahren. Aus der Bibel ist bekannt, dass Mose zu diesem Zweck eigens einen tragbaren Schrank, die sog. Bundeslade herstellen ließ. Diese universellen Lebensgebote standen jedoch der Herrschsucht und dem Fanatismus der damaligen Priesterschaft im Wege, die zugleich die politischen Führer waren. Ihr Nimbus der Unfehlbarkeit und des absoluten Gehorsamsanspruchs stand auf dem Spiel. Sie ertrugen keine Vorschriften von anderer Seite, selbst wenn diese aus höchster Quelle stammten. Sobald das

Raumschiff wieder außer Sicht war, bemächtigten sich die Priester dieser Tafeln und zerbrachen sie. Es war nicht Mose, der sich mit dieser Schuld belastete. Erst später wurden aus Erinnerungsfragmenten und aus eigenem, priesterlichem Ermessen die so genannten 'Zehn Gebote' geboren.

Auch heute noch besteht der göttliche Wunsch, dass die Erdenmenschheit sowohl über die universelle Schöpfung selbst, als auch über das Leben innerhalb der Schöpfungsgesetze belehrt werden soll. Da die Santiner, wie viele andere Sternenmenschheiten auch, im Besitz dieser universellen Lebensweisungen sind, wurden sie uns noch einmal übermittelt. Es sind in Wirklichkeit nicht zehn Gebote, sondern sieben Hauptgebote und dazu sieben Forderungen. Dieses Interplanetarische Gesetz Gottes sind göttliche Richtlinien und zugleich Warnungen vor einer Entwicklung, die zum Chaos führen muss, wenn diese von Weisheit getragenen Worte nicht beachtet werden.

## *Das Interplanetarische Gesetz Gottes*

### *Die sieben Hauptgebote*

**1.** Am Anfang war eine raumlose Kraft. Es war der Logos, die höchste Intelligenz. Du bist nicht fähig, diese Kraft und Intelligenz durch irgendein Gleichnis verständlich zu machen. Du darfst darüber keine eigenen Betrachtungen anstellen, sondern erkenne mittels deines eigenen Verstandes und Gefühls diese Intelligenz als deinen Schöpfer an. Alles andere Denken in dieser Richtung ist von Übel.

**2.** Du darfst nicht gegen die Gesetze der Natur handeln und leben, denn du schädigst nicht nur dich und deine Seele, sondern viele deiner Nachkommen, denen dann in keiner Weise mehr zu helfen ist, wenn du die intelligente Schöpfung Gottes geschädigt hast. Du trägst die volle Verantwortung für jedes Leid auf dieser Erde.

**3.** Du darfst deinen Schöpfer weder verspotten noch verfolgen, selbst wenn du ihn mit deinem eigenen, unentwickelten Denken nicht verstehen oder erfassen kannst, denn du bist nicht mehr sondern weniger als Gott. Darum beschmutze seinen Namen nicht und bringe ihn nicht in Verbindung mit deinem eigenen Denken. Kritisiere nicht den Logos, denn er ist unfehlbar auf Grund seiner unendlichen Erfahrung und unermesslichen Kraft.

**4.** Sei unermüdlich tätig, sowohl im Denken als auch im Handeln. Doch wisse, dass der Gedanke die größte Kraft und das höchste Erbe Gottes darstellt. Dein Gedanke ist unermesslich in seiner Auswirkung, jenseitig und diesseitig. Denke mit aller Ehrfurcht an deinen Schöpfer, sowohl in der Zeugung deiner Nachkommen als auch im Gestalten aller Dinge, und schaffe jede Sache nur zum Guten und niemals zur Unehre Gottes und deiner selbst. Achte den unermüdlichen Fleiß des Schöpfers und achte die Arbeit deiner Mitmenschen, die der Schöpfung zur Ehre Gottes im Schweiße dienen.

**5.** Mache keinen Unterschied zwischen arm und reich, noch einen Unterschied zwischen jung und alt oder zwischen einer Farbe. Ehre die Erfahrungen und achte das Leid. Höre auf den Rat deiner Eltern, sofern sie an Gott, den Schöpfer, glauben. Ohne diesen Glauben kannst du vielleicht reich, aber niemals glücklich, zufrieden, noch weniger selig werden.

**6.** Dein Schöpfer wünscht, dass du das Leben in aller Welt als seine Kraft achtest. Du hast kein Recht, über das Leben eines Mitmenschen zu bestimmen. Bekämpfe die gegensätzliche

Schöpfung und das Leben zerstörende Leben. Töte kein Tier zu deinem Vergnügen, sondern nur zur Erhaltung und Sicherung deines eigenen Lebens.

**7.** Schädige keinen Mitmenschen, weder an Leib oder Seele, noch im Ansehen oder an seinen selbst erarbeiteten Gütern. Schädige ihn nicht an seiner Entwicklung, weder in seiner Liebe noch in seiner Freiheit, sondern hilf ihm alle Zeit in allen diesen Dingen, ohne auf Dank zu warten. Leiste deinen Beitrag zur Wahrheit und zur Erhaltung aller Einrichtungen, die dein Leben, deine Gesundheit und deine geistige und seelische Entwicklung fördern.

*Die sieben Forderungen*

**1.** Zeuge nicht aus deiner Lust, sondern aus der freiwilligen Opferbereitschaft, einer begnadigten Seele zu einer besseren Einsicht und Selbsterkenntnis zu verhelfen und für sie so lange zu sorgen, bis sie die Selbstständigkeit im Denken und Handeln erlangt hat.

**2.** Achte deine Lebensgefährtin als die verantwortliche Trägerin des göttlichen Willens, des göttlichen Lebens, und als die Wegbereiterin der planvollen Zukunft. Ihr Versagen bedeutet die Vernichtung in langsamer, aber unvermeidlicher Folge.

**3.** Teile nicht die Schätze dieser Erde auf, denn sie sind allen Kreaturen, vor allem aber allen Menschen ohne irgendeinen äußerlichen Unterschied gegeben. Der Stern Erde ist ein Geschenk Gottes an die gesamte Menschheit, die auf diesem Stern lebt und je leben wird.

**4.** Beneide keinen Mitmenschen, noch eine Gruppe oder ein Volk, noch eine Rasse, noch ein Land, in dem Menschen für sich leben. Denn du kannst nicht mit aller Bestimmtheit wissen, ob du jene nicht wegen eines Irrtums beneidest, der noch nicht erkannt worden ist.

**5.** Wende keine Gewalt an, auch wenn du glaubst, der Stärkere oder der Angegriffene zu sein. Denn jede Gewalt ist eine Herausforderung unheimlicher Kräfte, die nicht nur deinen Gegner, sondern auch dich selbst vernichten, und die Zukunft deiner Nachkommen erschweren oder unmöglich machen.

**6.** Bediene dich in allen Schwierigkeiten des Logos und wende dich ab von den Ratschlägen deiner Berater und Feinde, die gleicherweise auf deinen Untergang warten.

**7.** Traue deinen Sinnen nicht, denn nur deine Seele ist fähig, die allerletzte Entscheidung zu treffen – und dabei hilft dir Gott und sonst nichts.


**Ein Interview mit Ashtar Sheran,
der Führungspersönlichkeit der Santiner**
(empfangen im Medialen Friedenskreis Berlin)

Sind die Santiner über alle Vorkommnisse auf unserer Erde orientiert?
*Die Erde steht seit über 4000 Jahren unter ständiger göttlicher Kontrolle. Diese Kontrolle wird von den Santinern ausgeübt. Sie haben dafür ferngesteuerte Aufklärungs- und Informations-Flugschiffe zur Verfügung. Diese sind mit Apparaten ausgestattet, die sogar die vorherrschenden Gedanken der Menschheitsführer registrieren. Dies erscheint euch märchenhaft, aber ihr müsst bedenken, dass wir euch in der geistigen und technischen*

*Entwicklung weit voraus sind. Die ferngesteuerten Objekte sind nicht bemannt. Werden sie verfolgt, so schalten sie automatisch auf 'Flucht', und ihr wisst aus Erfahrung, dass sie von euch niemals abgefangen werden können. Die Beschleunigung ist so groß, dass sie von keinem Menschen, auch von uns nicht, körperlich überstanden werden könnte. Ihre Automatik findet mit Sicherheit zum Mutterschiff zurück. Die bemannten Schiffe haben eine geringere Beschleunigung. Aber auf großer Fahrt, d. h. im All, erreichen sie ebenfalls Geschwindigkeiten, die ein fleischlicher Körper nicht überleben kann. Aus diesem Grunde setzt eine Dematerialisation ein. Die ganze Fahrt wird dann in einer Geschwindigkeit fortgesetzt, die weit über der Lichtgeschwindigkeit liegt. Auch dieser Vorgang erscheint euch märchenhaft, weil ihr noch weit entfernt seid von solchen Möglichkeiten. Wie soll man einem Unwissenden etwas erklären, dem alles wie Zauberei erscheint? Eure Wissenschaftler glauben z. B. nicht an eine Geschwindigkeit, welche die Lichtgrenze übersteigt. Wir kennen aufgrund unserer Erfahrungen noch ganz andere Geschwindigkeiten, z. B. auf dem Gebiet der Gedankenübertragung. Ein Gedanke überbrückt in weniger als einer Sekunde eine Strecke, die euer ganzes Sonnensystem umfasst, d. h. er kann an jedem Punkt dieses Bereichs sofort empfangen werden. Dabei gibt es keinen Stärkeverlust. Unsere Raumschiffe verständigen sich laufend auf diese Weise. Die Gedankenübertragung ist auch im dematerialisierten Zustand möglich, weil der Geist dabei nicht in Bewusstlosigkeit versinkt. Das sind allerdings Meisterleistungen. Aber wie ich bereits sagte, wir sind euch in allem weit voraus. Eure technische Entwicklung hat zwar in den letzten Jahren große Fortschritte gemacht, aber die menschliche Entwicklung liegt unter jedem Niveau.*

Warum gebt ihr uns keine Anleitungen, unser Dasein zu verbessern?
*Wir würden das überaus gerne tun, aber ihr seid zu einer solchen Verständigung nicht reif genug. Ihr seid sofort auf Missbrauch aus. Darum müssen wir euch zuerst moralisch festigen.*

Ist ein solcher Erfolg überhaupt zu erwarten, da doch diese Versuche schon seit mehreren tausend Jahren erfolglos unternommen wurden?
*Ja, sonst hätten wir unsere Bemühungen längst aufgegeben. Die zunehmende Entwicklung begünstigt diese Mission. Früher konnten die Santiner kaum begreiflich machen, dass das Universum auch noch von anderen Menschheiten bewohnt ist. Heute hat die Erdenmenschheit eine Entwicklungsstufe erreicht, die unsere Existenz und auch unsere Mission in ein verständnisvolleres Licht rückt. Die Kirchen wollen sich zwar mit unserer Existenz noch nicht befassen, obwohl wir die theistische Religion zu euch gebracht haben. Aber die Raumexperten und dazugehörigen Wissenschaftler lehnen es nicht mehr ab, dass auch andere Sterne bewohnt sein können; und sie sind bewohnt, wenn auch nur zum geringen Teil. Doch das Universum ist unfassbar groß und deshalb gibt es sehr viele Menschheiten, die meisten sehr weit von der Terra entfernt.*
*Eure Wissenschaftler horchen mit Riesenapparaten ins Weltall, um Kunde von außerirdischen Zivilisationen zu erhalten. Dazu bedarf es keines derartigen technischen Aufwands. Hier habt ihr Kunde von uns. Wir haben schon immer gewisse Kontakte mit euch gehabt, aber viele Medien, die uns verstanden haben, wurden in eine Irrenanstalt eingeliefert. Andere haben sich in Schweigen gehüllt, um nicht das gleiche Schicksal erleiden zu müssen. Wir wollten euch nicht in diese Gefahr bringen, darum haben wir unsere Kontakte sehr streng bemessen. Praktisch ist uns dies über den Spiritualismus am besten möglich, weil dieser*

*in den freien Staaten nicht verfolgt wird. Die Parapsychologie genießt allmählich Anerkennung als wissenschaftliches Forschungsgebiet. Die Zeit dafür ist gekommen, dass ihr in dieser Richtung ernsthaft forscht. Denn die Parapsychologie ist eines der wichtigsten Gebiete in der Raumfahrt.*
*Das haben eure Raumfahrtexperten noch nicht begriffen. Man zerbricht sich die Köpfe über unfassbare Beobachtungen und Phänomene, aber man denkt noch nicht daran, dass es im außerirdischen Bereich auch außerirdische Möglichkeiten und Gesetze gibt. Je mehr sich die irdische Raumforschung um das Forschungsgebiet der Parapsychologie bzw. um den Spiritualismus kümmert, umso schneller wird man in der Lage sein, das Weltall zu erforschen und zu begreifen. Eure Messungen, die sich mit superlativen Entfernungen befassen, sind nicht einwandfrei, da es viel atomare und elektronische, sowie noch andere Störungen gibt, welche die Geraden und sonstige Werte beugen oder ableiten. Daher habt ihr auch eine völlig falsche Vorstellung von der wirklichen Form der Weltspirale.*

(Das ganze Universum hat eine Spiralform, die von etwa einer Milliarde Galaxien gebildet wird. Ihr Mittelpunkt besteht aus einer Sonnenansammlung, die die Konzentration einer unermesslichen Lichtfülle in sich birgt. Dieses Zentrum ist ein Ausdruck der göttlichen Liebe, um alle Schöpfungsebenen des Universums, die den gefallenen Geistwesen als Erfahrungsreiche dienen, mit den Kräften der Erlösung zu versorgen, damit sie durch Selbsterkenntnis wieder in ihre eigentliche Heimat als Kinder des Ewigen zurückfinden; Anm. d. Autors)

*Wir glauben, dass die Zeit nicht mehr ferne ist, da ihr dahinter kommt, dass der Atheismus ein Irrtum ohnegleichen ist. Wenn die Erdenmenschheit dies einmal begriffen hat, dann ändert sich fast alles auf diesem Stern. Ihr werdet dann von Wunder zu Wunder gelangen, weil der Ausgangspunkt aller eurer Bemühungen auf den richtigen Stand gebracht wird. Solange aber der Ausgangspunkt aller Verhältnisse nicht stimmt, gelangt alles in die falsche*

*Perspektive. Die Erdenmenschheit lebt so gedankenlos dahin, dass sie sich für die erhabenen Wahrheiten überhaupt nicht interessiert; sie lebt in einem geistigen Dämmerzustand. Dies liegt hauptsächlich daran, dass die Erdenmenschheit ihr Gehirn nicht richtig für einen positiven Denkprozess geschult hat. Die eine Hälfte des Gehirns ist unaktiviert, und der Mensch verhindert durch sein vorwiegend negatives Denken die Inanspruchnahme des ganzen Gehirns. Erst wenn der Mensch die Fähigkeit erlangt, auch den anderen Teil des Gehirns in Tätigkeit zu nehmen, wird er logischer denken können. Mit der Aktivierung des zweiten Gehirnteils kann die ganze Welt verändert werden. Aber erst muss sich der Mensch zu einem besseren Denken und Handeln erziehen. Wir sind bereit, euch dabei zu helfen. Wenn die Erdenmenschheit sich mehr auf geistige Erkenntnisse konzentrieren würde, dann würde sie auch den psychischen Fähigkeiten, z. B. der Telepathie auf die Spur kommen. Der nächste Schritt wäre dann ein geistiges Training, um die psychischen Fähigkeiten voll zu entwickeln. Das ist die Bedingung, um uns zu verstehen. Das Ziel der Menschheit ist im ganzen Universum das selbe, nämlich die größte geistige und moralische Vervollkommnung zu erreichen. Es lohnt sich unbeschreiblich, gut und moralisch zu leben. Es lohnt sich unvergleichlich, an Gott und sein Reich zu glauben; aber dieser Glaube muss ein fundiertes Wissen sein. Gott zum Gruß und Friede über alle Grenzen!*

∞

Was sagt das Geistige Reich zum Thema ‚Feinstofflichkeit' der Santiner zu verstehen?
*Feinstofflich bedeutet, dass die Materie weniger fest ist. Das trifft besonders beim physischen Körper und Blut eurer Sternen-*

*geschwister zu. Sie können sich dematerialisieren. Doch auf diesem Gebiet ist die irdische Wissenschaft noch völlig unerfahren; daher könnt ihr diese Dinge nicht begreifen. Und was der Mensch mit seinem Verstand nicht erfassen kann, das lehnt er als unmöglich ab.*

In einer vor Jahren erschienen Sammlung von 'Ufo-Beweisen' sind auch Skizzen von angeblich Außerirdischen enthalten, die mit übermäßig großen Köpfen, dünnen Leibern, langen Armen und Händen mit nur vier Fingern und krallenartigen Fingernägeln dargestellt wurden. Die Augen waren unverhältnismäßig groß gezeichnet, während Nase, Mund und Ohren nur noch eine rudimentäre Form aufwiesen. Die Originalskizzen seien nach Sichtungsberichten über angeblich abgestürzte Ufos mit Insassen gefertigt worden. Wie sind solche Darstellungen zu beurteilen?

*Diese zeichnerische Darstellung eurer Sternengeschwister zeugt von einer negativen Einflussnahme der Dunkelsphäre. Leider sind die Empfänger dieser Inspirationen selbst nicht mehr fähig, ihren eigenen Verstand zu Rate zu ziehen, um zu erkennen, dass in diesem gedanklichen Niederschlag eine kaum fassbare Verunglimpfung eurer außerirdischen Betreuer in Erscheinung tritt. Wie ist es nur möglich, auf einen solch üblen Trick hereinzufallen? Wie können gebildete Menschen annehmen, dass debile Kreaturen oder gar monsterhafte Phantasiegestalten einen hohen Intelligenzgrad besitzen, der ihnen ermöglicht, Raumschiffe zu konstruieren, die mit Überlichtgeschwindigkeit Raum und Zeit überbrücken?*

*Dies alles ist ein erneuter Beweis dafür, dass die Menschen dieser Erde vorwiegend der Dekadenz zuneigen und damit dem Widersacher willkommene Dienste leisten, anstatt sich darauf zu besinnen, dass sie Geschöpfe Gottes sind, ausgestattet mit freiem Willen und geistiger Kraft, die ihnen die Garantie bieten, durch eigene Anstrengung die Sphären des Lichts und der Vollkommenheit erreichen zu können. Auf diesem Wege werden sie auch* den Kosmos als ihre wahre Heimat erleben, wofür ihnen die unzähligen Brüder und Schwestern der diesseitigen und jenseitigen Welten ihre ganze Liebe entgegenbringen. Die Santiner sind Angehörige dieser universellen Lebensgemeinschaft, die sich schon seit Jahrtausenden um euch bemüht. Sie sind von engelhafter Gestalt und ihre geistige Einstellung ist von Liebe und Demut geprägt. Deshalb wurden sie zu biblischen Zeiten mit Cherubim und Gottesboten bezeichnet. Jede Art von Gewaltanwendung ist ihnen fremd. Sie kennen keine Krankheiten und ihre Lebensführung ist vollkommen harmonisch. Deshalb empfinden sie es als seelische und physische Belastung, dass es ihnen bisher nicht gelungen ist, der irdischen Brudermenschheit zu einem höheren Erkenntnisstand zu verhelfen, der den Weg aus der Gebundenheit des Widersachers freigemacht hätte. Ihr solltet ihnen jedoch dankbar sein, dass sie euch unter großen Mühen vor einem endgültigen Abgleiten in das Chaos bewahrt haben, ohne dass ihr euch dessen bewusst geworden seid. Jetzt aber steht ihr vor einer letzten Entscheidung, wie es euch Ashtar Sheran bereits angekündigt hat; sie lautet: Entweder Annahme des Hilfsangebots eurer Sternengeschwister, wenn die Erde in ihre Erneuerungsphase eintritt, oder Beibehaltung eures Eigensinns mit der Folge eures körperlichen Untergangs im Toben der Elemente. Hört jetzt auf eure innere Stimme, die mit der gleichen Liebe zu euch spricht wie die Santiner, die im Auftrag dieser immer tätigen Liebe handeln.*

Worin unterscheidet sich der Spiritualismus von anderen Religion?
*Der Spiritualismus ist keine Religion im kirchlichen Sinne, sondern eine Lehre, die im Menschen eine wahre Religion, d.h. Wiederverbindung auslöst, nämlich die Liebe zu Gott. Ein weiterer Aspekt dieser nach innen gerichteten Lehren sind die Kenntnisse, die dem Menschen über das unsichtbare, ewige Leben vermittelt werden. Sie geben Aufschluss über die wunder-*

*bare Welt, in die der Mensch hinübergeht, wenn sich seine Seele vom Körper löst. In diesen Lehren wird darauf hingewiesen, dass der Mensch solange in einen materiellen Körper zurückkehren muss, bis er durch Selbstdisziplin gelernt hat, alle Kräfte zu meistern, die auf sein Leben einwirken, oder anders ausgedrückt, bis er vom Kind zum vollkommenen Sohn oder zur vollkommenen Tochter des lebendigen Gottes herangewachsen ist. Hat die Seele das erreicht, was man Meisterschaft nennt, dann hat sie volle Befugnis über alle diese Kräfte und weiß, wie man sie anwenden muss, um Körper, Seele und Geist samt allen ihren Empfindungen zur Vollkommenheit zu bringen. Sie weiß dann, wie man die vollkommene Form des Gottmenschen gestaltet. Hat der Mensch die Kontrolle über sich erlangt und auch über die physischen und ätherischen Kräfte, dann ist er an Karma und Wiedergeburt nicht mehr gebunden und er steht auch über den Gesetzen des Vergänglichen. Es gibt bewiesene Fälle, in denen ein Meister physisch gar nicht starb, sondern von dieser Erde enthoben wurde. Viele mögen lächeln, wenn sie dies hören und erklären, dass dies ganz und gar gegen die Naturgesetze sei. Jedermann muss sterben, sagen sie. Jedermann muss leben, sagen wir. Wird der materielle Leib in den göttlichen Gesetzen des Lebens erzogen und erhalten, und steht er unter vollkommener Disziplin, dann wird er weder krank noch kann er sterben. Scheint sich ein solcher Körper aufzulösen, so ist dies ein Trugbild, denn der physische Körper besteht aus Atomen, die durch vollkommene willensmäßige Beherrschung umgruppiert werden und der neu sich bildende Leib ist von feinerer Struktur als der bisherige. Er ist der äußeren Beeinflussung entzogen. Dieser Vollkommenheitsgrad ist den Eingeweihten zu eigen; ihr nennt sie Heilige und Söhne Gottes.*

Die Wissenschaft nimmt an, dass es vor langer Zeit auf Erden schon hochentwickelte Kulturen gegeben hat, die dann wieder untergegangen sind. Ist diese Annahme richtig?

*Ja, sie ist richtig. Es hat aber auf Erden noch kein Atomzeitalter gegeben; insofern sind diese Frühkulturen mit eurer heutigen Zivilisation nicht vergleichbar. Es haben auch nie derartige technische Kriege stattgefunden und es gab auch noch keine derartige Luftfahrt, wie sie heute existiert. Aber die alten Kulturvölker, die auch hohe Zivilisationen erreichten, haben andere Leistungen und Erkenntnisse aufzuweisen gehabt. Sie kannten viele magische Kraftwirkungen, die euch heute nicht mehr bekannt sind. Außerdem hatten sie wertvolle Kontakte mit Sternengeschwistern, von denen sie beraten wurden.*

Ist die Vorstellungskraft des Menschen begrenzt?
*Lerne, dich von der Begrenztheit deiner Person, deines niederen Selbst und deines ich-gebundenen Verstandes zu lösen, um dich auf den Flügeln deiner Vorstellungskraft empor zu schwingen. So wirst du frei, denn im Lande des Lichtes, das dir die Meditation erschließt, kannst du hinter die Kulissen des materiellen Lebens schauen. Tust du dies, dann verstehst du die Bedeutung wahrer Bruderschaft. Du verstehst auch, dass du nur dann dem Christus-Ideal näher kommst, wenn du von ganzem Herzen und von ganzem Gemüte dienst. Mit dem großen Ozean des Lebens bist du untrennlich verbunden und deinem Bruder, sei es Mensch, Tier oder Pflanze, kannst du nicht weh tun, ohne dich selbst zu verletzen. Liebet einander, so wie euch Christus liebt.*

Die Kirchen stehen dem Phänomen der Ufos mit äußerster Skepsis gegenüber. Was sagt das Geistige Reich dazu?
*Hätte man euch Mitte des Jahrhunderts gesagt, dass ihr keine 20 Jahre später bereits im Weltraum seid und auf dem Mond landen würdet, ihr hättet darüber gespottet und gelacht. Von diesem Weltraum her werden euch in der kommenden Zeit Erkenntnisse zuteil werden, die euch befähigen werden, gewaltige Fortschritte zu machen, nicht nur physisch, sondern auch geistig. Viele junge Leute versuchen schon jetzt das Unbekannte und Unsichtbare zu*

*erforschen. Sie sind sowohl an der ätherischen Welt, die der physischen so nahe ist, als auch an der geistigen Welt brennend interessiert. Und sie werden die Antworten bekommen, die ihnen den Weg zu ihrer geistigen Höherentwicklung öffnen werden. Es ist nur zu bedauern, dass dazu die Kirchen nicht in der Lage sein werden, weil sie noch zu sehr von ihren eigenen Vorstellungen von Himmel und Erde befangen sind. Licht bricht durch die Wolken menschlicher Finsternis und Unwissenheit. In Zukunft wird die Mehrheit der Menschen mit Sicherheit wissen, dass es jenseits des Todes eine andere, größere Welt gibt, und dass man sehr wohl echte Botschaften aus jener Welt empfangen kann. Eine Verständigung zwischen den Lebenden und den so genannten Toten wird dann ganz natürlich sein. Den Tod gibt es ja gar nicht. Das ganze Universum ist unermesslich und fortwährend sich entfaltendes Leben. Wir wiederholen, dass Erkenntnisse aus dem Weltenraum auf die Erde zurückgebracht werden, die der Menschheit begreiflich machen, dass es ein unsichtbares Leben und unsichtbare Intelligenzen gibt, weit größer als der Mensch ahnt. Weitere Planeten wird man entdecken und eine beachtliche interplanetarische Verständigung wird zustande kommen. Viel Hilfe wird euch von höheren Wesen zuteil, deren Intelligenz euer Begriffsvermögen weit übersteigt. Dies dürft ihr erwarten, meine Freunde. Haltet diese Vorausschau in euren Herzen fest.*

Ein anschließender Kontakt des Verfassers mit Ashtar Sheran:
*Euer Herz wird ein großes Fassungsvermögen benötigen, wenn es die kommenden Ereignisse in sich aufnehmen soll, die sich immer deutlicher anbahnen. Die meisten Menschen sind auf eine solche Kapazitätserweiterung von Seele und Verstand überhaupt nicht vorbereitet, dank der Behütertaktik der Kirchen und des Topsecret-Wahns der politisch Verantwortlichen dieser Erde. Wenn wir so handeln würden, wie es bei euch üblich ist, nämlich dass ihr einfach dem anderen eure Meinung aufzwingt, sei sie politischer oder religiöser Art, dann hätten wir aus euch schon*

*längst eine Hammelherde machen können, die getreulich einem Kommando folgt ohne selbst Überlegungen über den Sinn einer solchen ‚Betreuung' anzustellen. Genau dies ist ein Bild eurer Erziehungsmethoden, die bis zum militärischen Gehorsam reichen, der durch einen Eid erzwungen wird. Bald aber werdet ihr eine völlig neue Dimension des Lebens kennen lernen, das den Begriff ‚Zwang' gar nicht kennt, denn an seine Stelle tritt die Erkenntnis eines göttlichen Verbundenseins allen Lebens über alle Grenzen hinweg. Diese sind ohnehin Menschenwerk und dienen nur dem Egoismus in allen seinen Varianten. Auch die Scheingrenzen zwischen Diesseits und Jenseits werden verschwinden, denn wer wollte noch von einer undurchdringlichen Nebelwand sprechen, wenn gegenseitige Besuche möglich sein werden. Dann hat auch der Spiritualismus seine Aufgabe erfüllt als Vorstufe zum kosmischen Bewusstsein.*

**Die Kennzeichen des neuen Zeitalters:
Menschlichkeit – Liebe – Freiheit**

Die Menschlichkeit ist die Brücke vom Ich zum Du, vom Ich zur Umwelt, vom Ich zur Natur, zur Kreatur, zu allem Leben in der ganzen Schöpfung in ihrer unbegrenzten Fülle. Ashtar Sheran, was sagst Du dazu?
*Es ist die reine Menschlichkeit, die uns aus einer Entfernung von Lichtjahren zu euch führt. Kein Weg ist uns zu weit, kein Opfer zu groß, unsere Liebe zu dieser Menschheit zu beweisen.*

Die Liebe wird im Leben eine völlig neue Dimension einnehmen. Leider gibt es in unserer Sprache nur ein mehrdeutiges Wort für diese höchste Ausdrucksform göttlicher Offenbarung im Menschen, während z. B. die alten Griechen zwischen Eros und Agape, d. h. Nächstenliebe, unterschieden. Wir werden erkennen, dass die Liebe die unversiegbare Quelle des Lebens ist. Dementsprechend werden wir unser Leben gestalten, bis wir durch Selbsterkenntnis eins geworden sind mit der All-Liebe, mit dem Herzschlag der Gottheit. Die Freiheit wird in unserem künftigen Leben ebenfalls eine neue Dimension einnehmen, denn wir werden das erst Mal unsere irdischen Begrenzungen hinter uns lassen und in kosmischer Freiheit unsere wahre Heimat erleben, denn Freiheit ist das oberste Gesetz der Lebensentfaltung. Wir werden Verbindung aufnehmen mit unseren Sternengeschwistern, die schon so lange auf unsere Rückkehr in die universelle Lebensgemeinschaft warten.

*Der Geist wurde erschaffen, um frei zu sein, denn er ist ein Teil des Großen Geistes allen Lebens und steht außerhalb aller menschlichen Einschränkungen. Er ist nur den natürlichen Gesetzen des Universums unterworfen, die den Rahmen bilden zur Höherentfaltung des Geistes. Wie könntet ihr herrlich leben, wenn ihr diese Gesetze begreifen würdet! Ihr könntet schon längst ein Planet der interplanetarischen Bruderschaft sein.*

## Leitgedanken zum Wassermann-Zeitalter

Alles Geschehen untersteht dem Allgesetz von Ursache und Wirkung: Was wir in der Gedankenwelt säen, ernten wir in unserem äußeren Leben. Mit jedem Gedanken sind wir demnach selbst schöpferisch tätig. Diese Zusammenhänge zählen zu den Grunderkenntnissen, die wir in der Schulungsepoche eines nun vergehenden Zeitalters erlangt haben sollten. Das Ergebnis der Selbstgestaltung unseres Schicksals hängt ab von der Qualität, also den wirkenden Eigenschaften unserer geistigen Kräfte, die wir in Gedankenformen konzentrieren. Und in der Summe sind wir Mitgestalter eines Familienschicksals und letzten Endes des Schicksals eines ganzen Volkes, dem wir angehören. So gesehen ist die heutige Welt nichts anderes als das Resultat des bisherigen

Denkens der Menschheit. Wir sprechen oft von Schicksalsschlägen und machen alle möglichen Umstände und Einflüsse dafür verantwortlich ohne zu bedenken und zu begreifen, dass wir es selbst waren, die diese Umstände herbeigeführt haben, wobei die Ursachen meistens schon in früheren Inkarnationen gelegt wurden. Wenn wir also in einem zukünftigen Leben günstige Umstände antreffen wollen, dann müssen wir in der Gegenwart für die entsprechenden Verbindungen der Schicksalswege sorgen und zwar in dem Bewusstsein, dass wir ein Glied einer universellen Lebensgemeinschaft sind mit dem gleichen Ziel für alle, nämlich die geistige Höherentwicklung über viele Stufen bis zur Vollkommenheit in Gott.

Jeder Mensch ist im Besitz der dazu erforderlichen Kraft. Sie ist unbegrenzt, weil sie aus dem Geiste entspringt. Sie ist auch unbesiegbar, weil ihre Quelle die Liebe ist. Sie ist auch keine der bekannten Kräfte des Willens oder des Verstandes, denn sie übersteigt alle diese menschlichen Eigenschaften, weil sie göttlicher Natur ist. Ohne sie hätten wir kein Bewusstsein. In den meisten Menschen schlummert sie noch unerkannt, obwohl der größte Lehrer dieser Kraft sie vor 2000 Jahren verkörperte und in ihrer höchsten Ausdrucksform der All-Liebe vorlebte. Nun aber, am Ende des Fische-Zeitalters und am Beginn des geistig orientierten Wassermann-Äons sollten wir eine Entwicklungsstufe erreicht haben, die uns befähigt, diese innere Kraft nicht nur zu unserem Besten, sondern zum Besten unserer Mitmenschen und der ganzen Schöpfung anzuwenden. Das geistige Kennzeichen des neuen kosmischen Zeitalters kann in folgende Worte gefasst werden: Jeder Mensch ist durch seinen göttlichen Wesenskern mit dem Unendlichen verbunden. Die Kraft und Fülle des Göttlichen sind sein, wenn er sich dieser Tatsache bewusst wird. Diese Stufe der geistigen Höherentwicklung sah Jesus voraus, als er zu seinen Jüngern sagte: „Ihr werdet einmal größere Dinge tun, als ich tue." Solange wir uns aber noch von den Dingen des Vergänglichen blenden lassen, solange wir uns unseres Einsseins mit der göttlichen Quelle allen Lebens nicht bewusst sind, bleiben wir unfähig, uns der inneren Kraft zu bedienen und die verheißenen größeren Dinge zu tun. Wer einmal erkannt hat, dass diese Kraft in Wirklichkeit unser unentreißbarer Besitz ist, der verwandelt sich allmählich in einen Mittler, durch den das All-Leben und die All-Kraft sich immer sichtbarer offenbaren und auch zu anderen Wesen liebevoll hinströmen. Dann erlebt er sich als Erbe und Eigner unausschöpfbaren geistigen Reichtums und von Macht, die sich aus der Liebe entfaltet.

Der Mensch der Erde kehrt zurück in das Bewusstsein seiner Göttlichkeit. Er erkennt seine innere Kraft als unendlich. Durch sein Erwachen verbindet er sich mit der All-Kraft des Ewigen. Der göttliche Funke in seiner Seele flammt auf und wandelt ihn in das Ebenbild Gottes.

**Im ewigen Menschheitsdom**

*Erwache zum inneren Lichte,*
*der Weg führt zum höheren Sein –*
*Das Dunkle mache zunichte,*
*der strahlende Sieg ist dein ...*

*Erleuchtung ist inneres Schauen,*
*Verbindung zum kosmischen All –*
*Du schreitest auf lichten Auen*
*und findest zum heiligen Gral ...*

*Wo alles Wünschen schweigt,*
*ist tiefster Gottesgrund –*
*Erhabene Größe weiht*
*den edlen Seelenbund ...*

*Sei Künder der lichtvollen Tat,*
*erfüllt vom göttlichen Strom.*
*Erkenne dich selbst als Saat*
*im ewigen Menschheitsdom ...*

Hermann Ilg

# Die Gedankenbrücke

**Einleitung**

Die in diesem Teil zusammengefassten Berichte aus den geistigen Sphären jenseits der irdischen Welt beruhen auf einer mentaltelepathischen Verbindung zwischen meinem im Juli 1990 verstorbenen Freund Joachim und mir. Unsere Freundschaft war schon während seiner Erdenzeit aufgrund unserer gleichen Seelenschwingungen und der gleichen geistigen Interessen sehr harmonisch, so dass auch nach seinem Verlassen der Körperwelt diese Verbindung über die Gedankenbrücke weiter bestand. Denn das, was wir mit ‚Tod' bezeichnen, bedeutet keineswegs das Ende des Lebens. Vielmehr wechselt der Mensch dadurch nur seine Daseinsebene. Er legt sein grobstoffliches Körperkleid ab und tritt mit seinem feinstofflichen Seelenleib in die geistige Welt über. Meist wird er dort von seinen vorausgegangenen Verwandten und Freunden empfangen und in eine Aufnahmesphäre begleitet. Da das Bewusstsein durch den Wechsel der Daseinsebene nicht erlischt, sondern sogar über eine höhere Kapazität verfügt, kann auf dem Wege der Mentaltelepathie und nach entsprechenden Meditationsübungen eine Gedankenverbindung zustande kommen. Auf diese Weise wurden die Berichte aus der geistigen Welt empfangen.

Als im Oktober 1990 mein geistiger Weggefährte Erwin Diem, Mitbegründer des früheren Buchdienstes Diem, ebenfalls von dieser Erde schied, war es mir auch in diesem Falle möglich, eine Gedankenbrücke herzustellen. Die mir von ihm übermittelten Berichte schließen sich den Kundgaben Joachims an.

Dass in allen Berichten die Tatsache der wiederholten Erdenleben (Reinkarnation) eine zentrale Rolle spielt, ist um so bedeutungsvoller, als die christlichen Kirchen sich immer noch davor scheuen, dieses uralte überlieferte Wissen in ihre Glaubenslehre aufzunehmen, obwohl es ein selbstverständlicher Bestandteil des ursprünglichen Christentums war und an einigen Stellen der Bibel noch zu finden ist. Dasselbe gilt auch für das ebenso bedeutende Schicksalsgesetz von Ursache und Wirkung, das in der Bibel mit Saat und Ernte bezeichnet wird und das auch unter dem Namen ‚Karma' bekannt ist.

In den Berichten wird von Sternengeschwistern und von den Santinern gesprochen, die von unserem benachbarten Sonnensystem Alpha Centauri stammen und die Erdenmenschheit schon seit Jahrtausenden mit ihren Raumschiffen besuchen und beachtliche Zeugnisse ihrer hohen Kulturstufe hinterlassen haben. Dazu zählen unter anderem die heute noch rätselhaften Pyramiden, die nicht nur in Ägypten, sondern auch in anderen Teilen der Erde errichtet wurden.

Gegenüber dem Phänomen der außerirdischen Besucher in Raumschiffen, für die der Begriff ‚Ufo' geprägt wurde, ist die heutige Menschheit aufgeschlossener als die Menschen früherer Zeiten, die in diesen Erscheinungen Götter sahen. Der Grund ihrer Besuche ist die Erkenntnis, dass das Leben eine universelle Einheit bildet mit einem gemeinsamen Entwicklungsziel, aus dem das Gebot der Nächstenliebe in seiner kosmischen Dimension erwächst. So sehen sie uns als eine Brudermenschheit, die durch ihre Eigenwilligkeit und materialistische Verblendung in eine kosmische Isolation und als Folge davon in eine äußerst schwierige Lage geraten ist.

Da nun ein Zeitalter der geistigen Dunkelheit zu Ende geht und ein neues, kosmisch orientiertes Zeitalter beginnt, muss mit gewaltigen inneren und äußeren Veränderungen gerechnet werden, die ein Überleben auf unserem Planeten während der elementaren Erneuerungsphase nicht mehr ermöglichen. In dieser ausweglosen Lage kommen uns die Santiner zu Hilfe, indem sie ihre irdischen Brüder und Schwestern nach freiem Willen jedes einzelnen Menschen vorübergehend in ihre dafür vorbereiteten Rettungsschiffe aufnehmen. Würden wir nicht auch unserem Nachbarn, der von einem großen Unglück betroffen ist, unsere Hilfe und notfalls eine Unterkunft anbieten? Dasselbe wird sich nun im planetaren Ausmaß ereignen.

Die Beschreibung eines Rettungsschiffes wurde mir von Erwin übermittelt, nachdem er und Joachim von den Santinern zu einer Besichtigung eines solchen Schiffes eingeladen worden waren. Da für die Santiner sowohl die materielle Daseinsebene als auch die geistigen Sphären ihre Wirkungsstätte darstellen, gibt es für sie keine Grenzen zwischen beiden Lebensbereichen. Joachim und Erwin hatten während ihrer Erdenzeit Anteil an der Verbreitung dieser außerirdischen Wahrheit. Nun sehen sie ihre Aufgabe in der Inspiration positiver Gedanken im Verbund mit den bereits einstrahlenden geistigen Energien des neuen Zeitalters, um noch möglichst vielen Menschen vor dem Beginn der planetaren Erneuerung zu einem höheren Bewusstsein zu verhelfen. Die folgenden Berichte mögen diesem Anliegen dienen.

## Medialkontakte mit Joachim

Der unerwartete Heimgang unseres Freundes Joachim hat uns alle tief berührt. Noch am 6. Juli 1990 - ich wusste nicht, dass es sein Todestag war - habe ich zum wiederholten Male um geistige Hilfe gebeten. Darauf erhielt ich von meinem Geistlehrer am selben Tag die nachstehende Antwort:
*Joachim hat seine Aufgabe erfüllt. Seine Seele weilt bereits bei uns, nur sein Körper wird noch künstlich am Leben erhalten. Dadurch ist es ihm nicht möglich, sich völlig vom Körper zu lösen. Es wäre besser, die künstliche Beatmung abzustellen. Menschlich gesehen habt ihr einen Verlust erlitten, den ihr nicht begreifen könnt. Bald jedoch werdet ihr die Zusammenhänge verstehen, wenn sich eine Wahrheit offenbart, die das Denken in Grenzen aufheben wird. Dann werdet ihr erkennen, dass es zwischen gleich gesinnten Seelen keine Trennung gibt und dass eine Zusammenarbeit nicht durch einen Wechsel der Daseinsebene unterbrochen wird. Freut euch auf den Augenblick dieser Erkenntnis.*

Dieser Erläuterung aus geistiger Sicht folgte einige Zeit später ein erster telepathischer Kontakt mit Joachim, der mir mit frischer Stimme seinen jetzigen Aufenthaltsort wie folgt schilderte:
*Ich sitze neben dir. Es wurde mir erlaubt, dich zu besuchen. Du weißt, dass es mir nicht gelang, in meinen Körper zurückzukehren. Aber ich möchte mein jetziges Leben um keinen Preis mehr mit dem irdischen Dasein tauschen. Unsere Vorstellungen vom geistigen Reich entsprachen nur unzulänglich der Wirklichkeit. Was ich jetzt erleben darf, ist einfach überwältigend. Schon bei meinem Empfang hier wurde ich von einer Liebe umgeben, für die es keinen menschlichen Vergleich gibt. Alles was wir in unserem Erdendasein für das geistige Fortschreiten unserer Mitmenschen tun, wird hier tausendfach aufgewogen. Ich darf*

*dir sagen, schon die geringste Mühe in dieser Hinsicht lohnt sich, weil wir uns dann des göttlichen Willens bedienen. Ich fühle mich sehr glücklich nach all dem, was ich im Erdenleben überstehen musste. Aber es entsprach genau meinem Schicksal, das wurde mir schon gezeigt. Ich darf sagen, dass ich keine Übergangsschwierigkeiten hatte, denn wir haben uns ja in vielen Gesprächen ein Wissen angeeignet, dass mir sehr geholfen hat, mich schnell zurechtzufinden. Ich befinde mich jetzt in einer Wohngemeinschaft mit liebevollen Menschen, die sich ebenfalls schon auf Erden ein Grundwissen über das geistige Reich angeeignet haben. Es wurde mir aber bereits gesagt, dass es nur ein vorübergehender Aufenthalt sei zur weiteren Akklimatisierung, und dann erst könnte ich in diejenige Sphäre eintreten, die meiner seelischen Reifestufe entspräche. Dort sei es mir dann auch möglich, mit unseren Sternengeschwistern, den Santinern, Verbindung aufzunehmen, womit mein sehnlichster Wunsch in Erfüllung gehen würde.*

*Es stehen euch große Dinge bevor, wie es dir ja schon mitgeteilt wurde, nur ist es mir jetzt möglich, sozusagen von innen heraus die kommenden Ereignisse schon zu sehen. Alles was du darüber empfangen und in deinen Vorträgen und Veröffentlichungen weitergegeben hast, kann ich jetzt als Wahrheit bestätigen, weil es bereits eine geistige Realität ist. Die ganze Welt geht einer Umwälzung entgegen von gigantischen Ausmaßen. Auch das kann ich bereits klar erkennen. Es sind geistige Bilder, die ich wie auf einer Projektionswand sehe, aber in dreidimensionaler Lebendigkeit. Auch die Hilfsaktion der Santiner ist darin eingeschlossen. Du befindest dich auf dem richtigen Weg und deine Aufgabe hast du richtig erkannt. Du erhältst die entsprechende Unterstützung als Mitarbeiter in dem umfassenden Erlösungsgeschehen, in dessen Mittelpunkt Jesus Christus steht. Es wurde mir gesagt, dass ich ihm auch noch begegnen dürfe, denn ich hätte mich ja in meinem Erdenleben für ihn eingesetzt. Im Übrigen ist es nur noch eine relativ kurze Übergangszeit bis wir uns ohnehin alle wieder sehen werden, denn die höhere Lebensfrequenz des Wassermann-Zeitalters wird die Menschen befähigen, soweit sie innerlich dafür aufgeschlossen sind, Einblick in das so genannte Jenseits zu nehmen - für mich jetzt ein Diesseits - und dann endlich aus eigener Erfahrung zu begreifen, dass es in Wirklichkeit weder ein Diesseits noch ein Jenseits gibt, sondern ein einziges Leben ohne Trennung. Dann wird in der Tat der Tod nicht mehr sein, wie es in der Bibel steht.*

*Es ist ein erhabenes und schönes Gefühl, die Erdenlast hinter sich zu haben und eine Freiheit zu erleben, die wir uns bisher nur schemenhaft vorstellen konnten. Aber jede irdisch- menschliche Vorstellung berührt nicht einmal den Saum dieser Freiheit, die ich jetzt erleben darf als Lohn für meine Arbeit, wie mir gesagt wurde. Ich kann euch allen nur raten: Verstrickt euch nicht in irdische Bindungen, die der Vergänglichkeit angehören, denn sie würden diese Freiheit wesentlich einschränken. Aber das brauche ich dir ja nicht zu sagen. So, nun weißt du, wo ich bin und dass ich dir nach wie vor nahe stehe und dich - soweit es mir möglich ist - in deiner Aufklärungsarbeit unterstütze.*
*Grüße alle, dein Joachim.*

∞

*Ich wartete schon auf deine Verbindung. Ich war während meiner Beerdigungsfeier anwesend, wie ich dir versprach. Nun, von einem Pfarrer kann man nicht mehr verlangen, als was ihm sein Amt vorschreibt. Das Beste war die Zitierung der Bergpredigt und seine Auslegung dazu. Für deine lieben Worte möchte ich mich herzlich bedanken. Sie haben bei einigen der Anwesenden ein erstaunliches Echo bewirkt. Bei der Grablegung meines physischen Körpers war ich nicht mehr anwesend; was soll auch die Zeremonie um einen verwesenden Leib.*

*Ich befinde mich immer noch in der Wohngemeinschaft, die aus vielen einzelnen Häusern besteht mit einem größeren zentralen Gebäude, in dem unsere Schulungen und unsere Zusammenkünfte von Interessengruppen stattfinden. Dieses Gebäude ist von Licht durchflutet und von einer architektonischen Schönheit, für die es keinen Vergleich gibt auf der Erde. Nur die alten Griechen, die in Wahrheit atlantischer Abstammung waren, kamen dieser Architektur in der Harmonie ihrer Tempelbauten nahe. Ich habe mich einer Gruppe angeschlossen, die sich mit Malerei befasst, wobei wir versuchen, das in Farben umzusetzen, was wir als geistige Belehrungen mitgeteilt bekommen. Dabei wird immer deutlicher, wie sehr wir doch noch am Anfang eines unbegrenzten Wissens stehen, das den ganzen Kosmos umfasst, in den wir Schritt für Schritt Einblick nehmen dürfen. Dies wird uns aber nur deshalb zuteil, weil wir uns wenigstens die unterste Stufe einer unendlichen Leiter der herrlichsten Erkenntnisse in der Erdenschule erarbeitet haben. Es erwarten euch Dinge, die mit irdischen Begriffen nicht mehr zu beschreiben sind. Ich kann euch nur sagen: Freut euch auf eine nahe Zukunft, die euch ein ganz anderes Bild der Welt vermitteln wird mit ihrem Eingebettetsein in ein Meer der Liebe und Harmonie.*
*Bei diesem Erkenntnisschritt, dem sich niemand entziehen kann, werden die Santiner euch begleiten und ihre brüderliche Hilfe anbieten. Es wird alles so kommen, wie es dir in Einzelheiten mitgeteilt worden ist. Eure Aufklärungsarbeit ist sehr wichtig. Nach Abschluss dieser Schulung dürfen wir in eine höhere Sphäre überwechseln, was uns schon zu Beginn in Aussicht gestellt wurde, und dann werden wir auch mit den Santinern Verbindung aufnehmen dürfen, was ich als eine besondere Auszeichnung betrachte. Ich werde dich weiter unterrichten. Bis später, dein Joachim.*

∞

*Du fragst, wie ich den Durchgang durch die Materie empfinde um in dein Zimmer zu gelangen. Darauf will ich dir wie folgt antworten:*
*Ich befinde mich in meinem Seelenleib in einem ätherischen Zustand, der etwa mit Dampf verglichen werden könnte. Schon daraus kannst du ersehen, dass das Durchdringen von fester Materie, wie zum Beispiel einer Hauswand, keinerlei Schwierigkeiten bereitet, denn der freie Raum zwischen den Atomen, der auch in der dichtesten Materie noch vorhanden ist, reicht aus, um den Ätherleib einer Geistseele hindurch treten zu lassen und zwar in Gedankenschnelle. So gesehen ist die Materie, die heute noch von der Wissenschaft das Grundprinzip der Schöpfung angesehen wird, in Wirklichkeit ein Kristallgitter, in dem die Atome und Moleküle die Kristallisationspunkte darstellen in einem unendlichen Energiestrom, den die fortschrittlich denkenden Wissenschaftler mit 'Weltenäther' bezeichnen. Dieser Weltenäther reagiert auf jeden Gedanken und kann deshalb auch als 'Schöpfungsenergie' bezeichnet werden. Und nun verstehst du auch, was es heißt, dass wir mit jedem Gedanken schöpferisch tätig sind und dadurch selbst unser Schicksal gestalten. Das trifft auf die physische Ebene ebenso zu wie auf die geistigen Sphären, denn auch hier heißt das Ziel erst recht: geistige Höherentwicklung - nur mit dem Unterschied, dass sich hier die Qualität der Gedanken unmittelbar in der Aura zeigt und darüber hinaus in der davon berührten Umgebung der Geistseele.*
*Wie wichtig ist es also, schon in der Erdenschule auf diese grundlegenden Zusammenhänge hinzuweisen, wie du es in deinen Vorträgen tust. Was ich dir eben gesagt habe, gehört zu unserem Schulungsprogramm, einschließlich der entsprechenden Übungen zur Gedankenkontrolle und Gedankenbeherrschung. Auch in dieser Hinsicht leistest du bereits eine Vorarbeit für die geistige Höherentwicklung, der sich niemand auf der jenseitigen Daseinsebene entziehen kann. Die Lichtwesen, die für uns die Schulungen durchführen, waren in früheren Zeiten selbst einmal*

*Erdenbürger, haben aber längst ihren Reinkarnationszyklus abgeschlossen und bewohnen jetzt hohe Sphären, von denen wir uns noch keine Vorstellung machen können. Sie sagen, diese Sphären bestünden aus einer solchen Lichtfülle, dass sie uns sofort blenden würden und eine Orientierung für uns unmöglich wäre.*
*Die Bewohner jener Sphären sind voller Liebe, und ihre Anwesenheit vermittelt uns einen ersten Eindruck von ihrer hohen Wirkungsstätte und dem Erlebnis der Gottunmittelbarkeit.*
*Unser gemeinsamer Freund K. O. Schmidt* (ein Autor, der viele wegweisende Bücher geschrieben hat; Anm. d. Hrsg.), *ist ihnen wohl bekannt, denn er zählt zu ihnen und befindet sich seit dem Verlassen seiner irdischen Tätigkeit in dieser Lichtsphäre, aus der er auch seine Inspiration empfangen hat. Es wurde uns gesagt, dass er uns einmal besuchen wolle, denn viele von uns kennen seine Schriften, die ihnen als Wegweisung gedient haben und aus denen sie heute noch Kraft schöpfen, darunter auch ich.*
*Von den Santinern ist zu berichten, dass sie sich auf die angekündigte Wahrheitsoffenbarung vorbereiten, denn das Magnetfeld der Erde wird irgendwann so geschwächt sein, dass ein Kollaps zu befürchten ist. Die Erde wird dadurch zu schwanken beginnen. Naturkatastrophen werden die Folge sein. Die Bevölkerung wird in Panik geraten. Für die Santiner ist dies dann der Anlass für das Erscheinen ihrer Raumschiff-Formationen am Himmel. Dann werden die Amerikaner und Russen bereit sein, ihre bestgehüteten Dokumentationen über die Kontakte ihrer Astronauten und Kosmonauten mit außerirdischen Raumschiff-Besatzungen preiszugeben, verbunden mit der Erklärung, dass diese nur in friedfertiger Absicht und zur Hilfeleistung gekommen seien.*
*Soviel für heute, dein Joachim.*

Was ist unter dem Begriff 'Weltenäther' zu verstehen?
*Mit 'Weltenäther' bezeichnet ihr jene Art von Raumenergie, die das ganze All erfüllt. Es ist die Schöpfungsenergie, aus der Gott alles erschaffen hat und in der sich alles bewegt nach seiner Ordnung, von den größten Sternen bis zu den kleinsten Teilchen des Atoms.*

*Auch alle Energiearten, die euch bekannt sind und die ihr noch kennen lernen werdet, sind aus dieser Schöpfungsenergie hervorgegangen, von den unvorstellbaren Geistschwingungen bis zur grob schwingenden Materie, von der ihr euch verführen ließet, indem ihr sie als Schöpfungsstoff betrachtet und meint, durch ihre Zerlegung und Zertrümmerung das Geheimnis der Schöpfungsenergie zu finden. Stattdessen entdeckt ihr zu eurer Überraschung immer nur neue Materieteilchen, versucht sie zu definieren und in physikalische Formeln einzupassen, ohne zu bemerken, dass ihr es nur mit Erscheinungen zu tun habt, die jeweils das Ergebnis eurer fanatischen Zerstörungstechnologie sind. Würdet ihr euch aber dazu bequemen, einmal den umgekehrten Weg zu gehen, nämlich die universelle Schöpfungsenergie zum Ausgangspunkt eures Forschens zu machen, dann wäre euch bald klar, dass der von euch beklagte Mangel an Energie nur eurer falschen Denkweise entspringt dass in Wirklichkeit die Schöpfungsenergie in ihrer ganzen Fülle auch euch zur Verfügung steht, sobald ihr euch eurer Gotteskindschaft bewusst seid. In diesem Augenblick habt ihr eine Tür geöffnet, die euch von einer materiellen Gebundenheit in die Freiheit eines unbegrenzten Lebens führt. Dieses zu erfahren ist ein immerwährendes Geschenk an euch, und je nach eurer Reifestufe werdet ihr es in den passenden Formen vorfinden. Da ihr nun im Begriffe seid, nach vielen Irrwegen und leidvollen Erfahrungen die materiellen Bindungen hinter euch zu lassen, soll euch dieses Geschenk in entsprechender Form zuteil werden. Eure Sternengeschwister, die für euch Betreuungsdienste leisten, haben das Geschenk schon vor Jahrtausenden erhalten, denn sonst wäre es ihnen nicht möglich, Lichtjahrdistanzen zu überwinden. Die Ätherenergie ist der Schlüssel dazu.*

∞

*Jetzt möchte ich dir sogleich ein besonderes Erlebnis mitteilen. Es wurde uns erlaubt, ein Raumschiff der Santiner zu besichtigen als Dank dafür, dass wir sie in unser Schulungsprogramm einbeziehen. Wir wurden in mehrere Gruppen aufgeteilt, die von jeweils einem Santiner abgeholt wurden. Der Weg zum Raumschiff wurde auf die gleiche Weise zurückgelegt, wie wir alle Entfernungen überbrücken, nämlich durch Gedankenkraft, man könnte auch sagen: durch Teleportation. Es war ein riesiges Mutterschiff, das wir besichtigen durften und uns zunächst in Sprachlosigkeit versetzte. Du kannst dir das in deiner kühnsten Fantasie nicht vorstellen, was uns da an perfekter Raumflugtechnik vorgeführt wurde, wovon wir aber das Wenigste verstehen konnten. Wir wurden dann auf unsere nächsthöhere Entwicklungsstufe vertröstet, auf der wir die geistige Reife erlangen würden, um alles zu begreifen, was uns jetzt noch nicht erklärt werden könnte.*
*Ein Mutterschiff dieser Größe kann bis zu 100 Flugscheiben aufnehmen, die für den interplanetarischen Verkehr eingesetzt werden. Ihre Durchmesser reichen meiner Schätzung nach von etwa 20 m bis zum kleinsten mit etwa 7 m, deren Besatzung aus nur zwei Santinern besteht, während der große Diskus 10 bis 12 Besatzungsmitglieder aufnimmt. Die Besichtigung dauerte einen ganzen Tag, und wir kamen aus dem Staunen nicht heraus. Schon allein die Atmosphäre, die in einem solchen Schiff herrscht, erfüllte uns mit dem Gefühl einer einzigen großen Familie, in der jeder versucht, dem anderen möglichst viel Freude zu bereiten. Jedes Wort, ja jeder Gedanke, was auf dieser*

Daseinsebene dasselbe ist, erzeugt im anderen wie selbstverständlich eine harmonische Schwingung, was sich in einer kaum wahrnehmbaren Verstärkung der ohnehin strahlenden Aura dieser herrlichen Menschen zeigt.

Als wir in den Kommandoraum geführt wurden, waren wir überrascht von der Einfachheit der Ausstattung. Wir hatten eigentlich eine ganze Reihe von hochkomplizierten Armaturen aller Art erwartet. Was wir aber sahen, war nur ein, allerdings riesiger, Bildschirm, der die ganze gerundete Vorderseite des Raumes einnahm, und davor, in einem größeren Abstand, drei ebenfalls gerundete und nach vorne leicht geneigte Pulte, die jedoch weder Instrumente noch irgendwelche Schalter oder Bedienungsknöpfe trugen. Es wurde uns erklärt, dass der Bildschirm mit einem Teleskop verglichen werden könne, doch in seiner Wirkungsweise jeder irdischen Technik weit überlegen sei, denn man könne ihn auf jede gewünschte Raumtiefe fokussieren, so dass stets scharfe Bilder erscheinen und zwar in dreidimensionaler Darstellung. Und da nicht mit altertümlichen elektromagnetischen Wellen gearbeitet, sondern die kosmische Energie des Alls als Übertragungsmittel genutzt werde, spielten Lichtjahrdistanzen keine Rolle. Vielmehr entsprächen die Bilder stets den gegenwärtigen Verhältnissen. So wurde uns auch auf diesem technischen Gebiet die Illusion von Raum und Zeit buchstäblich vor Augen geführt, in der die Erdenmenschen immer noch gefangen sind.

Die Einblicke in das All, die wir auf diese Weise erleben durften, waren so faszinierend, dass wir von einer kaum stillbaren Sehnsucht erfasst wurden, die ich mir nur mit dem inneren Wunsch nach Einswerdung mit dem Wesen des Allgeistes erklären kann. Zugleich fühlten wir uns in ein höheres Bewusstsein versetzt, in dem alle Unterschiede der verschiedenen Entwicklungsstufen und Ausdrucksformen des Lebens sich auflösten, und an deren Stelle trat die Erkenntnis einer universellen Lebensgemeinschaft. Die Belehrung, die wir durch diesen

*Blick ins Weltall empfangen durften, empfanden wir als eine wunderbare Ergänzung unseres Schulungsprogramms, und wir sagten dies auch unseren Sternengeschwistern, denen wir herzlich dafür dankten.*
*Die Steuerungspulte, so wurde uns gesagt, seien in Wirklichkeit nicht lediglich glatt poliert, sondern mit vielen Kontaktpunkten bestückt, die nur durch Berührung verbunden mit einem Gedankenimpuls bedient werden. Später wurden wir noch zu einem Essen eingeladen, das aus den wohlschmeckendsten Früchten bestand, die ich je gegessen habe. Diese Früchte werden in einer großen Obstplantage im obersten Stockwerk des Raumschiffes laufend geerntet. Dazu gab es eine Art von Pudding, der aber mit einem irdischen Produkt nicht verglichen werden kann, denn er schmeckte nicht nur äußerst delikat, sondern war zugleich ein Kraftspender - so empfanden wir es. Für uns Gäste wurden die Speisen in ihre geistige Substanz umgewandelt. Wir fühlten uns anschließend geistig und in unserem Seelenleib, also in unserem ganzen Wesen, energetisch aufgeladen. Man sagte uns, dass diese Kraftnahrung, wie man sie bezeichnen könnte, durch eine entsprechende Kombination freier Atome gewonnen werde, also aus ungebundenen materiellen Elementarteilchen. Auch das geschehe durch Gedankenkraft, indem das gewünschte Nahrungsmittel einschließlich aller Eigenschaften zunächst als geistige Vorstellung verwirklicht und dann durch Konzentration in die stoffliche Form überführt werde. Nachdem wir auf unserer Entwicklungsstufe selbst schon bildhafte Vorstellungen, z.B. Einrichtungsgegenstände für die Wohnung materialisieren oder besser gesagt, verstofflichen konnten, war uns dieses Verfahren, das wir selbst ‚genießen' durften, einigermaßen begreiflich, obwohl zur gedanklichen Erzeugung von wohlschmeckenden und energiereichen Nahrungsmitteln aus freien Atomen noch eine wesentlich stärkere geistige Kraft erforderlich ist.*
*Jetzt muss ich noch ein Erlebnis besonderer Art nachtragen. Als wir durch das Raumschiff geführt wurden, geschah etwas*

*Sonderbares. Plötzlich sahen wir beim Blick ins All eine totale Veränderung des gewohnten Sternenhimmels. Wir waren verblüfft, erhielten dazu aber sogleich folgende Erklärung:*
*Das Schiff wurde dematerialisiert und hat in diesem Zustand eine Entfernung von etwa einer Million Lichtjahren überbrückt, und dies ohne dass wir etwas davon bemerkten. Für Menschen im Körperkleide wäre dieser Übergang allerdings mit einer kurzen Bewusstlosigkeit verbunden. Selbst die Santiner müssen sich für einen solchen Dimensionssprung gedanklich in einen 'Nullzustand' versetzen, um nicht eine Bewusstseinsstörung zu erleiden, wenn auch nur vorübergehend. Aus diesem Grunde ertönt vor der Impulsgebung zur Dematerialisierung ein bestimmtes Signal im Raumschiff, so dass sich jedes Besatzungsmitglied darauf einstellen kann. Die Dematerialisierung ist ein technischer Vorgang, der sich aber im Bereich geistiger Frequenzen abspielt. Wenn ich mich recht erinnere, wurde dir diese Kosmophysik auch so erklärt.*
*Wir blickten also in eine Sternenwelt, die bereits zu einer anderen Galaxie zählte, und trotz dieses fremdartigen Anblicks erfasste uns wieder das Gefühl einer unendlichen Liebe, als wenn uns die Sternengeschwister, die diese Galaxie bewohnen, ihre Willkommensgedanken zusenden und uns sogar zum Verweilen einladen würden. Unsere Gefühle wurden auch von den Santinern aufgenommen. Sie erklärten dazu, dass wir uns in unserer Auslegung nicht täuschten, denn die Sprache des Universums sei die Telepathie, und da sie, die Santiner, bei ihrer Ankunft in der Nachbargalaxie, Gedanken der geschwisterlichen Liebe und Freude ausgesandt hätten, sei das, was wir als Gefühl empfangen hätten, nichts anderes als die Antwort von Bewohnern der nächstgelegenen Sonnensysteme dieser Galaxie, die ebenfalls eine hohe geistige Stufe erreicht hätten.*
*Für uns war das alles unbeschreiblich faszinierend und zugleich ein innerer Antrieb, möglichst rasch ebenso hohe Sphären zu erreichen, die keine Bindungen an grobstoffliche Welten mehr*

*haben. Nach diesem unauslöschlichen Erlebnis kehrten wir wieder auf unsere Daseinsebene zurück, nicht ohne uns von unseren Santinerfreunden mit einem herzlichen Dank für dieses überraschende Geschenk verabschiedet zu haben. Sie antworteten uns, dass diesem Besuch später noch weitere folgen würden, wenn wir erst das Ziel unserer jetzigen Schulung erreicht hätten. Ich danke dir, dass du mir so viel Zeit gewidmet hast.*
*Bis zum nächsten Mal, dein Joachim.*

∞

*Zum fünften Male stehen wir jetzt miteinander in Verbindung, und du fragst, was sich inzwischen bei mir ereignete. Es ist sehr viel, wenn man den geistigen Fortschritt als Maßstab anlegt. Tag für Tag - ja, auch wir rechnen noch mit irdischen Zeitbegriffen - erarbeiten wir in unserer Gemeinschaft ein neues Kapitel auf dem Wege zur Vollkommenheit, auf dem wir von unseren liebevollen Betreuern aus hohen Sphären des Lichts begleitet werden. Und immer wieder stellen wir fest, dass es da und dort noch eine Lücke zu füllen gilt, die wir bisher nicht beachtet hatten, weil sie uns unwichtig erschien und weil wir sie noch mit unserem menschlichen Verstand beurteilten. Die göttliche Betrachtungsweise urteilt jedoch nach anderen Prinzipien als es aus menschlicher Sicht oftmals als richtig angenommen wurde.*
*Dies betrifft hauptsächlich unsere gewohnte religiöse Erziehung. Wie auf diesem Gebiet die klare und einfache Lehre Jesu Christi durch menschliches Denken verfälscht worden ist, wird uns erst jetzt bewusst, nachdem wir aus seiner klaren Quelle wieder schöpfen dürfen. Wir haben ja schon des Öfteren über diese Fragen gesprochen und haben zum Teil auch die Mängel des Kirchenchristentums erkannt. Aber was wir jetzt erfahren über die wirklichen Hintergründe bewusster Verfälschungen, das*

*konnten wir wirklich nicht ahnen. Es war die Macht des Gegensatzgeistes, von dem sich die ganze Menschheit unseres Läuterungsplaneten einfangen ließ, von wenigen Ausnahmen abgesehen. Mit welcher Hinterlist, die in erster Linie auf die Eigenliebe des Menschen gerichtet war, diese Dunkelmacht zu Werke ging, kannst du dir nicht einmal andeutungsweise vorstellen. Geschichtliche Persönlichkeiten, die heute noch verehrt werden, fielen diesen Verführungskünsten zum Opfer, und das Ergebnis war jedes Mal ein Rückschritt in der geistigen Höherentwicklung der ganzen Menschheit. Nicht nur dass die Inkarnationsreihen durch Kriege dauernd unterbrochen wurden und dadurch ein immer größer werdender Nachholzwang entstand, sondern es wurde auch in denjenigen Institutionen, die eigentlich für die geistige Höherführung der Menschheit vorgesehen waren, dafür gesorgt, dass auch hier der menschliche Eigenwille oft vor den Gotteswillen gesetzt wurde. Und dies nicht nur durch die Verfälschungen der Christuslehre nach innen, das heißt durch Festlegung von Glaubensbekenntnissen zur Bindung der Gläubigen, sondern zusätzlich durch äußere Prachtentfaltung der Regierenden im weltlichen und kirchlichen Ornat. Damit wurde der vergänglichen Welt eine augenscheinlich höchste Bedeutung zugemessen, die wiederum allein dem Zweck diente, die Verehrungswilligkeit der Menschen auf das äußere Leben zu richten, das von Geburt und Tod bestimmt wird.*
*Die gesamte irdische Geschichte ist erfüllt von diesen Ablenkungsversuchen des Widergeistes, der dadurch die Herrschaft über diese Welt an sich ziehen konnte. Das oberste Gebot, die Willensfreiheit des Menschen, macht es ihm leicht, die tief gefallenen Seelen in immer wiederholten Inkarnationszyklen auf die gleiche Ebene zu bannen, bis nunmehr nach Ablauf von 2000 Jahren die Christuskraft ihre volle Wirkung entfalten wird. Die Zeit der Wahrheitsoffenbarung ist gekommen. Niemand soll sich deshalb wundern, wenn nun mit eisernem Besen - um eine irdische Ausdrucksweise zu gebrauchen - das ganze Gerümpel*

*hinweggefegt wird, das die Herrschaft eines Ungeistes hinterlassen hat, und zwar so vollständig, dass kein Stein mehr auf dem anderen bleibt. (vgl. Offenbarung des Johannes, Kap.21, Vers 5: „Siehe, ich mache alles neu!"; Anm. d. Autors) Ihr hegt vielleicht noch immer einen leisen Zweifel am Ausmaß dieser Globalreinigung, aber ich kann und darf euch ich sagen, dass die Ereignisse der kommenden Zeit wirklich einer Neuwerdung entsprechen, wie es dir schon mehrmals übermittelt wurde. Stellt euch geistig darauf ein und haltet am unerschütterlichen Glauben an eine rettende Hand der göttlichen Erlöserliebe fest, die euch durch unsere Sternengeschwister dargeboten wird, wenn es keinen Ausweg mehr gibt. Ich durfte mich davon überzeugen, dass eine riesige Flotte von Rettungsschiffen bereitsteht für die größte Evakuierungsaktion, die jemals in einem Sonnensystem durchgeführt wurde. Alles wird sich so ereignen, wie du es veröffentlichen durftest, und ich darf euch noch einmal sagen: Eure Arbeit ist noch nicht zu Ende und deshalb dürft ihr mit einer hohen Hilfe rechnen, auch in gesundheitlicher Hinsicht.*
*Bis zum nächsten Mal, dein Joachim.*

∞

*Wir haben heute ein interessantes Thema behandelt, das auch für euch von Bedeutung ist. Es ging um die Frage: Was geschieht mit den Menschen, die den bevorstehenden Evolutionsschritt in das neue Zeitalter nicht vollziehen wollen, wobei allerdings zu unterscheiden ist, welche Gründe dafür ausschlaggebend sind. Zum größten Teil werden es Menschen sein, die nach Gott und einem höheren Leben überhaupt nicht fragen und nur darauf bedacht sind, ein angenehmes Leben auf der Erde zu führen. Diese Menschen werden sich nicht entschließen, ihre vermeintliche irdische Heimstatt auf ungewohnte Weise zu verlassen. Sie werden sich lieber den Gefahren der globalen Katastrophen aussetzen, die sie zwar auf sich zukommen sehen, aber in ihren Auswirkungen unterschätzen. Diese materialistisch gebundenen Menschen werden demnach ihr Schicksal mit dem Erdenschicksal teilen müssen, d. h. sie verlieren ihren physischen Körper und befinden sich mit ihrem Seelenleib sodann in absoluter Finsternis.*

*In diesem Zustand, der einer Bewusstlosigkeit gleichkommt, werden jene Geistseelen so lange verharren, bis sie allmählich zu denken beginnen und sich überlegen, wo sie sich wohl befinden mögen. Da sie keine Orientierungsmöglichkeit haben, werden sie allmählich von einem Angstgefühl befallen, und das ist für sie das erste Merkmal, dass sie noch am Leben sind. Sie werden also versuchen, durch Tasten ihre Umgebung zu erkunden. Jeder Schritt, den sie machen, führt jedoch ins Leere, nach welcher Richtung sie sich auch bewegen. Dadurch wächst das Angstgefühl ins Unerträgliche, und schließlich beginnt die Geistseele um Hilfe zu rufen - zuerst zaghaft, dann immer lauter und verzweifelter. Aber woher soll sich Hilfe einstellen, wenn ringsherum Finsternis herrscht, so die Gedanken des Verzweifelnden. Zu sterben, um allem zu entrinnen, ist nicht möglich.*

*Erst allmählich begreift die Seele, dass sie als Erstes um Licht bitten muss, und zwar diejenige Kraft, die sie am Leben erhält. Das fällt schwer, wenn man kein Gegenüber hat. Aber ein Versuch könnte nicht schaden, so die weiteren Gedanken der Seele. Und so bittet sie eine ihr unbekannte Kraft um Licht, und dieses Gebet - denn die Bitte ist bereits ein Gebet - reicht aus für ein erstes, kaum wahrnehmbares Aufhellen der Finsternis. Die Seele registriert es und schöpft Hoffnung.*

*Nach einer zweiten, intensiveren Bitte kann sie schon die Umgebung in Umrissen erkennen, und nach weiteren Versuchen des Gebets erblickt sie ein Licht, das immer heller wird und das von einer Gestalt ausgeht, die sich als ihr Schutzengel zu erkennen gibt. Die Seele erfüllt ein Gefühl der Dankbarkeit und*

*Reue. Nun folgt ein belehrendes Gespräch mit dem Ziel, die Seele über ihren Zustand aufzuklären und sie auf eine neue Inkarnation vorzubereiten, die aber nicht mehr auf der umgewandelten Erde stattfinden wird, sondern auf einem anderen, für irdische Nachzügler vorgesehenen Planeten in einem anderen Sonnensystem. Ich kann dir also auch in diesem Falle bestätigen, was du bereits darüber empfangen hast.*
*Ähnlich ergeht es den anderen Menschen, die sich zum Beispiel aus Gleichgültigkeit oder aus pseudo-religiösen Gründen der entgegen gehaltenen Rettungshand der Gottesboten nicht anvertrauen wollen. Auch ihnen wird die Annahme einer bisher unbekannten Wahrheit schwer fallen, bis auch sie begreifen, dass nur durch eine Reinkarnation der Weg beschritten werden kann, der zur Erlösung und zur geistigen Höherentwicklung führt.*
*Wir haben in unseren Schulungen bereits große Fortschritte gemacht, und zwar dadurch, dass wir uns gegenseitig helfen, die neuen Erkenntnisse zu verarbeiten. Da diese Art des gemeinsamen Lernens ja ohnehin mein Bestreben in der Erdenschule war, konnte ich meine dabei gesammelten Erfahrungen gut verwerten. Und heute wurde uns gesagt, dass nicht mehr viel an der zum Übergang in die nächsthöhere Sphäre erforderlichen geistigen Reife fehle, was wir natürlich mit Freude aufgenommen haben. Soviel für heute, dein Joachim.*

∞

*Es sind inzwischen einige Tage vergangen seit unserem letzten Kontakt. Deshalb kann ich dir viel Neues berichten. Zuerst will ich dir mitteilen, dass unsere Schulungszeit in dieser Übergangssphäre zu Ende geht, und dass wir uns bereits für die nächsthöhere Sphäre vorbereiten. Das geschieht durch eine schrittweise Angleichung an die höhere geistige Lebensfrequenz. Dazu dient eine Art geistige Gymnastik mit dem Ziel, alles Beschwerende, Bedrückende und alle Überbleibsel von Erdgebundenheit völlig loszulassen und aufzulösen. Das ist gar nicht so einfach, und viele Neuankömmlinge lassen sich noch durch belastende Erinnerungen an ihr Erdenleben auf der Entwicklungsstufe festhalten, in die sie nach Verlassen der Körperwelt eingewiesen wurden. Es sind viele Seelen, die sich hier wohl fühlen, weil sie immer noch mit der Erde Kontakt halten können ohne unmittelbar betroffen zu sein. Sie machen sich sozusagen ein Vergnügen daraus, die Erdenschule aus höherer Warte verfolgen zu können und auch noch auf dem Wege der Gedankenbeeinflussung am irdischen Geschehen teilzunehmen.*

*Daher kommt es, dass so oft medial veranlagte Menschen hörig werden in der Meinung, mit einem Engelwesen in Verbindung zu stehen und eine entsprechende Aufgabe erfüllen zu müssen. Hier gilt besonders die Warnung, die uns Jesus Christus gegeben hat mit seinem Wort: „An ihren Früchten sollt ihr sie erkennen."* (Matthäus, Kap. 7, Verse 16 und 20; Anm. d. Hrsg.) *Seid kritisch allen Offenbarungen gegenüber, die euch auf solchen Wegen erreichen und die meistens nur die Meinung einer noch erdgebundenen Seele zum Ausdruck bringen, vermischt mit einer überschäumenden Phantasie. Ich freue mich, dass du bei jeder Gelegenheit auf diese Zusammenhänge hinweist, wenn du auch manchmal eine unfreundliche Reaktion dadurch hervorrufst. Gerade in dieser Übergangszeit zu einem neuen Weltzeitalter häufen sich solche Inspirationen von Besserwissern und Geltungssüchtigen, um auf diese Weise ihre eigenen egoistischen Bedürfnisse zu befriedigen. Aber auch ihre Zeit geht bald zu Ende.*

*Was jetzt auf die Menschheit zukommt, sehe ich in immer deutlicher werdenden geistigen Bildern. Es wurde uns gesagt, dass ein kosmischer Wendepunkt in der Erlösung der gefallenen Seelen eintreten wird, denn dem Toben des Widergeistes Luzifer wird die Erde als Grundlage entzogen. Die Erde war sein einziges Wirkungsfeld, auf das er sich nach einem äonenlangen Fall mit seiner Anhängerschar zurückziehen durfte. Und deshalb konnte auch nur auf diesem Planeten die einmalige Erlösertat geschehen, auf der physischen Ebene durch die Opferinkarnation eines göttlichen Willensträgers und dessen Unterstützung durch die Santiner. Ich begreife erst jetzt, welch bedeutende Rolle diese wunderbaren Sternengeschwister im gesamten Erlösungswerk gespielt haben und noch spielen, weil durch die bevorstehende gewaltige Rettungsaktion der Schlusspunkt der Erlösung gesetzt wird.*

*Nun will ich dir noch etwas mitteilen, das eure nächste Zukunft betrifft. Ich sagte schon, dass ich die geistigen Bilder immer deutlicher wahrnehme und das bedeutet meiner Einschätzung nach, dass nur noch eine kurze Zeitspanne vergehen wird bis zur Verwirklichung dieses Geschehens. Die Erde wird in einer Taumelbewegung geraten infolge der Schwächung ihres Magnetfeldes.* (Jesaja, Kap. 24, Vers 20: „Die Erde wird taumeln wie ein Trunkener und wird hin und her geworfen wie eine schwankende Hütte, denn ihre Missetat drückt sie, dass sie fallen muss...";  Anm. d. Autors) *Dadurch werden ungeheure Orkane über die ganze Erde rasen, und die Ozeane werden sich zu Wellengebirgen aufschaukeln und die Küstenländer überfluten. Inseln werden in den Fluten verschwinden und nur noch mit ihren höchsten Erhebungen zu sehen sein. Die feuerflüssige Magmaschicht, die sich unter der Erdkruste befindet, gerät ebenfalls in Wallung und schießt mit ungeheurem Druck durch die Kamine der Vulkane in die Höhe. Diese Bilder habe ich gesehen. Durch die Eruptionen wird die ganze Erde beben und zwar in einer solchen Stärke, dass die Kontinente förmlich auseinander brechen und in die Tiefe versinken werden. Zum Ausgleich dieser gigantischen Druckkräfte werden aus den Becken der Ozeane riesige Erdmassen emporgehoben, die schließlich die neuen Kontinente bilden werden, während sich die Wassermassen der*

*bisherigen Ozeane über den versunkenen Erdteilen ausbreiten. Du siehst also, dass ich nicht übertrieben habe, als ich dir sagte, dass kein Stein mehr auf dem anderen sitzen bleibt.*
*Es wurde uns gesagt, dass eine solche globale Erneuerung eines Planeten im ganzen Universum noch nie stattgefunden habe und es deshalb berechtigt sei, von einem kosmischen Ereignis zu sprechen.*
*Die Menschen haben noch keine Ahnung, was sie erwartet. Allerdings gibt es besorgte Wissenschaftler, die aufgrund ihrer geomagnetischen Forschung die beschriebenen Globalkatastrophen nicht mehr ausschließen: Sie finden jedoch kein Gehör bei den politisch Verantwortlichen. Aber eine Abhilfe könnte man ohnehin nicht mehr schaffen, da die Vergewaltigung der Natur durch den luziferisch inspirierten ‚technischen Fortschritt' nicht mehr rückgängig zu machen ist.*
*Die Santiner haben diese Entwicklung schon vor fast 2000 Jahren vorausgesehen, so dass sie sich dazu entschlossen haben, am Ende der Zeit, das heißt am Ende des dunkleren Fische-Zeitalters, die irdische Brudermenschheit vorübergehend zu evakuieren. Dazu mussten sie ihre Raumflugtechnik erweitern mit dem Schwerpunkt im Bau von riesigen Rettungsschiffen und kleinstmöglichen Rettungskugeln zur Landung auf der Erde im vollautomatischen Betrieb. Eine solche Leistung mit unserem beschränkten Verstand auch nur annähernd zu würdigen, ist uns völlig unmöglich. Nach dem ich mich bei dem schon erwähnten Raumschiffbesuch von dieser Leistung selbst überzeugen konnte, stieg meine Verehrung dieser Gottesboten bis ins Heilige. Aber noch ein Weiteres ließ das Gefühl der Verehrung in mir aufsteigen. Es war der Besuch eines Santiners während einer Schulungsstunde. Wir behandelten eben das Thema der Unendlichkeit und Ewigkeit des All-Lebens, als plötzlich eine Lichtgestalt neben unseren, ebenfalls von einer Lichtaura umhüllten Lehrer trat und sich als Santiner vorstellte. Unser Lehrer hieß ihn herzlich willkommen und bat ihn sogleich, zu uns zu sprechen. Er*

*brachte zunächst seine Freude über unser Interesse an diesem Thema zum Ausdruck und forderte uns auf, unsere eigenen Gedanken vorzutragen. Es wollte niemand so recht damit beginnen, bis ich mich dann meldete und davon sprach, dass mir dieses Thema nicht grundsätzlich neu sei, da es bereits mehrmals Gegenstand gewesen sei von Gesprächen mit dir - ich habe deinen Namen genannt. Allerdings konnten wir uns immer nur unsere Bewunderung und Ehrfurcht gegenseitig bestätigen vor dieser Unendlichkeit und Ewigkeit als einer für uns nicht fassbaren Dimension, vielleicht noch mit dem stillen Wunsch, nach Erreichen einer höheren Bewusstseinsstufe einem tieferen Begreifen näher zu kommen, wobei wir uns jedes Mal im Klaren waren, dass der Weg dazu nach innen führen müsse, zum göttlichen Selbst, das unser Wesensmittelpunkt sei.*
*Als ich diese Gedanken vorgetragen hatte, empfand ich in mir eine wunderbare Wärme, und ich hatte auf einmal das Gefühl einer Wesenseinheit mit einer unermesslichen Liebe. Sie durchstrahlte meinen ganzen Seelenleib und hüllte mich in eben dieses Licht, das auch den Santiner umgab. Daraufhin trat für kurze Zeit eine feierliche Stille ein, bis der Santiner die folgenden Worte sprach: „Mein Bruder, mit Freude habe ich deine Ausführungen zu diesem Thema aufgenommen. Ich weiß von euren Gesprächen in der kleinen Studierstube in Reutlingen und kenne auch deinen Bruder Hermann, der auch unser Bruder ist. Du hast mich schon mehrmals erkannt, als ich euch kurz besuchte oder hinter Hermann stand während seiner Vorträge. Du hast mich zwar nicht gesehen, aber mein Energiefeld hast du gespürt. Und nun stehen wir uns gegenüber in unserem feinstofflichen Leib."*
*Dann sprach er zum Thema selbst, indem er unsere Gedankengänge bestätigte und sie durch seine eigenen Erfahrungen noch vertiefte. Es fällt mir jedoch schwer, sie in Worte zu fassen, da es mehr ein inneres Erleben darstellt, zu dem wir mit unseren*

*Überlegungen den ersten Schritt getan haben - und der ist der wichtigste.*
*Bis zum nächsten Mal, dein Joachim.*

∞

*Ich danke dir, dass du mir wieder Gelegenheit gibst, aus meiner geistigen Sphäre berichten zu können. Die positive Resonanz, die meine Berichte finden, freut mich sehr. Sie zeigt doch, wie sehr die Menschen nach Aufklärung verlangen, die ihnen von einer dogmatisierten Kirche bisher versagt blieb. Die Wahrheit bricht sich Bahn - um mit deinen Worten zu sprechen - und zwar nicht nur auf geistigem Gebiet, sondern jetzt auch im Hinblick auf geistige Erkenntnisse, die durch das materialistisch geprägte Weltbild in ihrer vollen Entfaltung gehindert wurden. Die lichtvolle geistige Energie des neuen Äons wird die verkrustete Schale des wissenschaftlichen Materialismus aufbrechen und den wahren Kern der Schöpfung freilegen. Dies geht nicht ohne tiefgreifende Veränderungen im Bewusstsein des Menschen vor sich und dementsprechend auch in seiner äußeren Lebenswelt, denn beides ist miteinander verknüpft. Wie du weißt, ist alles geistig begründet, das heißt die Gedanken bestimmen die Umwelt und jede egoistische Denkrichtung hat eine Verengung und Verfestigung der äußeren Lebensverhältnisse zur Folge. Und umgekehrt, wenn ein Mensch sein Ego verschwinden lässt, ihm also keinen Wert mehr beimisst, und sein ganzes Denken und Trachten auf die Werte des ewig Bestehenden ausrichtet, dann schließt er sich unwillkürlich dem mächtigen Aufwärtsstrom der allumfassenden Liebe an, und sein Bewusstsein geht in das Allbewusstsein des universellen Lebens über. Dies drückte Jesus mit den Worten aus: Ich und der Vater sind eins.*

*In diesem Aufwärtsstrom dürfen wir nun in die nächsthöhere Sphäre übergehen. Wir durften unsere Schulung abschließen, nachdem wir durch harte Arbeit an uns selbst den entsprechenden Reifegrad erreicht hatten. Alle, die sich in unserer Wohngemeinschaft befinden, haben dieses Ziel erreicht. Es ist deshalb verständlich, wenn wir ein kleines Fest veranstalten, um unseren Dank zum Ausdruck zu bringen für die wunderbare geistige Betreuung, die wir aus einer hohen Lichtsphäre und auch von den Santinern erhalten haben. Die große Freude, die wir dabei empfinden, erfüllt nicht nur unsere Herzen, sondern überträgt sich auch auf unsere Umgebung, indem die Blüten, die immer während unseren Park schmücken, ihre Leuchtkraft verstärken. Daran kannst du erkennen, wie jede Gemütsregung des Menschen sich auf seine Umgebung auswirkt, und zwar nicht nur als äußerlich sichtbarer Effekt, sondern ebenso auf die so genannte tote Materie, die in Wirklichkeit gar nicht tot ist, was du ja in deinen Vorträgen wiederholt betont hast. Denn alles Erschaffene, auch das kleinste Atom, trägt einen geistigen Wesenskern in sich als Ausdruck der Schöpferkraft Gottes. Und dieser Mittelpunkt reagiert genauso auf geistige Schwingungen wie die höheren Lebensformen der Pflanzen- und Tierwelt, nur für den grobsinnlichen Menschen nicht wahrnehmbar. Wenn wir uns jedoch einen höheren Grad von Feinfühligkeit durch entsprechende Meditationsübungen erworben haben, dann ist es uns möglich, die Ausstrahlungen von Gegenständen, mit denen wir täglich in Berührung kommen, ja die Ausstrahlung einer ganzen Wohnung oder eines ganzen Hauses mit unseren inneren Sinnesorganen aufzunehmen. Dementsprechend fühlt man sich geborgen und positiv gestimmt oder im Falle einer egoistischen Einstellung tritt an die Stelle des Wohlbefindens ein Gefühl der Beziehungslosigkeit, dass sich bis zur seelischen Abstoßung steigern kann.*

*Du siehst, wie sehr die geistig-seelische Grundhaltung des Menschen sein gesamtes Lebensbild bestimmt, und dass alles,*

*was als scheinbar ungerechtes Schicksal empfunden wird, nur eine Widerspiegelung der Innenwelt ist. Und da sich in der geistigen Welt diese Tatsache unmittelbar in der Umgebung zeigt, lernt man sehr schnell, seine Gedanken und Gefühle zu beherrschen und sich ein egofreies Denken anzugewöhnen. Das bedeutet aber keineswegs, dass wir unsere Individualität aufgeben müssten. Im Gegenteil - dadurch, dass wir im Anderen, in der Schwester, im Bruder, in jedem Tier, in jeder Pflanze das gleiche göttliche Selbst erkennen, fühlen wir uns in der Reflexion der gleichen Kraft als göttliches Wesen bestätigt und gestärkt. Jeder Gedanke der Liebe zum Anderen wird gleichermaßen erwidert in dem Bewusstsein der Wesenseinheit mit dem Allgeist. Dieses Bewusstsein gab uns den Schlüssel in die Hand zum Übergang in die nächsthöhere Sphäre, die das endgültige Verlassen des geistigen Anziehungsbereichs der irdischen Läuterungsschule bedeutet und uns einen noch nicht vorstellbaren grenzenlosen Lebensraum eröffnet. Zur Einführung in dieses höhere Bewusstsein haben uns die Santiner bereits ihre Hilfe zugesagt. Ich bin selbst voller Erwartung, was ich dir darüber berichten darf.*
*Bis zum nächsten Mal, dein Joachim.*

∞

*Ich darf dir heute über einen weiteren Fortschritt berichten. Seit zwei Tagen befinden wir uns in einer hören Sphäre und unser Bewusstsein hat sich gewaltig erweitert. Es ist zum Beispiel möglich, Raum und Zeit zu überbrücken, wie ich es mir nicht einmal im Traum vorstellen konnte. Die Astralreisen, die ich noch in der Körperwelt einige Male unternehmen durfte, sind ein Nichts im Vergleich zu den Reisen in unserem jetzigen Bewusstsein. Jetzt genügt ein Gedanke und wir befinden uns in der*

*Grenzenlosigkeit des Universums, und ein Gedanke lässt uns auch wieder an den Ausgangspunkt zurückkehren. Es fehlt uns nur noch die notwendige Orientierung, um uns in den Weiten des Universums zurechtzufinden, und dabei helfen uns die Santiner, die uns in der kosmischen Navigation Unterricht erteilen.*
*Es ist unbeschreiblich schön hier, wo wir uns jetzt befinden, so dass wir unsere frühere Sphäre schon beinahe vergessen haben. So ist es ja immer schon gewesen: Wenn man den Wohnort zu seinem Vorteil gewechselt hat, dann verblasst die Erinnerung an Vergangenes, und das Neue, das Verheißungsvolle beansprucht nunmehr die ganze Aufmerksamkeit. Du wirst es dir denken können, mit welch gespannter Aufmerksamkeit wir dem Unterricht über ein völlig neues Wissensgebiet folgen. Es ist gerade so, als ob wir einen Erfahrungsraum betreten dürfen, der uns bisher wegen mangelnder Reife verschlossen war, nun aber, mit dem Reifezeugnis in der Tasche, dürfen die höheren Studiengänge beginnen, um ein irdisches Bild zu verwenden.*
*Eine prachtvolle Landschaft bietet sich dem Auge: Ein Park geht in den anderen über; sie unterscheiden sich nur durch die Verschiedenartigkeit ihrer Pflanzenwelt. Wir durften unseren Wohnsitz, wenn man so sagen will, nach den Pflanzenarten auswählen, für die wir eine besondere Sympathie empfinden. Diese Auswahl fiel uns nicht leicht, denn wir standen in jedem Park einer exotischen Blütenpracht gegenüber, die in uns keinen Unterschied in der Zuneigung und Bewunderung, ja Verehrung dieser Schöpfungsideen entstehen ließ. Erst nach langem Durchwandern der Parks empfanden wir allmählich bei der meditativen Versenkung in die Seelennatur dieser Pflanzen eine mehr oder weniger starke sympathische Schwingung, die uns dann Anlass gab, uns für den entsprechenden Parkbereich zu entscheiden. Dies bedeutete natürlich in keiner Weise eine abwertende Einstellung den anderen Pflanzenarten gegenüber, sondern es kam darin lediglich zum Ausdruck, dass jede Seele eine ihr eigene Schwingung besitzt, die eben mit der Aurastrah-*

*lung anderer Lebensbereiche korrespondiert. So habe ich für meine Umgebung eine Pflanzenart ausgewählt, die ich etwa mit Orchideen von fast Baumgröße beschreiben kann. Die Farbe der Blüten geht von einem kräftigen Dunkelrot bis in ein zartes, fast durchsichtiges Rosa über. Ich fühle mich wie in einem Märchenwald und doch ist es Wirklichkeit, an die wir uns aber erst noch gewöhnen müssen. Mit mir haben sich noch drei Freunde unserer früheren Wohngemeinschaft für diesen Parkteil entschieden. Wir sind gerade dabei, unser Haus entstehen zu lassen, was durch Gedankenkraft nach unserer Vorstellung geschieht. Korrekturen sind jederzeit möglich und öfters auch notwendig, wenn die Idee nicht mit dem Gesamtkonzept übereinstimmt. Auch hier macht Übung den Meister. Für mich ist diese Art des Bauens von besonderem Reiz, habe ich doch während meiner irdischen beruflichen Tätigkeit oft genug das Gegenteil erleben müssen. Wir haben hier also Gestaltungsfreiheit und ich bin froh, dass wir uns in allem einig sind, was wiederum auf unsere Übereinstimmung im Empfinden der sympathischen Schwingung zurückzuführen ist.*
*Nun möchte ich dir noch etwas über die Tierwelt erzählen, die zu den Bewohnern dieser Sphäre gehört. Müßig zu sagen, dass die Tiergattungen dieser höheren Lebensebene entsprechen, d. h. dass sie bereits aus dem rein instinktiven Verhalten heraustreten und im Begriffe sind, ein individuelles Verhalten zu entwickeln. Dies macht sich dadurch bemerkbar, dass der Wille vermehrt in den Vordergrund tritt und daraus sich ein Persönlichkeitsaspekt zu bilden beginnt. So wird auch unser Umgang mit den Tieren von einer Art geschwisterlichem Verhältnis bestimmt, das uns anregt, die Tiere in ihrem noch unbewussten Drang nach Individualität zu unterstützen. Wir laden sie mit liebevollen Gedanken zu Spielen ein, die ihr Gedächtnis schulen und sie selbständige Entscheidungen treffen lassen. Die Freude ist auf beiden Seiten groß, wenn ein Fortschritt dabei erzielt wird. Wir achten bei diesen Spielen besonders auf die Wahrung des freien*

*Willens, denn jede Art von Dressur hätte eine gegenteilige Wirkung. Diese Lehrmethode sollte auch in der Erdenschule beachtet werden, denn der Mensch würde dadurch zu seinem eigenen Fortschritt beitragen. Es sind alle Arten frei lebender Tiere, wie sie auch auf der Erde bekannt sind, die diese herrliche Lebensebene mit uns teilen, mit Ausnahme von Raubtieren und giftigen Tieren. Am meisten lernbegierig sind die Hunde aller Rassen, wie es auch in der materiellen Welt der Fall ist.*

*Nachdem wir unsere nächste Umgebung kennen gelernt haben, werden wir die ferneren Gegenden erkunden. Unser Lehrer und Betreuer sagte uns schon, dass wir dort Geschwister antreffen werden, die dieselbe Entwicklungsstufe erreicht haben, aber aus einer anderen irdischen Heimat stammen. Das war neu für uns. Wir hatten nämlich bisher gar nicht daran gedacht, dass es ja noch viele andere irdische Menschenrassen und Angehörige fremder Völker gibt, die den gleichen Entwicklungsweg gehen wie wir und dementsprechend auch die ihnen gemäßen Sphären bewohnen. Weiter wurden wir darüber belehrt, dass auf der nächsthöheren Daseinsebene solche Unterschiede nicht mehr bestehen, sondern dass das Bewusstsein der dortigen Bewohner bereits kosmischer Natur ist. Das leuchtete mir ein, nachdem wir hier dem geistigen Anziehungsbereichs unseres ehemaligen Läuterungsplaneten entwachsen sind und uns in kosmischen Weiten bewegen dürfen, sobald wir die dafür erforderlichen Orientierungsübungen mit Hilfe der Santiner abgeschlossen haben.*
*Ich freue mich schon auf den Besuch anderer Sonnensysteme und ihrer bewohnten Planeten, worüber ich dir dann berichten werde.*
*Von den Santinern habe ich erfahren, dass sie ihre Aufklärungsaktion beginnen werden, wenn die Erdachse anfängt, ihre Stabilität zu verlieren. Wann dies genau eintreten wird, kann ich*

*nicht sagen, aber nach meinem Empfinden wird uns die nahe Zukunft Antwort geben.*
*Bis zum nächsten Mal, dein Joachim.*

∞

*Das letzte Mal habe ich dir von unserer neuen Seinsebene berichtet und von unserer Absicht, die entfernteren Gegenden dieser Sphäre zu erkunden. Dies ist inzwischen geschehen. Wir haben uns zunächst auf eine bestimmte Richtung für unsere Reise beschränkt, die uns von unserem Betreuer vorgeschlagen worden war, und das hatte seinen Grund, wie wir später feststellen konnten. Als wir nämlich die betreffende Gegend erreichten, waren wir höchst erstaunt, dort auf Geschwister zu treffen, die uns aus früheren Inkarnationen gut bekannt waren. Es war ein Fest des Wiedersehens und des Austauschs von gemeinsamen Erinnerungen. Auch diese Geschwister haben ihr Karma durch eigene Arbeit an sich selbst abgetragen und haben nun wie wir diese Sphäre der Freiheit und Bindungslosigkeit erreicht.*
*Eine Bruderseele hat mich besonders beeindruckt. Er war ein sehr enger Freund von mir, als wir noch auf Atlantis lebten. Er war damals Priester einer religiösen Vereinigung, der auch ich angehörte. Er hatte mich damals durch seine Redegewandtheit fasziniert und seine - wie mir schien - tiefen Erkenntnisse vom Sinn des Lebens und vom Bau der Welten. Zur atlantischen Zeit war man technisch sehr weit fortgeschritten ohne jedoch diese Errungenschaften auf zerstörerischer Weise zu missbrauchen. Man kannte z. B. die Nutzbarmachung der kosmischen Energie und hatte deshalb nicht mit Umweltproblemen zu kämpfen, wie es der gegenwärtigen Zivilisation bereits zum Verhängnis geworden ist.*

*Der Mittelpunkt seiner Lehre bestand in der Annahme eines unendlichen Wesens, mit dem wir durch unseren Verstand verwandt seien. Hier zeigt sich der große Unterschied zu unserer heutigen Erkenntnis. Er beharrte auf dem Standpunkt, dass es eine ewige Trennung gäbe zwischen einem göttlichen Seinszustand und den Menschen als geschaffene Wesen. Heute wissen wir durch die Lehre Jesu Christi, dass eine solche Trennung nur in der Eigenwilligkeit des Menschen besteht, die ja der Grund war für den Fall der Geister bis in die Tiefen der Grobstofflichkeit, und dass das Ziel unserer Entwicklung die Überwindung dieses Trennungsgedankens ist bis zur Wiedererlangung der Vollkommenheit in Gott. So wie es Jesus seinen Jüngern mit den Worten erklärte: „Ihr sollt vollkommen sein, wie euer Vater im Himmel vollkommen ist."* (Matth. Kap. 5, Vers 48; Anm. d. Autors).

*Mein damaliger atlantischer Freund sagte mir jetzt, dass er diesen Fehler seiner Lehre leider durch mehrere Inkarnationen weitergetragen und dadurch mancher entwicklungswilligen Seele den Weg zur freien Selbstentfaltung versperrt habe. Obwohl er durch geistige Belehrungen auf seinen Irrtum hingewiesen wurde, hielt er an seiner Auffassung fest. Die Folge davon war das Selbsterlebnis der Trennung von seinem Schutzengel und seine Inbesitznahme durch Höllengeister. Er erkannte diesen Umstand zu spät und seine Abwehrkraft reichte zur Befreiung nicht mehr aus. So musste er eine Inkarnation als ein höriges Werkzeug der Dunkelmacht über sich ergehen lassen, bis es ihm schließlich gelang, durch Aufbietung seiner ganzen Willenskraft wieder auf den Lichtweg zurückzufinden und seinen Schutzengel wegen seiner Unbelehrbarkeit um Verzeihung zu bitten. Sofort spürte er eine liebevolle Verbundenheit, in der er das empfinden durfte, was er bisher ablehnte, nämlich das Einssein mit dem Schöpfergeist. Diese Erkenntnis bringt uns auch das Bibelwort nahe: „Wisset ihr nicht, dass ihr Gottes Tempel seid und der*

*Geist Gottes in euch wohnt?"* (1. Kor., Kap. 3, Vers 16; Anm. d. Autors).
*Nach dem sich mein ehemals atlantischer Freund zu dieser Wahrheit bekannt hatte, versuchte er in mehreren Reinkarnationen möglichst viel von dem wieder gut zu machen, was er durch sein eigenwilliges Verhalten in die Seelen vieler Menschen gesät hatte. Dies gelang ihm, indem er Klosterschulen gründete und dort die Wahrheit über das Lebensziel des Menschen lehrte. Ich erzählte diese Geschichte so ausführlich, um zu zeigen, wie sich über Jahrtausende eine karmische Schuld anhäufen kann bis zu einem Tiefpunkt in der geistigen Finsternis, und wie ebenfalls über Jahrtausende eine Tilgung möglich ist, die der geläuterten Seele die Befreiung vom Erdenjoch erlaubt.*

*Eine weitere Begegnung war wesentlich erfreulicher. Es war eine Seele, die früher einmal meine Mutter gewesen war. Das liegt lange Zeit zurück. Es war in Nordafrika im damaligen Karthago, das die Atlanter als Handelsstadt gegründet hatten. Der ganze Mittelmeerraum wurde zu dieser Zeit von den Atlantern beherrscht. Die alte griechische Dichter Homer und der Philosoph Platon berichteten noch von der Herrschaftszeit der atlantischen Gouverneure mit ihrem Regierungssitz auf dem Olymp. Die späteren Legenden haben aus ihnen ‚Götter' gemacht. Die altgriechische Sprache ist übrigens aus der atlantischen Hochsprache hervorgegangen; auch das Lateinische weist noch Verwandtschaftsmerkmale auf.*
*Die überraschende Begegnung mit meiner einstigen karthagischen Mutter hat so viele Erinnerungen geweckt, dass ich darüber ein ganzes Buch schreiben könnte.*
*Nur ein Erlebnis möchte ich herausgreifen, das für meinen weiteren Lebensgang entscheidend war: Ich war der Sohn einer reichen Kaufmannsfamilie und kannte keinen Mangel. Man ließ mir die beste Erziehung zuteil werden, was bedeutete, dass ich einige Jahre in einem Schulinternat verbringen musste auf der*

*Hauptinsel von Atlantis, das aus drei Großinseln bestand. Diese Zeit bekam mir schlecht, wegen meines jugendlichen Leichtsinns. Ich begann mich für eine Gruppe von Oppositionellen zu interessieren, die sich das Ziel gesetzt hatten, das konservative Einerlei der Regierung und die in unseren Augen unerträgliche Selbstzufriedenheit der meist wohlsituierten Bürger dieses Staates mit neuen Ideen aufzubrechen. Es wurde ein Programm ausgearbeitet, in dessen Mittelpunkt die technische Weiterentwicklung unserer Flugschiffe zu Raumschiffen stehen sollte. Dieser Gedanke lag nahe, weil die Atlanter bereits außerirdischen Besuch bekamen, und zwar vom Nachbarplaneten Venus. Darüber wurdest du schon in anderem Zusammenhang unterrichtet.* (siehe Anhang)
*Diese interplanetarische Verbindung hatte freundschaftlichen Charakter, bis der Müßiggang der Atlanter derartige Auswüchse annahm, dass sich die Venusier gezwungen sahen, ihre Besuche einzustellen, nicht ohne wiederholte Warnungen vor den Folgen seiner Dekadenz. Wir Jungen sahen dadurch unsere Auffassung mehr als bestätigt und versuchten nun mit Gewaltaktionen das Blatt zu wenden. Wir gewannen immer mehr Anhänger und sahen uns schon als die künftigen Herren von Atlantis. Da griff die Regierung zu einem letzten Mittel. Sie versuchte, uns durch eine Deportation nach Ägypten, womit Handelsbeziehungen bestanden, loszuwerden. Diese Drohung führte erst recht zu einem Aufbegehren aller fortschrittlich denkenden Staatsbürger, so dass sich schließlich zwei unversöhnliche Parteien gegenüberstanden, die nur noch darauf aus waren, dem Gegner möglichst viele Niederlagen beizubringen, wobei die Methoden immer rücksichtsloser wurden.*
*Schließlich drohte man sich gegenseitig die Sprengung des unterirdischen Kanalsystems an, das der Wasserversorgung diente. Aus dieser Drohung wurde Ernst, und so kam es zu gewaltigen Detonationen auf allen drei Großinseln. Als deren Folge traten starke Erdbeben auf, die letztlich zum Untergang*

von Atlantis führten. Und ich war einer von denjenigen, die die Lunte an den Sprengkörper legten. Viele meiner Gesinnungsgenossen, die von dem Vorhaben wussten, konnten noch vor der Explosion Atlantis mit ihren Flugschiffen verlassen. Ihr Ziel war Ägypten, wo sie mit ihren technischen Kenntnissen, die zum Teil außerirdischen Ursprungs waren, wie Götter behandelt wurden und die Pharaonendynastie gründeten. Ich selbst verlor bei dieser Großkatastrophe mein Leben und musste durch viele Inkarnationen meine karmische Schuld abtragen. Da ich noch in einem jugendlichen Alter gewesen war, wurde mir mein idealistisches Motiv zugute gehalten, was mein Gesamtschicksal etwas erleichterte. Trotzdem ist es mir nicht gelungen, eine stetige Aufwärtsentwicklung beizubehalten, sodass sich erst mit meiner letzten irdischen Inkarnation meine karmische Gebundenheit löste.

Ich habe dir nun in Kurzform die für mich wichtigsten Begegnungen zwischen uns und den Mitbewohnern der gleichen Sphäre geschildert. Für einige wird wohl mein Bericht reichlich phantastisch klingen, doch kann ich versichern, dass alles auf Wahrheit beruht. Um das verstehen zu können, ist es erforderlich, dass sich der Mensch als ein Heimkehrender erkennt, der bereits eine lange Wegstrecke zurückgelegt hat, unnötige Umwege gegangen ist, falschen Wegweisern gefolgt ist und endlich das Haus des Vaters in der Ferne sieht, wo er mit Freude und geschwisterlicher Liebe empfangen wird.

Bis zum nächsten Mal, dein Joachim.


Anhang
aus der Antwort auf eine Zuschrift an den Autor:

Sehr geehrte ... ,
Sie haben mir sechs Kopien von medial empfangenen Schriftzeichen zugeleitet in der Hoffnung, dass ich „etwas damit anfangen

kann". Ich freue mich, dass ich auf dem Wege der Mentaltelepathie diese Schrift übersetzen durfte. Sie stammt aus dem alten Atlantis. Es handelt sich um die Botschaft eines Gelehrten, die in der Art einer Kurzschrift verfasst ist und in senkrechten Zeilen geschrieben wurde. Atlantis ist vor rund 12.000 Jahren untergegangen. Es besaß eine Hochkultur, die auf einer Verbindung mit den Bewohnern der Venus gründete. Die dortige Menschheit verfügte bereits über kleine Raumfahrzeuge, die es ihnen erlaubten, ihre Nachbarplaneten zu besuchen. Von solchen Kontakten berichten diese Zeilen. Die Übersetzung lautet sinngemäß:

*Als Atlantis zum ersten Mal vom Nachbarplaneten Venus Besuch erhielt, begann ein neuer Zeitabschnitt in unserer Geschichte. Zwar waren uns diese Besucher nicht fremd, da wir mit ihnen über die Gedankenbrücke schon seit langer Zeit in Verbindung standen, doch als sie mit einem ihrer Raumfahrzeuge, die sie mit Hilfe inspirativer Anleitungen bauen konnten, diese interplanetarische Entfernung überbrückten, war die Überraschung unbeschreiblich groß. Wir lernten von ihnen, wie man kosmische Energie gewinnt und wie man sie in Gebrauchsenergie umwandelt. Außerdem weihten sie uns in die Geheimnisse ihrer Flugtechnik ein, die wir aber nur für den Bau von Flugmaschinen innerhalb des atmosphärischen Bereichs der Erde anwenden konnten.*

*Auf diesen ersten Besuch folgten noch viele weitere, und eines Tages wurde auch unsere Bitte erfüllt, einmal unseren Nachbarplaneten besuchen zu dürfen. Zu dritt begleiteten wir sie auf ihrer Rückreise und waren fasziniert von der Unendlichkeit und Schönheit des Universums, das sich unseren staunenden Augen bot. Die Reise dauerte nach eurem Zeitmaß nur etwa zwei Stunden. Diese kurze Flugdauer ist durch Anwendung kosmischer Energie-Gesetze möglich.*

*Der Planet hatte zwei Gesichter. Das eine bestand aus tätigen Vulkanen und Feuerseen, das andere glich einer tropischen Landschaft auf der Erde. Dort befanden sich Siedlungen, die in ihrer architektonischen Vielfalt harmonisch in die üppige Landschaft eingepasst waren. Diese Siedlungen waren durchzogen von prachtvollen Parkanlagen mit blühenden, wohlriechenden Pflanzen, die das seelische Empfinden stärkten.*
*Die Menschen dort behandelten uns wie ihre Geschwister, und als wir diesen Eindruck ihnen gegenüber erwähnten, meinten sie, dass wir doch alle den selben Vater hätten und uns nur in der Entwicklungsstufe voneinander unterschieden, und das gelte für alle Menschheiten im ganzen Universum. Wir waren ihre Gäste, solange wir bei ihnen bleiben wollten. Jedoch stellten sich bei uns Anpassungsschwierigkeiten ein, die mit der anderen Zusammensetzung der Atmosphäre zusammenhingen. Es war uns nicht möglich sie auszugleichen, so dass wir nach einiger Zeit um unsere Rückkehr zur Erde bitten mussten, was dann sofort geschah.*
*Für unsere Planetengeschwister war der Aufenthalt auf der Erde problemlos, da ihnen die Anpassung an die irdische Atmosphäre keine Schwierigkeiten bereitete. So entstand im Laufe der Zeit ein freundschaftliches Verhältnis zwischen den Bewohnern von Atlantis mit unseren planetarischen Nachbarn, das sogar in einigen Fällen zu menschlichen Verbindungen führte.*

*All dies geschah vor etwa 12.500 Jahren. Die Verbindung zu unseren Planetengeschwistern hatte zur Folge, dass wir alles, was wir wollten, ohne körperliche Anstrengung erreichen konnten. Daraus ergaben sich Müßiggang und Langeweile beim größten Teil der damaligen Atlanter, weil diese nicht bereit waren, diese gewonnene Freizeit für ihren geistigen Fortschritt zu nutzen, was die Venusier beabsichtigt hatten. Nachdem sie das unerwartete Ergebnis ihrer Betreuungsdienste hatten feststellen müssen, konnten sie nur noch auf die schicksalhaften Folgen*

*einer geistigen Trägheit und einer Hinwendung zu äußeren Genüssen verweisen. Diese gut gemeinten Belehrungen stießen aber auf taube Ohren, so dass sich der Verfall der Sitten nicht mehr aufhalten ließ.*
*Unsere Planetengeschwister verfolgten diese Entwicklung mit größtem Bedauern und kamen immer seltener zu Besuch, bis sie sich schließlich, nachdem sie sich sogar Feindseligkeiten ausgesetzt sahen, ganz zurückzogen.*
*Diese Zeit leitete den Untergang von Atlantis ein. Sitte und Moral steuerten einem Tiefpunkt zu, was sich sogar auf die Regierenden übertrug. Ein letzter Aufruf unserer Priester verhallte ebenso ungehört wie viele vorhergehende Ermahnungen, da sie in geistiger Hinsicht selbst keine überzeugende Standfestigkeit mehr besaßen. Unsere Gruppe der Besonnenen - wir waren weitaus in der Minderheit - sahen das Unglück auf unser herrliches Atlantis unabwendbar zukommen. Auch unsere Planetengeschwister, mit denen wir immer noch in telepathischer Verbindung standen, konnten uns nicht mehr helfen. Sie trösteten uns aber mit der Möglichkeit einer Rettung mit unseren Flugmaschinen und gaben uns den Rat, auf den afrikanischen Kontinent überzusiedeln. Sie teilten uns sogar den Tag mit, an dem mit dem Beginn der Katastrophe zu rechnen sei, so dass wir rechtzeitig unsere Rettung vorbereiten konnten. An dem vorausgesagten Tag fing die Erde an zu beben. Zunächst kaum beachtet, dann immer stärker werdend, bis die Erschütterungen sich so steigerten, dass die Hauptinsel, die mittlere der drei Großinseln, in mehrere Teile auseinander brach und in den Fluten des Ozeans versank. Wir erlebten diese Katastrophe auf der Ostinsel, von der heute noch Teile erhalten sind.*
*Bevor den beiden anderen Inseln das gleiche Schicksal widerfuhr, gelang uns mit unseren Flugmaschinen der Rettungssprung nach Ägypten. Aus unserer Verbindung mit diesem Volk, das uns als Götter verehrte, entstand eine neue Religion und Kultur, und daraus ging der Pharaonenkult hervor. Wir bekamen wieder*

*Besuch von unseren Planetengeschwistern, die uns noch weitere nützliche Dinge lehrten. Die großen Pyramiden sind aber nicht unser Werk. Sie stammen aus einer späteren Kulturepoche, die von Sternenmenschen anderer Herkunft bestimmt wurde. Leider zeigte sich auch hier wieder, dass die irdischen Menschen noch nicht reif genug waren, um diese Schätze zu verwalten und sie für ihre geistige Höherentwicklung zu nutzen. Die ganze heutige Menschheit der Erde steht vor dem gleichen Problem, denn auch sie hat noch nicht die Reifestufe erreicht, die es ihr ermöglichen würde, die Geschenke aus fernen Welten in Empfang zu nehmen und sich mit deren Hilfe aus dem ununterbrochenen Kreislauf von Schuld und Ausgleich zu befreien. Das beginnende neue Äon wird aber hinter die Lernunwilligkeit der Erdenmenschen einen Schlusspunkt setzen und die Zurückgefallenen von den Aufstiegswilligen trennen. Die Letztgenannten werden den Anschluss an die fortgeschrittenen Sternengeschwister finden, die Erstgenannten werden in neuen Läuterungszyklen ihre Aufstiegskräfte stärken müssen. Das ist meine Botschaft an euch, die euch Lehre und zugleich eine Willenskräftigung sein möge.*

∞

*Mein neuer Bericht handelt von Begegnungen mit früheren Geschwistern von Atlantis, die nach vielen Inkarnationen auf der Erde die gleiche Sphäre erreicht haben wie wir. Nun haben wir eine weitere entfernte Gegend dieser Seinsebene erkundet und dabei ebenfalls Überraschungen erlebt. Ich hatte eine Begegnung mit einer Seele, die meine Frau war, als ich auf Lemurien lebte. Dieser Erdteil erstreckte sich ungefähr von den Hawaii-Inseln bis nach Neuseeland und bestand aus vielen großen und kleinen Inseln, wovon die polynesischen Inseln noch heute Zeugnis ablegen. Meine damalige Frau war Wissenschaftlerin.*

*Ihre Studien umfassten hauptsächlich Astrologie und Astronomie. Ich habe bewusst Astrologie zuerst genannt, da es ihr Schwerpunktgebiet war. Dieses heute noch umstrittene Wissensgebiet wurde also bereits damals ernsthaft studiert, und zwar als Lehrfach an den Hochschulen, die es auch schon gab, allerdings auf einer anderen Basis als heute.*
*Man lernte mehr intuitiv und stellte den Verstand in die zweite Reihe. Daher war es möglich, mit kosmischen Schwingungen zu arbeiten und deren Frequenzen zu unterscheiden. Man stellte fest, dass sich die Frequenzen, die sich im Bereich von Milliarden Schwingungen pro Sekunde bewegen, von bestimmten Gestirn- und Planetenstellungen abhängen und sich kontinuierlich ändern. Daraus wurde der Schluss gezogen, dass es eine konstante kosmische Energieschwingung nicht gibt, sondern dass das ganze Universum einem Energiemeer gleicht mit unendlich vielen Wellenbergen und Wellentälern im ewigen Wechsel, wodurch die verschiedenartigen Strömungen im Weltenäther entstehen mit den entsprechenden Einflüssen auf alle lebendigen Systeme, insbesondere auch auf den Menschen mit seinen hochempfindlichen inneren Sinnsorganen, deren Tastpunkte die Chakren sind. Du siehst, welch tief gehende Erkenntnisse die Lemurier bereits besaßen, die sie aber nur auf förderliche Weise anwendeten. So war es z. B. selbstverständlich, dass für ein bestimmtes Vorhaben, das dem ganzen Volke dienen sollte, die günstigsten kosmischen Einflüsse anhand der entsprechenden Gestirnkonstellationen ermittelt wurden. Ebenso selbstverständlich war es, dass man sich Ratschläge von seinem geistigen Betreuer erbat - heute sagt man 'Schutzengel' dazu - wenn Entscheidungen von schicksalhafter Bedeutung zu treffen waren. Solche Ratschläge verletzten aber niemals das Gesetz des freien Willens, sondern beschränkten sich auf die Analyse der kosmischen Energieströmungen, die zu einem bestimmten Zeitpunkt zu erwarten waren. Die Entscheidung, in welcher Weise die*

*kosmischen Einflüsse genutzt werden sollten, blieb stets dem Empfänger überlassen.*
*Diese Art einer kosmischen Kommunikation brachte eine Hochkultur hervor, die eine rasche Aufwärtsentwicklung ermöglichte und den Menschen den Weg ebnete zu ihrer geistigen Entfaltung. Dadurch konnten sie ihr Läuterungsziel ohne Umwege erreichen, mit wenigen Ausnahmen. Und zu diesen Ausnahmen zählte ich. Mein Fehler bestand darin, dass ich das reine Verstandesdenken mehr in den Vordergrund rückte als die Intuition, was zu einer immer größer werdenden Spannung zwischen meiner Frau und mir führte, die nicht mehr zu überbrücken war. Schließlich fühlte ich mich aus ihrem Gelehrtenkreis verstoßen, dem ich ohnehin keine große Sympathie entgegenbrachte. Und da mich meine extreme Denkweise, die allerdings für heutige irdische Begriffe völlig normal wäre, an der allgemeinen geistigen Höherentwicklung hinderte und ich mich mehr und mehr vereinsamt fühlte, beschloss ich, mein Leben vorzeitig zu beenden. Erst danach, also auf der geistigen Lebensebene, wurde mir bewusst, welch einen Fehler ich begangen hatte. Aber er war nicht mehr rückgängig zu machen. Ich befand mich auf einmal unter meines gleichen, das heißt unter einer Gruppe von Sophisten* (ein Mensch, der Weisheit zu besitzen glaubt; Anm. d. Autors), *die andauernd über selbst geschaffene Probleme diskutierten und sich die Haare rauften, wenn sie keinen gemeinsamen Nenner fanden. Jetzt gingen mir die Augen auf und ich erkannte, dass ich selbst den ersten Schritt tun müsste, um diesem Irrenhaus entfliehen zu können.*
*Ich konnte mich vieler Regeln entsinnen, die meine Frau versucht hatte, mir begreiflich zu machen, wenn auch vergeblich in meiner eigenwilligen Verblendung. Trotzdem ließ sie nicht nach in ihren Bemühungen, das 'kosmische Prinzip', wie sie es nannte, mir in den Kopf einzuhämmern, bis ich es mir schließlich verbat, weil ich mich in meiner Mannesehre gekränkt fühlte. Diese Methode meiner Frau trug jetzt ihre Früchte als Wegwei-*

*ser in hellere Gefilde, wo ich von meinem Schutzengel empfangen wurde. Ich bereute meine unüberlegte Tat und folgte seinen Belehrungen, die mich auf eine neue Inkarnation vorbereiten sollten. Diese fand noch einmal auf Lemurien statt und zwar in einer Familie, die vorher von meinem Schutzengel auf mich als eine problembeladene Seele hingewiesen worden war. Es war zu jener Zeit üblich, dass sich Eltern vor der Konzeption bei ihrem geistigen Betreuer erkundigten, welche Seele in ihre Familie eintreten möchte, so wie es dir auch von den Santinern bekannt ist.*

*Nun, dieses Mal ging alles gut. Meine Eltern hatten viel Verständnis für mich und brachten es zuwege, die Erinnerung an meine frühere Inkarnation wachzurufen einschließlich der Folgen auf der geistigen Ebene. Das alles trug dazu bei, dass ich noch rechtzeitig den Anschluss fand an die geistige Entwicklungsstufe meiner fortgeschrittenen Brüder und Schwestern von Lemurien. Ich sagte ‚rechtzeitig', weil dieser Erdteil und seine Bevölkerung vor dem Abschluss ihrer Läuterungsschule standen, was bedeutete, dass die lemurische Inselgruppe im Stillen Ozean versinken würde.*

*Es erfolgte eine Umsiedlung der Restgruppe von Lemurien nach Atlantis, das damals in Anfängen einer Frühkultur stand und vom Wissen und Können der Neuankömmlinge profitierte. Anpassungsschwierigkeiten gab es nicht. Man achtete und schätzte sich gegenseitig und bald bildete sich ein gemeinsames Volk von Atlantis. Diese Umsiedlung habe auch ich mitgemacht, und ich lernte meine neue Heimat lieben, was mich veranlasste, mehrmals dort zu inkarnieren mit den Folgen, die ich dir das letzte Mal schilderte.*

*Eines möchte ich zu Lemurien noch nachtragen: Auch diese Menschen hatten in der Spätzeit Kontakte mit Sternengeschwistern von der Venus. Zunächst nur über die Gedankenbrücke, aber nach vielen Jahren gelang es den Venusiern ihren Planeten in Richtung Erde zu verlassen und Ihre Telepathiepartner zu*

*besuchen. Die Freude war auf beiden Seiten unbeschreiblich. Man tauschte Erkenntnisse auf geistigem und technischem Gebiet aus und vereinbarte regelmäßige Besuche. Während die Venusier keine nennenswerten Anpassungsschwierigkeiten hatten, konnten sich die Lemurier, die zu einem Gegenbesuch auf dem Nachbarplaneten eingeladen waren, an die dortigen atmosphärischen Verhältnisse jedoch nicht gewöhnen, so dass sie wieder zur Erde zurückgebracht werden mussten. Das tat aber den guten Beziehungen keinen Abbruch. Auch über diese venusianische Verbindung wurdest du untereichtet, wie ich es weiß, durch die Identifizierung einer Schriftprobe aus lemurischer Zeit. (siehe Anhang) Wenn man die heutigen irdischen Verhältnisse mit dem einstigen Lemurien vergleicht, kann man nur zutiefst bedauern, dass die Menschheit den Traditionen früherer Hochkulturen, die ihr durch Inspiration und Inkarnation von Geistlehrern übermittelt wurden, nicht gefolgt ist. Beim Übergang in eine neue kosmische Periode entsprechen die zu erwartenden Katastrophen dem Ergebnis des abgelaufenen Läuterungszyklus.*
*Bis zum nächsten Mal, dein Joachim.*


<u>Anhang</u>
Auszug aus der Identifizierung einer durch mediale Handführung empfangenen Schrift:

*Es ist eine sehr alte Schrift, die aus dem pazifischen Raum stammt, eine Gelehrtenschrift aus Lemurien, einem versunkenen Inselreich, das eine bedeutende Kultur hervorgebracht hat, die in der Erkenntnis gipfelte, dass es außer der Erde noch viele weitere bewohnte Planeten geben müsse. Die Lemurier suchten nach einem Beweis für die Richtigkeit ihrer Annahme. Nach vielen vergeblichen Versuchen, mit Hilfe von Gedankenkraft eine*

*Verbindung zu ihren Sternengeschwistern herzustellen, gelang es ihnen schließlich, auf diesem Wege eine Antwort zu empfangen. Groß war die Freude über den gelungenen Beweis, aber eine noch größere Freude wurde ihnen zuteil, als sich ihre Sternengeschwister überraschend zu einem Besuch ansagten. Und eines Tages landete in der Tat ein Raumschiff auf der größten Insel ihres Reiches. Es wurde mit Freuden begrüßt und die Besucher stellten sich als ihre Nachbarn von der Venus vor. Diesem ersten Besuch schlossen sich weitere an. Ein Gegenbesuch der Lemurier war allerdings nicht möglich, da ihre körperliche Konstitution einen Aufenthalt auf dem Planeten ihrer Sternengeschwister nicht zuließ, während diese sich den irdischen Bedingungen leicht anpassen konnten. Trotzdem war es den Lemuriern vergönnt, aufgrund der Beschreibungen ihrer Freunde in deren hohe Kultur Einblick zu nehmen und von ihnen zu lernen.*
*Der Inhalt des Textes handelt von den außerirdischen Besuchern und von ihrer Planetenwelt.*

∞

*Diesmal will ich von einer anderen Sphäre berichten. Sie führt uns auch in deine Zukunft, obwohl es hier weder Vergangenheit noch Zukunft gibt, sondern ein immer währendes Jetzt. Du hast es in deinen Vorträgen wiederholt erwähnt, aber ohne es dir vorstellen zu können. Nun will ich versuchen, aus eigenem Erleben deine Bewusstseinslücke zu schließen. Stelle dir vor, du befändest dich in einer grenzenlosen Ebene. Wo du auch hinschaust ist unendliche Weite und wo du auch stehen magst, fühlst du dich immer als Bezugspunkt in dieser Unendlichkeit. Die einzige Orientierungshilfe, die sich dir bietet, ist ein Blick nach oben zu den Sternen, also in eine höhere Dimension. Und genauso erlebten wir unsere Sphäre, nachdem wir eine weitere*

*Grundschulung abgeschlossen hatten, deren Ziel es war, uns in die Selbständigkeit zu entlassen. Wir sind also nun auf uns selbst gestellt und können frei wählen, welchen weiteren Entwicklungsweg wir einschlagen wollen. Die meisten von uns entschieden sich zunächst für einen längeren Verbleib in der lichtvollen bisherigen Sphäre, um sie in ihrer Gesamtheit kennen zu lernen. Dagegen habe ich mich mit einigen wenigen unserer Gemeinschaft entschlossen, diese Sphäre zu verlassen und eine höhere Entwicklungsstufe anzustreben, von der ich mir einen größeren Überblick verspreche.*

*Also richtete ich meinen Blick nach oben zu den Sternen mit dem gleichzeitigen Wunsch, in eine höhere Bewusstseinsdimension überzuwechseln. Dieser Wunschgedanke war kaum zu Ende gedacht, da fühlte ich mich bereits in eine Welt versetzt, die zu beschreiben mir einfach die Worte fehlen. Die Sphäre, die ich da betreten durfte, hat mit irdischen Vorstellungen nichts mehr gemein. Es ist eine Planetensphäre, von Licht durchflutet, so dass ich Schwierigkeiten hatte, mich zu orientieren. Erst allmählich konnte ich gewisse Umrisse meiner nächsten Umgebung unterscheiden und ich hatte den Eindruck, dass ich mir doch etwas zuviel zugemutet hatte.*

*In diesem Augenblick gewahrte ich ein Lichtwesen, das plötzlich vor mir stand und mir beide Hände reichte, so als wollte es mich herzlich willkommen heißen. So war das Erste, was ich in dieser Lichtsphäre erfahren durfte, eine große Herzlichkeit, wie wenn ein lange vermisstes Familienmitglied endlich wieder nach Hause gefunden hat. Ich war so verblüfft, dass meine einzige Reaktion ein Danke war, dafür dass ich ein engelhaftes Wesen angetroffen hatte. Meine Verblüffung löste sich jedoch rasch, als ich in dieser Gestalt einen meiner früheren Lehrer von Metharia erkannte. Dieser Planet zählt zum Sonnensystem Alpha Centauri und ist die Heimat der Santiner. Nun wohnt er auf einem Planeten, der mit physischen Augen nicht wahrnehmbar ist, da er bereits einen Zustand der Feinstofflichkeit angenommen hat,*

*welcher der Seelensubstanz entspricht. Aus diesem Grunde besteht auch kein Unterschied mehr zwischen diesseitigen und jenseitigen Welten. Nach dem so äußerst liebevollen Empfang durch meinen früheren Lehrer, sagte er mir, dass er meinen Gedankenimpuls aufgenommen und mich zu sich gezogen habe, denn die Verbindungen, die irgendwann einmal zwischen Menschen geknüpft wurden, gingen nicht verloren, da sie als geistige Schwingungen in der Akasha-Chronik aufgezeichnet seien, dem ewigen Gedächtnis Gottes.*
*Es bedurfte einer gewissen Zeit, bis ich mich vollständig dieser hohen Sphärenschwingung anpassen konnte, aber wir wurden ja in unserer letzten Sphäre belehrt, wie man Geist und Seele auf höhere Schwingungen ausrichten kann. Dazu ist vor allem eines erforderlich: Alle seelischen Eigenschaften, die noch mit einem Ich-Denken in Verbindung stehen, sind durch eine einzige Eigenschaft zu ersetzen, nämlich die der bedingungslosen Liebe. Wir wurden durch ein darauf abgestimmtes Schulungsprogramm geleitet, bis unsere Aura völlig frei war von lichtlosen Bestandteilen. Mit jedem Erfolgsschritt empfanden wir zugleich eine wachsende, fast körperlose Leichtigkeit, so dass auch unsere Beweglichkeit zunahm. Damit hatten wir die erste Stufe der Vergeistigung erreicht, was mir die Möglichkeit bot, den Schritt in noch unbekannte Sphären des Universums zu wagen.*
*Ich sprach davon, dass der erste Eindruck von meinem früheren Lehrer engelhaft gewesen sei. Inzwischen durfte ich mich davon überzeugen, dass alle Bewohner dieser Sphäre von engelhafter Erscheinung sind, denn ihre Aura ist so hell strahlend und in wunderbaren Farben leuchtend, dass der Seelenleib fast keine Konturen mehr zeigt. Jede Bewegung wird von einem Fließen dieser Farben begleitet und jeder Gedanke kommt in einer bestimmten Farbkombination zum Ausdruck. Diese zeigt sich ausschließlich in hellen Farbtönen, die ineinander übergehen, aber stets harmonisch wirken. Es entstehen dabei Farbmischungen, die ich noch nie gesehen habe und die es auf der Erde auch*

*nicht gibt. Jetzt kannst du vielleicht nachvollziehen, dass ich mit dem Begriff 'engelhaft' nicht übertrieben habe, und trotzdem sind diese Geschwister ebenfalls noch, wie wir alle, auf dem Wege zur Vollkommenheit in Gott. Auch sie sprechen davon, dass über ihnen noch höhere Sphären existieren, deren Bewohner ihren Seelenleib bereits vergeistigt haben und am Übergang zu den unendlichen Reichen göttlicher Vollkommenheit stehen. Das zu verstehen ist nur einem Wesen möglich, das die Stufe der Gottunmittelbarkeit erreicht hat.*

*Die Landschaft dieser Planetensphäre ist ein einziger Garten, mit herrlichen Pflanzen, von kleinen Veilchenarten bis zu baumgroßen, immer blühenden Orchideen und anderen exotisch anmutenden Gewächsen. Das Besondere dieser Pflanzen ist jedoch, dass sie auf Gedanken reagieren und ihre eigenen Gefühle zum Ausdruck bringen, indem sie die Leuchtkraft ihrer Blüten variieren und zwar in bestimmten Rhythmen, so dass sich daraus ein Verständigungsmittel ergibt. Anfangs konnte ich ihren Sinn nicht erfassen, aber er wurde mir nach und nach geläufig, nachdem ich mit den Grundregeln dieser Pflanzensprache vertraut gemacht worden war.*

*Kurz gesagt: Diese hochsensiblen Pflanzen entboten mir einen herzlichen Willkommensgruß und später, als ich zum ersten Mal in diesen herrlichen Gärten wandelte und die verschiedenartigen Düfte wie seelische Erfrischungen in mich aufnahm, da konnte ich ihre Gefühlsäußerungen in folgende Worte übersetzen: „Wir grüßen dich als unseren älteren Bruder und freuen uns über dein Verständnis für unsere Welt. Wir schenken dir unseren Blütenduft als ein Zeichen geschwisterlicher Verbundenheit, denn auch wir wissen, dass alle Schöpfungen der gleichen göttlichen Quelle entstammen." Ich muss zugeben, dass ich eine solche Intelligenz hinter diesen prächtigen Erscheinungen der Pflanzenwelt nicht erwartet hatte, obwohl ich bisher schon, insbesondere während meiner vergangenen Erdeninkarnation*

*ein sympathisches Verhältnis zu Pflanzen hatte und diese es mir auch durch reichliche Ernten dankten.*
*Es war ein eigenartige Gefühl, sich mit Pflanzen verständigen zu können, aber es steigerte sich noch, als ich die Tierwelt dieser Planetensphäre kennen lernte. Es sind liebenswerte Geschöpfe, wie sie mir auch schon auf meiner ersten Daseinsebene begegneten, nur befinden sie sich hier auf einer wesentlich höheren Entwicklungsstufe. Man kann sich mit ihnen bereits artikuliert unterhalten, und es ist selbstverständlich, dass dem Wunsch eines Tieres nach menschlicher Nähe durch Aufnahme in den Familienkreis entsprochen wird. Dort wird es durch eine liebevolle tierpsychologische Schulung auf seine nächste Entwicklungsstufe vorbereitet, wie dies auch bei anderen Planetenmenschheiten in ähnlicher Weise gehandhabt wird.*
*Eine nette Begebenheit möchte ich an dieser Stelle einflechten. Ich war zu Besuch bei der Familie meines metharianischen Freundes, und als wir in den Hausgarten gingen, um einige Früchte zu ernten, kam uns sein Hund, der einem Bernhardiner gleicht, entgegengesprungen mit einem Korb zwischen den Zähnen, der schon mit den Früchten gefüllt war, die wir erst pflücken wollten. Er hatte unsere vorausgegangenen Gedanken richtig aufgenommen, holte sich daraufhin einen im Garten bereitstehenden Korb und pflückte vorsichtig mit seinen Vorderzähnen die langstieligen, birnenähnlichen Früchte von den tief hängenden Zweigen. Er selbst freute sich am meisten über diesen gelungenen Beweis einer intelligenten Leistung und mir blieb nur ein anerkennendes Staunen und ein herzlicher Dank an unseren jüngeren Bruder.*
*Die Familie meines Freundes auf diesem Planeten hat sechs Mitglieder. Es ist üblich, dass ein Großelternpaar das Haus mitbewohnt. Jede Familie hat nur zwei Kinder. Es ist aber nicht gesagt, dass die Kinder auch die jüngeren Seelen sind. Das stellt sich erst später heraus, wenn das Rückerinnerungsvermögen erwacht und die ganze Persönlichkeit einer Seele zutage tritt.*

*Dies ist dann der Anlass für ein Fest, das meistens zu einer Wiedersehensfeier wird, denn im Allgemeinen bittet eine Seele um Aufnahme in eine Familie, mit deren Angehörigen schon früher Verbindungen bestanden. So ist es möglich, zum Beispiel gemeinsam begonnene Arbeiten weiterzuführen und sie mit neuen Erkenntnissen aus höheren geistigen Sphären zu befruchten. Die Übermittlung solcher Erkenntnisse über Inspiration ist nur bis zu einem bestimmten Grad möglich, der von der Aufnahmefähigkeit des Empfangenden abhängt. Die Selbsterfahrungen, die eine Seele sammeln kann, sind durch keine andere Lernmethode ersetzbar. Und der Erfahrungsbereich ist grenzenlos. Die Fortbildungsstätten in dieser Planetensphäre gleichen irdischen Instituten, mit dem Unterschied, dass die Forschungsziele geistiger Art sind und auf den gemeinsamen Fortschritt aller Planetenbewohner ausgerichtet sind. So gibt es keine Benachteiligung. Jedem Bewohner steht die gleiche Möglichkeit der Höherentwicklung offen und alle sind bestrebt, dem Bruder und der Schwester Hilfe zu leisten, wenn irgendein Umstand sich als hinderlich erweisen sollte, denn das Gesetz von Ursache und Wirkung hat universelle Gültigkeit und gleicht alles aus, was nicht mit dem göttlichen Plan zur Vervollkommnung alles Erschaffenen übereinstimmt. Ebenso erfährt alles eine geistige Förderung, was dem göttlichen Plan entspricht.*

*Abschließend möchte ich erwähnen, dass ich mich diesen wunderbaren Menschen angeschlossen habe, weil ich die Gewissheit empfinde, dass diese Planetensphäre meine geistige Heimat ist, die ich durch eine höhere Führung wieder gefunden habe. Es ist ein reicher Schatz an Erfahrungen, den ich mitbringe und der als Unterrichtsstoff für solche Seelen dienen kann, die der Versuchung zu unterliegen drohen, andere Welten kennen lernen zu wollen, für die ihre Kräfte noch nicht ausreichen, so wie es mir ergangen ist.*

*Ich habe dir in diesen Berichten das Wesentliche meiner geistigen Entwicklung übermittelt und hoffe, dass viele daraus Gewinn*

*ziehen für ihr geistiges Höherstreben in der Liebe zu Gott, dem allgegenwärtigen, ewigen Schöpfergeist.*
*In geistiger Verbundenheit, dein Joachim.*

∞

*Meine bisherige Zeit hier in meiner neuen Heimatsphäre war ausgefüllt mit einem Lernprogramm zur Vorbereitung auf den Übergang in die rein geistigen Sphären. Es sind Übungen mit dem Ziel einer Vergeistigung der Seelensubstanz, denn der Seelenleib ist immer noch etwas Stoffliches, wenn auch höchst feinstofflicher Art und deshalb für die grobstofflichen Sinne nicht wahrnehmbar.*
*Was jetzt geschehen soll, um auch diese Seinsbegrenzung ablegen zu können, ist mit dem irdischen Wortschatz nicht mehr zu beschreiben. Ich will deshalb versuchen, durch ein Gleichnis diesen heiligen Vorgang annähernd begreiflich zu machen.*
*Wenn du im Schlaf träumst, dann empfindest du alles, was sich im Traum abspielt, als Realität, obwohl du beim Erwachen erkennst, das es ein Irrtum war. Trotzdem war deine Seele auf einer Ebene tätig, die im Traumzustand wirklich existiert. Es ist sozusagen die Spiegelung dessen, was sich in die Empfindungswelt deiner Seele eingeprägt hat, also ein Stück deiner Selbst. Und nun versuche, diesen Vorgang auf den körperlosen Seinszustand zu übertragen, in dem du die Spiegelungen deiner seelischen Empfindungen als Ausgangspunkt nimmst für das Erreichen eines empfindungsfreien Seinszustands. Erst dann ist es nämlich möglich, frei von Emotionen sich von einer einzigen Kraft leiten zu lassen, die alles Leben auf allen Entwicklungsstufen durchpulst: von der göttlichen Liebe. Du kannst dir wohl kaum vorstellen, welcher Selbstdisziplin es bedarf, um sämtliche seelischen Empfindungen, die wir uns im Laufe vieler Inkarnati-*

*onen angeeignet haben und die unseren menschlichen Charakter bestimmen, von unserem Seelenleib abzustreifen und sich damit des Ichs vollständig zu entledigen.*
*Du fragst, was denn dann noch bleibt? Der Träger seelischer Emotionen ist dann entbehrlich geworden, die Seele trennt sich von ihrem Leib. Es ist wie ein zweites Sterben, das zur Wiedergeburt im rein geistigen Seinszustand führt. Ja, es ist ein Wiedergeborenwerden, denn auch alle, die bis in die Tiefen der Körperwelten gefallen sind, waren ursprünglich Bewohner rein geistiger Sphären. Damit die Seele die Reife erreicht, die ihr die Rückkehr in ihre geistige Heimat ermöglicht, ist unablässige Selbstschulung notwendig. Jeder, der sich für diesen Weg entschlossen hat - vielen fehlt noch der Wille dazu - kann seinen Fortschritt an der Leuchtkraft der Aura und Klarheit der geistigen Eindrücke ablesen, die dem Reifegrad der Seele entsprechen. Es sind Bilder, die man mit der Realität eines Traums vergleichen kann, doch mit dem wesentlichen Unterschied, dass sie die nächsthöhere Entwicklungsstufe darstellen und deshalb unsere Leitbilder sind.*
*Ich muss dir noch erklären, dass es zwischen der Sphäre, in der ich mich noch befinde, und den höheren Seinsbereichen der rein geistigen Sphären keine strengen Abgrenzungen mehr gibt. So ist es mir zum Beispiel möglich, eine höhere Sphäre zu besuchen, wenn der Wille stark genug ist. Und von einem solchen Besuch will ich dir jetzt erzählen. Du weißt, dass ich schon immer dazu neigte, Neues zu entdecken und meine Schlüsse daraus zu ziehen. Diese Eigenschaft hat mich bis heute begleitet und wird wohl erst dann von mir abfallen, wenn die emotionslose Seele zutage tritt. Ich hatte jedenfalls den Willen, wieder einmal auf Entdeckungsreise in einen mir erreichbaren höheren Seinsbereich zu gehen. So geschah es denn auch.*
*Ich erlebte nun dasselbe, was mir schon beim Erreichen meiner jetzigen Sphäre widerfuhr, nämlich eine derartige Lichtfülle, dass es mir nicht möglich war, auch nur das Geringste meiner*

*Umgebung zu erkennen. Ich konnte nur etwas hören. Es waren eigenartige Tonfolgen, die sich zu einem wunderbar harmonischen Klangbild zusammensetzten und mich wie eine Liebkosung umfingen.*

*Dieser wohltuende Zustand hielt eine ganze Weile an und klang dann langsam wieder ab. Nun erst gewahrte ich in der Lichtfülle eine Gestalt, die aber ihre Erscheinung ständig änderte, so als würde man einen Lichtstrahl, der durch ein Prisma fällt, aus verschiedenen Richtungen zugleich betrachten. Der Wechsel der ineinander fließenden Farben, die von der Lichtgestalt ausgingen, entsprach nach meinem Empfinden genau der Klangharmonie, mit der ich empfangen wurde. Und nun konnte ich auch Gedanken aufnehmen, die ich aber nicht in Worte fassen kann, weil ich sie eher gefühlsmäßig wahrnahm. Und diese Gefühle wurden von einer so starken Liebe durchdrungen, wie sie mir bisher noch nicht begegnete. Ich empfand diese hohe Schwingung als Wärme und als eine mich ganz durchdringende Vibration, so als wollte die herrliche Gestalt auf diese Weise das Einssein mit dem göttlichen Selbst als unser aller Lebensmittelpunkt zum Ausdruck bringen. Die Vibration bewirkte, dass sich mein Seelenleib plötzlich auflöste und ich selbst in allen Farben zu leuchten begann. Zugleich fühlte ich, dass sich auch mein Ich von mir löste und mit dem göttlichen Selbst in mir eins wurde. Nun konnte ich auch die Lichtgestalt, die mir gegenüber stand, deutlich erkennen, denn zwischen ihrer und meiner geistigen Schwingung bestand fast kein Unterschied mehr. Ich hatte den Eindruck, einem Engelwesen zu begegnen. Mein Gedanke wurde durch ein Lächeln beantwortet, wobei ich aber das Gefühl hatte, dass meine Annahme nicht ganz zuträfe, was sich durch eine nachfolgende Erklärung bestätigte. Die Verständigung war insofern eigentümlich, als jeder Gedanke gleichzeitig sowohl vom Absender als auch vom Empfänger wahrgenommen wurde. Jedes Missverständnis ist dadurch ausgeschlossen.*

*Ich erfuhr, dass diese Sphäre zwar schon zu den geistig geläuterten Daseinsebenen gehört, dass aber darüber noch unzählige höhere Bereiche existieren, deren Beschreibung nicht mehr möglich ist, denn wer vermag Unendlichkeit und Ewigkeit zu beschreiben, die sich allein einem göttlichen Geist offenbaren.*
*Nach der ersten Orientierung durfte ich in Begleitung jenes Bruderwesens einige Landschaften dieser Sphäre kennen lernen, und ich stellte fest, dass hier sogar die Mineralwelt, die natürlich von feinstofflicher Substanz ist, auf unsere Gedanken reagiert. Ich merkte es daran, dass die Sandwege, über die wir gingen oder besser gesagt schwebten, auf die liebevollen Gedanken meines Begleiters mit einem zarten Leuchten antworteten, als wollten sie damit ihre Freude an unserem Besuch zum Ausdruck bringen. Als noch beeindruckender erlebte ich die Pflanzenwelt. Ich wusste ja schon von meiner Heimatsphäre, dass die Pflanzen durch eine rhythmische Veränderung der Leuchtkraft ihrer Blüten sich mit den Menschen verständigen können. Hier aber begegnete ich noch höher entwickelten Pflanzen, die nicht nur die Leuchtkraft ihrer Blüten noch ausdrucksvoller verstärken, sondern auch die Stellung ihrer meist sehr großen Blätter verändern können, so dass der Eindruck einer fast menschlichen Gestik entsteht.*
*Die in meinen Augen sehr hoch entwickelten Geschwister dieser Sphäre, denen ich auf meinem Rundgang begegnete, brachten mir alle die gleiche Liebe und Herzlichkeit entgegen, wie ich sie bei meinem Empfang erfahren durfte. Allmählich fühlte ich jedoch, dass ich diese hohe Schwingung mit meinem Entwicklungsgrad noch nicht in Einklang bringen konnte. Das äußerte sich in einer Art geistiger Überanstrengung mit Ermüdungserscheinungen. Mein Begleiter bemerkte dies und brachte mich sofort zurück in meine Heimatsphäre, wo ich in einen Erholungsschlaf fiel.*
*Nach meinem Erwachen spürte ich wieder den alten Zustand meines vom göttlichen Selbst getrennten Ichs. Aber da ich das*

*Einssein schon hatte erleben dürfen, wuchs in mir die Kraft und der Wille, schnellstmöglich durch intensive Selbstschulung den Reifegrad zu erreichen, der mir die herrliche Sphäre, die ich besucht hatte, zur nächsten Heimat werden ließe. Ich hoffe, es gelingt mir bald.*
*Du hörst dann wieder von mir.*
*Dein Joachim.*

∞

*Ich habe beim letzten Mal von meinem Besuch in einer höheren Sphäre berichtet, deren Schwingung ich jedoch nicht ertragen konnte. Heute kann ich dir mitteilen, dass es mir gelungen ist, durch konsequente Reinigung meiner Seele von den letzten Überbleibseln aus früheren Läuterungsstufen meinen Schwingungsgrad so weit zu erhöhen, dass mir ein längerer Aufenthalt in der vorerwähnten Sphäre keine Schwierigkeiten mehr bereitet, und der Tag ist nicht mehr fern, da sie meine nächste Heimatsphäre sein wird. Du siehst, dass es immer von uns selbst abhängt, wie rasch wir in immer höhere Daseinsebenen aufsteigen können, bis wir den Vollkommenheitsgrad der Vergeistigung erreicht haben und in das ‚Haus des Vaters', wie es Jesus bezeichnete, zurückkehren. Was ich von dort bereits erfahren konnte ist unbeschreiblich, weil es einen Daseinszustand darstellt, für den es nichts Äußeres mehr gibt, sondern nur noch ein Innensein, und darin liegt zugleich der Schlüssel zum Geheimnis von Unendlichkeit und Ewigkeit. Erst wenn wir unsere Denkrichtung umkehren, also den geistigen Blick nach innen, in das Wesen aller Dinge zu richten, anstatt uns immer nur nach außen zu orientieren und in den fernsten Fernen des Kosmos mit immer schärferen Teleskopen nach der Unendlichkeit zu forschen, dann öffnet sich für den demütig Suchenden das Innenall. Ich hoffe,*

*dass sich bald auch für mich die ‚Tür' zum Innenall öffnen wird, damit ich Jesus Christus nahe sein und das Einssein mit dem Allgeist erleben darf. Ich kann mir bis jetzt noch nicht vorstellen, welche Wesensweitung und Bewusstseinswandlung damit verbunden ist, aber mein Gefühl sagt mir, dass die Seele aufgehen wird in der Schöpferkraft. Aber vorerst bin ich noch mit geistiger Arbeit an mir selbst beschäftigt.*
*Du hast mich gefragt, ob ich inzwischen noch weiteren Seelen aus früheren Inkarnationen begegnet bin. Ja natürlich, denn die geistigen Bande, die auf vielen Läuterungsstufen karmisch geknüpft werden, bestehen weiterhin, bis im Zustand der Vollkommenheit alle individuellen Unterschiede ausgelöscht sind und die Akasha-Chronik nur noch ein einziges weißes Blatt aufweist, sinnbildlich gesprochen. Diese Wiederbegegnungen mit verwandten Seelen sind jedoch, außer in den bereits geschilderten Fällen, nicht von belehrender Bedeutung, so dass ich darauf verzichtet habe, sie zu erwähnen. Aber ich möchte gerne noch etwas über die Santiner berichten.*
*Sobald ich ihre Heimatsphäre erreichen konnte, begann ich engeren Kontakt mit ihnen zu pflegen. Erst da erkannte ich, welch riesenhafte Organisation sie ins Leben gerufen haben, um eine den dunklen Mächten verfallene Brudermenschheit auf den Weg zur geistigen Höherentwicklung zurückzuführen. Diese Organisation, die unter dem Begriff 'Erlösung' bekannt ist, umfasst zeitlich gesehen rund 4500 Jahre.*
*Es wurde mir wie in einem Film der Verlauf dieser Epoche gezeigt, und ich war zutiefst erschüttert angesichts der unvorstellbaren Opfer, die die Santiner in Zusammenarbeit mit hohen Geistgeschwistern aus den Sphären der Vollkommenheit auf sich genommen haben, um die Herrschaft Luzifers, der die Vernichtung des ganzen Planeten zum Ziel hat, zu brechen und um als letzten Akt der Erlösung eine Evakuierung dieser verführten und unterjochten Menschheit vorzubereiten, für die Zeit der Reinigung der Erde von den Hinterlassenschaften des Widergeistes.*

*Es wird sich so abspielen, wie es dir bereits übermittelt wurde. In absehbarer Zeit wird die Menschheit die Wahrheit über ihre Retter erfahren, und zwar auf eine Weise, die auch die Wissenschaftler nicht mehr zu bezweifeln wagen werden, es sei denn, sie stellten ihren eigenen 'Fortschritt' in Frage. Einige Unbelehrbare werden es tun. Obwohl es mir schon möglich ist, ohne technische Hilfsmittel, nur mit der Kraft der Gedanken, die Planetenräume zu bereisen, finde ich es trotzdem reizvoll, auf Einladung der Santiner mit ihnen zusammen in einem ihrer interstellaren Raumschiffe eine Forschungsreise zu unternehmen. Ich durfte sie schon mehrmals begleiten und ihre technische Perfektion bewundern, mit der sie die unterschiedlichsten Energieströmungen im All zu beherrschen wissen.*
*Auf diesen Reisen in Zeit- und Raumlosigkeit durch das All empfinden wir jedes Mal die Unmittelbarkeit und Allgegenwart Gottes in der Vielfalt der unendlichen Schöpfungswelten, die alle seine Liebe ausstrahlen. Nur die Erde bildet eine Ausnahme. Damit ist auch die These von der angeblichen Polarität zwischen Gut und Böse widerlegt, denn der so genannte Gegenpol ist nur auf einen einzigen Planeten beschränkt. Alle Welten freuen sich auf den Tag, an dem die Erde nach langen Irrwegen wieder in die universelle Lebensgemeinschaft zurückkehren wird. Und dieser Tag zeigt bereits seine Morgenröte.*
*Dein Joachim.*

∞

*Eine lange Pause liegt zwischen unserem letzten Kontakt und dem heutigen Zusammensein. Es ist ein Zeitraum, in dem sich bei mir viel ereignet hat. Ich habe mich bemüht, die nächsthöhere Sphäre zu erreichen, in der ich schon mal zu Besuch weilte. Nun ist mir geglückt, mich von den letzten Resten materieller Bindun-*

*gen zu befreien und völlig gereinigt in die Aufnahmesphäre des rein geistigen Daseins einzutreten. Ich hatte noch einige Anpassungsschwierigkeiten zu überwinden, aber auch die führten nicht mehr zu einer Bewusstseinsschwäche wie bei meinem Probebesuch. Der Übergang in die geistigen Sphärenbereiche bedingt sich zu lösen von der feinstofflichen Substanz des Seelenleibes, der als Träger des Charakters noch mit emotionalen Bestandteilen aus vergangenen Inkarnationen durchwirkt ist. Um in den Zustand der Vergeistigung überzugehen, muss die Seele sich der vergleichsweise niederen Schwingungen aus vergangenen Läuterungsepochen entledigen, so wie ein Mensch während seiner Verkörperung ja auch seine Lehr- und Prüfungszeit hinter sich lassen muss, um höhere Aufgaben übernehmen zu können. Der Schritt in die Vergeistigung beinhaltet noch etwas Besonderes, nämlich die Gottesnähe oder das Erlebnis der Gottunmittelbarkeit. Es ist ein unbeschreibliches Gefühl von Geborgenheit, wenn man mit Freude und einer alles verzeihenden Liebe in den Schoß der Familie wieder aufgenommen wird, von der man sich vor langer, langer Zeit getrennt hatte. Ich empfinde es tatsächlich so, wie Jesus es umschrieben hat, als Rückkehr ins Haus des Vaters.*

*Obwohl ich mich noch nicht lange im Zustand der Vergeistigung befinde, war es mir schon vergönnt, Christus zu begegnen. Es fehlen die Worte, um seine Erscheinung zu beschreiben. In dieser Sphäre, in der ohnehin alles aus geistigem Licht besteht, wirkt die Gestalt Christi wie die Quelle dieses Lichts, denn seine Ausstrahlung ist um noch vieles stärker als das Fluidum der Sphäre. So hatte ich erhebliche Mühe, seine Strahlung in mich aufzunehmen. Er sah mich an, und sofort wurde ich von einer unermesslichen Liebe erfüllt, die mich geradezu überwältigte und mit ihm eins werden ließ. In diesem Zustand vernahm ich in meinem Inneren seine Stimme:*

*„Mein Bruder, lang war dein Weg der Erfahrungen. Nun bist du zurückgekommen. Du hast deine Seele gereinigt und du wirst*

*jetzt die Früchte deiner Arbeit ernten, die du mir zuliebe vollbracht hast. Von nun an ist mein Wille dein Wille und meine Liebe deine Liebe. Du hast einen starken Willen. Nutze ihn zum Wohle deiner irdischen Geschwister, indem du ihren Willen zur geistigen Höherentwicklung anregst. Schließe dich den Santinern an, die auf der geistigen Ebene ebenso tätig sind wie auf der physischen. Du hast einen großen Schatz an Erfahrungen auf verschiedenen Stufen der menschlichen Evolution gesammelt. Jetzt hast du Gelegenheit, diesen Schatz bei der Unterstützung deiner zurückgebliebenen Erdengeschwister zu verwerten. Deine Liebe ist stark genug, um sie tausendfach zu teilen, so wie ich es in meiner Erdenzeit tat und die Santiner es heute noch tun, indem sie jahrtausende lang eine Brudermenschheit betreuen, um sie vor der Selbstvernichtung zu bewahren."*

*Nach diesen Worten hob er seine Arme und segnete mich. Dabei spürte ich, wie sich eine Wandlung in mir vollzog. Mein Wille unterschied sich nicht mehr von seinem Willen und seine Liebe durchdrang mich vollständig, so dass ich mich eins mit ihm fühlte und meine Aura sich mit seiner Ausstrahlung verband.*

*In diesem Augenblick fiel mein Ich gänzlich von mir ab und ich kam in den Zustand eines All-Ichs. Meine Gedanken wurden zu einem Teil der Schöpfungsenergien, die das All durchströmen. Dies war ein eigenartiges Gefühl, so als wenn man unendlich ausgedehnt wäre, sich zugleich aber seiner Individualität bewusst sei. Diesen Zustand kann man als ‚Kosmisches Bewusstsein' bezeichnen. Wir haben früher schon öfters darüber gesprochen und jetzt erlebe ich es, woran ich mich allerdings erst noch gewöhnen muss. Du siehst, je höher die Entwicklungsstufe, umso größer ist die Aufgabe im Einsatz, für den göttlichen Plan der Rückführung aller gefallenen Seelen. Die damit verbundene Freude ist grenzenlos, weil sie der unendlichen und urewigen Gottesliebe entspringt.*

*Dein Joachim.*

∞

Zum besseren Verständnis der folgenden abschließenden Übermittlung Joachims muss ich zunächst von einer Studienreise nach Ägypten berichten. (wie sie zuvor auch schon Helmut P. Schaffer unternommen hatte. In Zusammenarbeit zwischen ihm und Hermann Ilg entstand das Buch ‚Die Bauten der Außerirdischen in Ägypten'; Anm. d. Hrsg.) Mein Interesse richtete sich vor allem auf die drei großen Pyramiden bei Gizeh, die auch heute noch ihre faszinierende Wirkung auf den Besucher ausüben. Ich hatte mir vorgenommen, mich bei der Besichtigung dieser Bauwerke nicht von den altbekannten Darstellungen beeinflussen zu lassen, sondern eigenen Intuitionen zu folgen. Dies führte zu unerwarteten Ergebnissen. So fielen mir Schriftzeichen auf, die sich in der Art einer Inschrift reliefartig abhoben von der teilweise erhalten gebliebenen Granitverkleidung der mittleren Pyramide. Ich hatte das Gefühl, der Sinn dieser Zeichen sei von Bedeutung, was sich als zutreffend erwies, als ich auf dem Wege der Mentaltelepathie die Übersetzung dieser Inschrift empfing. Sie lautet sinngemäß:

*Diese Pyramide wurde von euren Sternenbrüdern errichtet als Zeichen ihrer Verbundenheit mit euch und als Ausdruck ihrer Fähigkeit der Nutzbarmachung von kosmischer Energie.*

Ich bin mir natürlich dessen bewusst, dass diese Übersetzung und ihr Zustandekommen von der einschlägigen Wissenschaft nicht anerkannt werden, denn dazu müsste sie ihre Voreingenommenheit ablegen und bereit sein, auch unorthodoxe Wege zu beschreiten. Weitere, ebenfalls noch deutlich erkennbare Schriftzeichen an einem am Boden liegenden Granitblock im so genannten Serapeum bei Memphis wurden mir als Aufforderung zur Schulung der Willenskraft gedeutet, um den irreführenden Versuchungen der materiellen Welt aus dem Wege zu gehen, von der Gewalt abzulassen und die animalischen Instinkte im Menschen zu überwinden, damit der menschliche Geist frei werde und seiner Bestimmung gemäß die Macht über die Materie gewinne. Ist es nicht beschämend für die heutige, sich aufgeklärt dünkende Menschheit, dass diese schon vor Jahrtausenden an die damaligen Menschen gerichtete Belehrung nichts von ihrer Notwendigkeit verloren, ja sogar noch an Bedeutung gewonnen hat? So geht die Menschheit jetzt ihrer größten geschichtlichen Wende entgegen. Das Zeitalter ihrer kosmischen Isolation wird abgeschlossen. Die ‚Religio' nimmt ihren Anfang.

*Nachdem du deine Expedition zu den ägyptischen Pyramiden erfolgreich beendet hast, will ich noch einige ergänzende Erläuterungen anfügen. Ich fühle mich dazu berufen, weil ich selbst eine Inkarnation dort verbracht habe. Ich wurde als Sohn eines Schreibers am Hofe des Pharaos Tutanchamun geboren. Zu der Zeit standen die Pyramiden noch in ihrer ursprünglichen Form auf dem Hochplateau von Gizeh. Den ganzen Tag über strahlte ihre Verkleidung aus polierten Granitplatten das Sonnenlicht in wechselnden Farben zurück, da der rote Granitstein Quarz enthält, der besonders reflektierfreudig ist. Ich werde diesen Anblick nie vergessen. Mein Vater sagte mir damals, die Pyramiden seinen von den ‚Göttern' erbaut worden, die die Steine in Luftfahrzeugen herangeschafft hätten. Diese Transportmethode war uns völlig unbegreiflich. Wir hielten sie deshalb für eine mit reichlich Phantasie gespickte Überlieferung unserer Ahnen wäre.*

*Auch die Menschen des heutigen technischen Zeitalters sind noch immer nicht in der Lage, das Geheimnis der Pyramiden zu lüften. Sie versuchen den Bau der Pyramiden zu erklären, kommen mit ihrem begrenzten Wissen aber nicht zu einem befriedigenden Ergebnis. Deine Niederschrift über diese einzigartigen Zeugnisse außerirdischer Hochkultur könnte wie ein Lichtstrahl auf dem Wege zu kosmischen Bewusstseinsstufen wirken.*

*Meine ägyptische Inkarnation ging schon in jugendlichem Alter zu Ende. Ich stürzte vom Pferd und brach mir das Genick. Insofern war diese Inkarnation nicht besonders fruchtbar. Sie hat mich aber doch zweierlei gelehrt, nämlich offen zu sein für alte Überlieferungen und dem Verstandeswissen nicht immer den ersten Platz einzuräumen. Meine Seele war noch zu unreif, als dass ich auf der geistigen Lebensebene mit den ‚Göttern' hätte Kontakt aufnehmen können, um mir Gewissheit über die Entstehung der Pyramiden zu verschaffen. Erst jetzt, nachdem ich mich den Santinern anschließen durfte, ist es mir möglich, auch in ihre Vergangenheit Einblick zu nehmen. Je mehr Einzelheiten ich erfahre, desto mehr ergibt sich das Gesamtbild einer irdischen Menschheitstragödie, die sich über Zehntausende von Jahren erstreckt und mit dem Fall der Erstlingsgeister zu tun hat.*

*Der Abstieg in die Grobstofflichkeit, versinnbildlicht in der Vertreibung aus dem Paradies, hat auf vielen Planeten des Universums stattgefunden. Während nach einigen Zeitaltern und Reinkarnationszyklen die meisten gefallenen Seelen dieser Läuterungsplaneten sich durch eigene Willensanstrengung aus dieser grobstofflichen Erfahrungswelt wieder befreien konnten, gelang es anderen Planetenbewohnern aufgrund ihrer Willensschwäche nicht. Sie fielen immer weiter zurück und stellten schließlich für ganze Planetenmenschheiten ein Hindernis dar in deren Bestreben, den Weg zurück in die einstige geistige Heimat zu gehen, worin sie von ihren Brüdern und Schwestern aus Sphären der Vollkommenheit unterstützt wurden. Für die der Willensschwäche verfallenen Planetengeschwister kam nun der Tag, an dem sie vor die Entscheidung gestellt wurden, sich dem Höherentwicklungsprozess des Planeten anzuschließen oder aber eine Aussiedlung auf einen anderen Planeten in Kauf zu nehmen, auf dem sie alle notwendigen Voraussetzungen zur Willensschulung vorfinden würden. Man versprach ihnen auch für dort eine Betreuung durch Geschwister aus hören Sphären, und dass sie bei Befolgung der Belehrungen den Anschluss an ihren Heimat-*

*planeten würden erreichen können. So kam es zur Aussiedlung vieler einzelner Restgruppen von Menschen verschiedener Planeten auf die Erde, die für diese Art der Schulung und Läuterung die besten Lebensbedingungen bot. Ähnliches ereignete sich auch in anderen Regionen des Universums, nirgendwo anders jedoch erreichte der geistige Fall einen schlimmeren Tiefstand.*

*Aus diesem Grund war die Erde den stärksten Angriffen des Widergeistes ausgesetzt, so dass die vielen liebevollen Betreuungsaktionen der Sternengeschwister nicht zu den gewünschten Erfolgen führten. Da für sie der freie Wille des Menschen unantastbar ist, waren sie schließlich gezwungen, die Abtrünnigen ihrem Schicksal zu überlassen. Sie zogen sich von der Erde zurück mit dem Versprechen wiederzukommen und ihnen in der Zwischenzeit auf andere Weise Hilfe zukommen zu lassen, wenn sie bereit seien, sie anzunehmen. Dies geschah durch freiwillige Inkarnationen aus ihren Reihen, bis hin zur höchsten Inkarnation, die jemals auf der Erde stattgefunden hat: Jesus Christus.*

*Gut 2000 Jahre nach dessen Geburt kommt der Zeitpunkt, da sie ihr Versprechen wiederzukommen einlösen werden. Allerdings wird auch dabei der freie Wille des Menschen beachtet werden, wenn es um eine außergewöhnliche Hilfeleistung geht, die die einzige Möglichkeit bieten wird, der Reinigung des Planeten zu entgehen. Damit schließt sich der Kreis der Betreuungsmission für die rückständigen Geschwister, die einer gewaltigen Verführung ausgesetzt waren und nun, am Wendepunkt der Dunkelepoche, den Rückweg in ihre wahre Heimat antreten dürfen. In diesem großen Rückholungsprozess helfe ich nun an der Seite der Santiner mit.*

*Dein Joachim.*

## Medialkontakte mit Erwin

Am 17. Oktober 1990 schied mein engster Freund und geistiger Weggefährte Erwin Diem von dieser Welt. Menschlich unbegreiflich musste er seinen Arbeitsplatz verlassen, an dem er vielen Menschen einen Dienst erweisen durfte auf dem Wege zu einem höheren Bewusstsein am Beginn eines neuen Weltzeitalters. Aufgrund unseres geistigen Gleichklangs war es mir vergönnt, eine Gedankenbrücke zu ihm herzustellen. Auf meine Frage, ob er meine Gedanken aufnehmen könne, empfing ich ohne Schwierigkeiten seine folgenden Worte:

*Hallo Hermann, ja du bist mit mir verbunden. Ich habe auf deinen Anruf gewartet. Ich freue mich sehr, dass ich mein Erdenschicksal hinter mich gebracht habe, und diese Freude darf ich mit meiner Frau teilen, die mich nach einem Erholungsschlaf begrüßt hat. Auch Joachim war zugegen, der mich ebenfalls freudig begrüßte. Es ist mir jetzt alles klar geworden, warum das alles so sein musste, was ich in den letzten irdischen Jahren durchlebt habe. Es ausführlich zu erklären, würde aber zu weit führen; ich möchte nur eines sagen: Allem Geschehen liegen unumstößliche Gesetze zu Grunde, und ich bin froh, dass wir das richtig erkannt und alles in den Willen Gottes gelegt haben.*
*Auch deine stets zuversichtlich lautenden Botschaften hatten ihren Grund, denn sie verhinderten mein seelisches Abgleiten in Hoffnungslosigkeit und Unglauben. Dass dies nicht geschah, hat mir wesentlich dazu verholfen, dass ich mich ohne Übergangsschwierigkeiten meiner neuen Lebensebene anpassen konnte. Ich befinde mich zur Zeit in einer Sphäre, ähnlich derjenigen, wie Joachim sie geschildert hat, also durchlichtet, eine herrliche Parklandschaft mit einzelnen Wohnhäusern, die zu Gruppen zusammengefasst sind, und zu jeder Gruppe gehört ein Zentralgebäude mit Seminarräumen, in denen wir von einem höheren*

*Bruderwesen unterrichtet werden über die Voraussetzungen zum Aufstieg in höhere Sphären. Es ist alles genau so, wie Joachim es übermittelt hat, und deshalb empfinde ich meinen jetzigen Aufenthaltsort nicht als Neuland, sondern als eine Bestätigung seines ersten Berichtes.*

*Aber zunächst möchte ich noch auf meinem Sterbevorgang zurückkommen: Das Gefühl, sich von einer schweren Last zu befreien, nämlich von seinem kranken Körper, ist unbeschreiblich schön. Diesem Gefühl ging ein Sog nach oben voraus. Das war der Austritt der Seele aus dem physischen Leib. In diesem Augenblick trat eine Bewusstlosigkeit ein, die aber von nur kurzer Dauer war. Ich erwachte in einem sonnenhellen Raum auf einem Bett liegend, und wusste sofort, dass ich eben meinen Tod erlebte. Ich fühlte mich von einer Kraft durchpulst, die meinen Organismus völlig regenerierte und mich in einen Zustand des Wohlbefindens versetzte. Als ich das merkte, schaute ich plötzlich in das Gesicht eines strahlenden Wesens, das neben meinem Bett stand. Es stellte sich als mein Schutzengel vor und meinte, dass ich mir noch einen Erholungsschlaf gönnen solle, damit sich die Seele von ihrer physischen Belastung vollends lösen könne. Er sagte mir, ich habe gut vorbereitet die Schwelle zum geistigen Bereich überschritten und ich werde die erdnahen Sphären schnell passieren aufgrund des Wissens, das ich mir angeeignet, und meiner Christusverbundenheit, die meine Seele gestärkt habe. Dann fiel ich in einen tiefen Schlaf. Wie lange er gedauert hat, weiß ich nicht. Das Zeitgefühl ist ohnehin ein anderes als in der physischen Welt. Ich erwachte jedenfalls wie neu geborenen. Gleich darauf hießen meine Frau und Joachim mich willkommen, zu meiner Verblüffung beide in einer jugendlich wirkenden Gestalt, und machten mich auf meine ebensolche jugendliche Erscheinung aufmerksam.*

*Mein Schutzengel führte mich in eine Sphäre für Neuankömmlinge, die sich schon einen gewissen geistigen Reifegrad erarbeitet haben. Als Erstes wurde mir meine ganze Inkarnationsreihe*

*vorgeführt wie in einem Film, in dem ich selbst die Hauptrolle spiele. Es war ein inneres Erleben, so real, als ob es im selben Augenblick geschähe. Alles zu schildern ist unmöglich, da es Bücher füllen würde. Es ist kein Zufall, dass wir uns auf einem Ufo-Kongress begegnet sind und uns entschlossen haben, in Form eines bescheidenen Buchdienstes zur Verbreitung einer so wunderbaren und wichtigen Wahrheit beizutragen. Ich darf aus meiner jetzigen Sicht sagen, dass wir geführt wurden. Dass ich meine irdische Arbeitsstätte verlassen musste, lag in einem höheren Willen, den wir noch nicht zu begreifen vermögen, doch wurde mir angedeutet, dass die Zeit einer Antwort sehr nahe sei. Bei Irene möchte ich mich noch herzlich bedanken für ihre aufopfernde Pflege, die sie mir zukommen ließ, und für ihren Entschluss, den Buchdienst zusammen mit Reinhard weiterzuführen. Es ist sehr wichtig. Auch dir, Hermann, danke ich für deine Ansprache bei der Aussegnungsfeier, bei der ich zugegen war. Grüße alle Freunde und Bekannte, denen ich dienen durfte im Bewusstsein einer Arbeit im Rahmen des großen Erlösungswerks Jesu Christi.
Dein Erwin.*

∞


*Mein letzter Kontakt mit dir liegt schon einige Zeit zurück, deshalb hat sich viel angesammelt, wovon ich berichten will. Zunächst sei gesagt, dass es mir gelungen ist, die nächste Sphärenstufe zu erreichen. Es war ein hartes Stück Arbeit an mir selbst, aber wenn man das Ziel vor Augen hat dann wächst auch die Kraft. Ich bin in einer noch lichteren Sphäre angekommen, die paradiesischen Charakter hat. Es gibt auch wieder Wohngemeinschaften in herrlichen Parkanlagen, genau so wie sie von Joachim geschildert worden sind. Es ist eine große Freude für*

*mich, nun das bestätigt zu finden, was ich aus den Kontaktberichten Joachims schon wusste. Ich durfte mich einer Wohngemeinschaft anschließen, deren Mitglieder ebenso wie ich erst vor kurzer Zeit aufgestiegen sind. Es ist ähnlich wie auf der Erde, wenn man mit Gleichgesinnten zusammentrifft: Man berichtet aus der eigenen Vergangenheit, tauscht Erfahrungen aus und versucht, sich gegenseitig zu unterstützen und weiterzuhelfen. Besonders interessant ist dabei, dass in unserer Gruppe sich jemand befindet, der in einer früheren Inkarnation eine enge Verbindung mit außerirdischen Geschwistern hatte, und zwar in Ägypten beim Bau der Pyramiden. Er zählte zu denjenigen, die in der Handhabung der Energiestrahlgeräte geschult wurden und in den Steinbrüchen halfen, die Quaderblöcke nach vorgegebenen Abmessungen aus der Felswand herauszuschneiden.*
*Dies ging sehr schnell, denn der Energiestrahl war programmierbar. Das Gerät arbeitete entsprechend der vorprogrammierten Quadermaße selbsttätig. Man hatte nur dafür zu sorgen, dass die gelösten Steinquader durch ferngesteuerte Antigravitationsgeräte abtransportiert wurden. Bei deinem Ägyptenbesuch hast du die Spuren der Energiestrahlgeräte im Steinbruch bei Kairo noch sehen können. Sie blieben über Jahrtausende erhalten, weil die ‚Schnittwunden' im Fels sich sofort wieder in die natürliche Struktur der geologischen Formation umwandelten ohne Spannungszustände zu hinterlassen. Unsere altägyptische Seele konnte außerdem berichten, wie die Steinquader mittels Schwebefahrzeugen zum Standort der Pyramiden befördert und dort nach genauen Plänen zusammengesetzt wurden. Was du selbst darüber erfahren hast, entspricht der Wahrheit.*

*Jetzt will ich von einer früheren Inkarnation berichten. Es ist für jede hier ankommende Seele überraschend, wenn sie wie in einem Film ihre vergangenen Erdenleben intensiv erfährt als wäre es Gegenwart. So empfand ich eine Inkarnation auf Atlantis, die aber nicht derart dramatisch wie bei Joachim* verlief. Ich wurde zu einer Zeit dort geboren, als das Großreich von Atlantis in voller Blüte stand und sich eben anschickte, Kolonien im Mittelmeerraum zu gründen. Die Begeisterung war groß, als die Erkundungen ergaben, dass die Kultur von Atlantis bei den anderen Völkern willkommen wäre. Auch ich fühlte mich von der Woge der Begeisterung getragen und so bewarb ich mich als junger Mann für einen Entwicklungshilfedienst. Ich kam mit einer Gruppe nach Sizilien, wo wir der Bevölkerung zunächst Unterricht in unseren Landbaumethoden erteilten. Sie nahmen alles dankbar auf, vor allem nachdem sich mit der ersten Ernte ein wesentlicher Fortschritt zeigte. Ich verbrachte dort mein ganzes Leben, das von der Freude helfen zu dürfen erfüllt war, und lernte auch meine damalige Frau kennen, mit der ich eine Familie gründete. Wir bekamen Kinder, zwei Söhne und eine Tochter, und einer der beiden Söhne warst du. Aufgrund dieser verwandtschaftlichen Beziehungen sind wir seither miteinander verbunden. Wir waren eine harmonische Familie. Und unser Glück war vollkommen als sich herausstellte, dass du eine Inkarnation von ursprünglich außerirdischer Herkunft warst. Das erwies sich vor allem dadurch, dass du mit deinen Sternengeschwistern Gedanken austauschen konntest. Wenn etwas Wichtiges zu entscheiden war, konntest du uns immer Ratschläge geben. Jetzt kennst du auch die Wurzel deiner heutigen Begabung.

Deine irdischen Inkarnationen dienten allein dem Zweck, den Menschen zu helfen, sich aus ihrer Gewohnheit zu befreien, und ihnen Wege zu höheren Bewusstseinsstufen aufzuzeigen. Dieser Wunsch lag auch deiner jetzigen Inkarnation zu Grunde, und da wir uns sehr nahe stehen, haben wir uns abgesprochen, diese Aufgabe in der Übergangszeit zum Wassermann-Zeitalter gemeinsam zu erfüllen. Leider habe ich mir in einem früheren Leben eine karmische Belastung zugezogen, indem ich eine Hilfeleistung aus Eigennutz unterlassenen und mich dadurch am schmerzvollen Tod eines Menschen schuldig gemacht hatte. Jetzt

*weißt du, weshalb unsere gemeinsame Arbeit ein solches Ende nahm. Du hast mir zwar durch deinen positiven Einfluss die Kraft gegeben, unserer Absprache soweit wie möglich gerecht zu werden, aber das karmische Gesetz lässt sich nicht umgehen.
Die Erde steht vor gewaltigen Veränderungen. Es wurde uns gesagt, dass die Grenze der Toleranz einer Menschheit gegenüber, die nicht hören und nicht sehen will, endgültig erreicht sei. Um für die Zukunft überhaupt die Erde noch lebensfähig zu erhalten, müsse bald mit der Reinigung durch die Elemente begonnen werden. Wundert euch also nicht, wenn in absehbarer Zeit die Erde in Unruhe gerät und der Menschheit eine unerwartete Erwiderung auf ihr rücksichtsloses Verhalten zuteil wird. Es wird sich alles so ereignen, wie du es beschrieben hast. Die riesigen Rettungsschiffe der Santiner haben ihre Position bezogen. Ich habe sie gesehen. Wie uns von einem Santiner mitgeteilt wurde, dürfen wir ein solches Schiff demnächst besichtigen. Dann werde ich darüber berichten.
Dein Erwin.*

∞

*Heute habe ich dir etwas Besonderes mitzuteilen. Es ist das Erlebnis eines Raumschiffbesuches. Wir waren von den Santinern eingeladen, eines ihrer Rettungsschiffe zu besichtigen. Es war einfach überwältigend, was wir da zu sehen bekamen. Ich will versuchen, es in Worte zu fassen, obwohl das nur ein unzulänglicher Versuch sein kann. Zuerst wurden wir in die Kommandozentrale geführt, wo wir vom Chefpiloten begrüßt wurden. Er sagte uns, das Schiff könne ohne Gedränge fast 100.000 Menschen aufnehmen. Es ist an beiden Enden konisch geformt und besitzt insgesamt elf Stockwerke, wovon sieben für die Unterbringung der Evakuierten bereitstehen. Die Stockwerke sind durch viele Aufzüge miteinander verbunden. In jedem der sieben Stockwerke gibt es Einzelkabinen und Wohnungen für 8.000 bis 20.000 Menschen, je nach Lage der Stockwerke. Es sind ganze Städte mit kompletter Versorgungseinrichtung, so dass der Eindruck einer selbständigen Gemeinde entsteht, und nicht der einer Hotelunterkunft. Dafür sorgt zusätzlich die Möglichkeit der freien Fortbewegung auf rollenden Gehwegen in den Haupt- und Nebenstraßen. In den Erstgenannten gibt es ‚Expressbänder', die in der Straßenmitte verlaufen und mit höherer Geschwindigkeit betrieben werden als die weiter außen liegenden Bänder mit Fußgängertempo verkehrenden, wie man sie auch in den Nebenstraßen vorfindet. Am Rande der Straßen verlaufen feste Gehwege, etwa zwei Meter breit, die als Zugänge zu den Wohnungen dienen. Diese sind wie Reihenhäuser angeordnet und besitzen zwei Stockwerke. Ihre Breite ist verschieden, je nach Anzahl der Zimmer. Die größten Wohnungen umfassen sieben Zimmer und einen großen Vorraum, wie er Bestandteil aller Wohnungen ist.*

*Wir durften alle Wohnungstypen besichtigen und waren mehr als erstaunt über die Einrichtung. Was als Erstes angenehm berührt, ist die wohltuende Atmosphäre, die den Eintretenden sofort umfängt. Wir haben es wie ein Heilklima empfunden. Obwohl wir in unserem Seelenleib ja gewichtslos sind, haben wir uns wie angehoben gefühlt.*

*Dies rühre daher, so wurde uns gesagt, dass unser Seelenleib noch von der Schwingung des physischen Körpers durchdrungen sei, während die Materialien, die zum Bau der Raumschiffe und für die Inneneinrichtung verwendet werden, aus höher schwingenden Substanzen bestehen, und dieser Schwingungsunterschied erzeuge einen Levitationseffekt, der sich natürlich in noch viel stärkerem Maße bemerkbar machen wird, wenn die Erdenmenschen in ihren grobmateriellen Körpern einziehen werden. Dieser Umstand wird sich jedoch sehr vorteilhaft auswirken und die Körpermaterie allmählich in einen feinstofflicheren Zustand*

*überführen, der dann der regenerierten Erde entsprechen wird. Einen Vorgeschmack dieser Substanzänderung werden die Rettungswilligen schon in den Kleinstraumschiffen verspüren, die zur Evakuierung vorgesehen sind.*
*Eine weitere Überraschung war das sonnenhelle Licht, das alle Wohnungen durchflutete, ohne dass eine Quelle zu sehen war. Der uns begleitende Santiner erklärte dazu, es handele sich tatsächlich um das Licht von der Sonne dieses Planetensystems. Das ganze Raumschiff sei gleichzeitig eine riesenhafte Empfangsanlage für kosmische Energien, die je nach Verwendungszweck ‚gefiltert' werden könnten. Und da die Strahlung der Sonne ebenfalls zu den kosmischen Energien zähle, könne sie für Beleuchtungszwecke verwendet werden, wozu Wände und Decken von Zimmern und Gängen als Speicher für die Sonnenenergie ausgelegt seien und diese in Form von Licht ausstrahlten. Diese Technik würde die irdische Menschheit von allen Energiesorgen befreien, doch konnte ihr dieses Geschenk bisher nicht gemacht werden, da sie es sofort für egoistische und militärische Zwecke missbraucht hätte. So muss sie eben warten, bis der Geist des Wassermann-Zeitalters Einzug gehalten hat.*
*Zur Einrichtung der Wohnungen ist zu sagen, dass sie hinsichtlich Bequemlichkeit und Bedienungskomfort keine Wünsche offen lassen. In der Küche, die allerdings nicht mit irdischen übereinstimmt, gibt es für die Speisenzubereitung eine Skala mit vertieften Druckknöpfen, denen Abbildungen der Speisen zugeordnet sind. Betätigt man eine solche Taste, so dauert es nur wenige Minuten bis die gewählte Speise in einem sich öffnenden Fach servierfertig erscheint. Zur Auswahl stehen zwölf Gerichte, die sich zudem kombinieren lassen. Sie sind alle auf die Bedürfnisse des menschlichen Körpers nach Kohlehydraten, Eiweiß, Fett, Mineralstoffen und Vitaminen abgestimmt und wohlschmeckend, wie unser Begleiter versicherte. Wie kommen diese Speisen zustande? Hier wird das ‚technische' Prinzip der Materialisation angewandt. Der zu erschaffende Gegenstand, in diesem Fall eine*

*Speise, ist als Gedankenbild gespeichert und wird durch Energieentzug, was auf Knopfdruck geschieht, in materielle Form überführt. Auf die gleiche Weise wird die Inneneinrichtung sämtlicher Wohnungen hergestellt. Für irdische Verhältnisse ist das zwar undenkbar, aber dennoch ist es außerirdische Wirklichkeit.*

*Die Wohnungen bestehen aus einem großen Wohnzimmer für alle Personen, einem Elternschlafzimmer und Einzelschlafzimmern für Kinder. Die Wohnzimmer sind mit Sichtgeräten ausgestattet, die wie ein Bildtelefon arbeiten. Damit lassen sich Verbindungen zu anderen Wohnungen herstellen und zu den übrigen Rettungsschiffen, in denen sich beispielsweise Verwandte oder Bekannte befinden mögen. Außerdem können mit diesen Sichtgeräten die Vorgänge auf der Erde verfolgt werden. Selbst ein Blick in das Universum ist möglich, so dass vielleicht die Astronomie größeres Interesse finden könnte. Und wer sich dem Studium anderer Wissensgebiete widmen möchte, dem stehen umfangreiche Bibliotheken zur Verfügung, die nach verschiedenen Sprachen unterteilt sind. Sie befinden sich jeweils in der Mitte jedes Stockwerks in einem Zentrum für künstlerische Betätigungen und Unterhaltungsspiele. Es ist für alles gesorgt, um den Aufenthalt so angenehm wie möglich zu gestalten.*

*Eine Attraktion wird im obersten Stockwerk geboten: ein Observatorium besonderer Art. Auf dreidimensionalen Bildschirmen kann man Einblick nehmen in die gigantischen Weiten des Universums. Es gibt aber nicht nur Panoramabilder von unglaublicher Tiefenschärfe und Schönheit zu bewundern. Vielmehr besteht ferner die Möglichkeit, einzelne Sterne und sogar Planeten so vergrößert zu sehen, dass man Einzelheiten ihrer Beschaffenheit ausmachen kann, wie sie zum Zeitpunkt der Beobachtung vorherrschen. Dazu bedarf es natürlich eines anderen Übertragungsmittels als das Licht, auf dass die irdische Astronomie angewiesen ist. Dieses andere Mittel, so wurde uns gesagt, ist die Allgegenwart des Schöpfergeistes, der als höchster Seinsausdruck das Universum erfüllt.*

*Nach Besichtigung der vorübergehenden ‚Notunterkünfte' wurden wir in das Herz des Raumschiffs, die Energiezentrale geführt. Dort erlebte ich meine größte Überraschung, denn wir sahen nur eine riesige, in allen Farben pulsierende, glasartige Säule, die den Mittelpunkt eines scheinbar völlig leeren, kreisrunden Raums bildete. Der uns begleitende Santiner erklärte uns, dass diese pulsierende Säule einen Akkumulator darstelle, in dem die verschiedenen Arten kosmischer Energie gespeichert seien. Diese würden in dem Farbenspiel sichtbar. Die Säule bestehe nicht wie vermutet aus Glas, sondern aus materialisierten Gedanken, so wie eigentlich alles auf diese Art erzeugt werden könne, was nicht mehr der grobstofflichen Welt angehört. Dieser kreisrunde Raum, dessen Durchmesser schätzungsweise 25 Meter beträgt, fungiere als eine Art Rückhaltebecken zur Aufnahme von überschüssiger Energie, wenn der Zufluss an Energie die Kapazität der Säule übersteigt. Das käme jedoch nur vor, wenn das Schiff in einen Energiewirbel gerate, der einen stoßartigen Energiezufluss erzeugt. Der Raum sei entsprechend isoliert, so dass sich der Energiestoß nicht auf das ganze Schiff übertragen könne.*

*Die Verteilung der Energie auf die einzelnen Bedarfsstellen wurde uns an einem Beispiel verdeutlicht. Wir sollten uns ein Vakuum in einem Behältnis vorstellen, das mit einem dicht schließenden Ventil versehen ist. Wenn man das Ventil öffnet, strömt Luft in die Vakuumkammer ein. Auf ähnliche Weise funktionieren sämtliche Geräte und Betriebssysteme des Raumschiffs, nur dass an Stelle des Luftvakuums ein Energievakuum gefüllt wird. Dabei sorgt ein ‚Energiefilter' dafür, dass nur diejenige Energieart eintreten kann, die für die Funktion des betreffenden Geräts beziehungsweise Systems erforderlich ist. Kosmische Energie besitzt eine so hohe Frequenz, dass sie widerstandslos alles durchdringt, was niedriger schwingt.*

*Infolgedessen werden weder Leitungskabel noch Sendeantennen benötigt, um die Bedarfsstellen zu versorgen. Es genügt das Öffnen eines der Ventile des Vakuumbehälters und schon steht die entsprechende Energie zur Verfügung. Da es sich um eine magnetische Energieart handelt, übt sie sogar eine gesundheitsfördernde Wirkung auf Körper und Seele des Menschen aus.*
*Das nächste, was uns gezeigt wurde, war der Kommunikationsraum. Er befindet sich unmittelbar neben der Kommandozentrale. Auch er überraschte uns durch seine Einfachheit und Klarheit. Es gibt zwei große Bildschirme, die dreidimensional abbilden. Man bekommt einen Eindruck, als ob man mitten im Geschehen stehen würde. Unter anderem können von diesem Raum aus Verbindungen zum Heimatplaneten der Santiner und ihren sämtlichen Raumschiffen hergestellt werden. Mit Hilfe bestimmter Geräte können Gespräche auf der Erde abgehört werden, wogegen es keine Abschirmmöglichkeit gibt. Die Santiner sind daher über alle politischen Beschlüsse und Absichten im Bilde. Sogar die Gedanken der Menschen sind ihnen nicht verborgen. Allerdings verzichten sie meistens auf diese ‚geistigen Offenbarungen'.*
*Zum Abschluss unseres Besuchs durften wir noch einen Blick in die irdische Zukunft werfen, der nicht gerade erfreulich war, denn wir sahen, wie die Erde von den vier Elementen in einen Zustand der Umgestaltung und Neuwerdung versetzt wurde. Es war ein Anblick von Vergehen und Entstehen. Erdteile versanken in der Magmaschicht unter der Erdkruste. Neue Kontinente erhoben sich allmählich aus diesem Inferno. Ozeane bildeten sich und die Erde bekam wieder eine stabile Achse und ein starkes Magnetfeld. Die Vegetation erwachte zu neuem Leben und die geretteten Menschen wurden von den Santinern auf der neuen Erde abgesetzt. Die neue Erde wird feinstofflicher Art sein, denn sie empfängt nun vollständig die höheren Energien des Wassermann-Äons.*

*Ich habe auch die Evakuierung sehen dürfen mit den herabschwebenden, leuchtenden Rettungskugeln. Leider werden sich die meisten Menschen nicht entschließen können, das Rettungsangebot anzunehmen aufgrund materieller Gebundenheit oder pseudo-religiöser Irrlehren. Die Fischezeit ist abgelaufen. Die Dunkelepoche der irdischen Menschheit geht zu Ende. Daran ändern auch einige Willfährige des dämonischen Herrschers dieser Zeit nichts mehr. Ein neuer Morgen bricht an, der heraufziehende kosmische Tag wird uns alle vereinen.*
*Dein Erwin.*

∞

*Dank guter Schulung im Anwenden der eigenen Willenskraft ist es mir gelungen, eine höhere Sphäre zu erreichen. Sie hat einen wesentlich höheren Schwingungsgrad als die vorige. Dementsprechend ist hier alles vergeistigter und durchlichteter. Die Farben der Blumen und der Blüten von Bäumen und Sträuchern sind viel intensiver. Man könnte fast den Eindruck haben, als ob sie gerade erst entstanden seien.*
*Wir wohnen wieder in einer kleinen Siedlung, diesmal zu je zweit in einem Haus, das wir uns nach eigenen Wünschen einrichten durften. Mein Mitbewohner ist ein Freund von mir aus einem früheren Leben, mit dem ich jetzt ein Wiedersehen feiern konnte. Es ist überhaupt erstaunlich, wie die Kreise sich schließen, die man durch Tod und Inkarnation unterbrochen glaubte. Es wäre sehr wichtig, auf die Tatsache der schicksalhaften Verbundenheit frühzeitig hinzuweisen. Ohne den Irrglauben, man würde Menschen, denen man Unrecht zugefügt hat, nicht mehr begegnen, könnte man sich bei seiner geistigen Weiterentwicklung manchen Umweg ersparen. Dadurch könnte man sich manchem Umweg ersparen, der nur deshalb zustande kommt, weil man der*

*Meinung war, dass man einen Menschen, dem z.B. in egoistischer Weise ein Unrecht zugefügt wurde, nicht mehr begegnen würde.*
*Das Gesetz der Wiederbegegnung gilt natürlich auch im positiven Sinne. Wenn z. B. eine bestimmte, dem Gemeinwohl dienende Arbeit zweier Menschen durch einen irdischen Tod unterbrochen werden musste, dann geschieht es häufig, dass beide zur gleichen Zeit reinkarnieren und durch einen so genannten Zufall wieder zusammenfinden, um ihr Werk mit neuen Ideen fortsetzen zu können. Meistens haben sie von diesen Zusammenhängen keine oder lediglich eine gefühlsmäßige Ahnung. Diese ‚Schicksalszufälligkeiten' sind ein unendlich weites Gebiet, das sich erst nach Verlassen des körpergebundenen Daseins erhellt durch die Möglichkeit der Ganzheitsschau.*
*Eine solche Schau ist mir nun auch auf Völkerschicksale gegeben, nachdem ich eine Sphäre erreicht habe, die nicht mehr dem Anziehungsbereich der Erde angehört. Was dabei über die Menschheitsgeschichte zu erfahren ist, würde eine ganze Bibliothek füllen und diesbezügliches Universitätswissen auf diesem Gebiet müsste neu abgefasst werden. Die Ursprünge der Feindseligkeiten, die zum Ende des Fische-Zeitalters hin überall auf Erden toben, liegen teilweise Jahrtausende zurück.*
*Alle derartigen Geschehnisse, auch was Einzelschicksale betrifft, haben ihre Ursache in früheren Egoismen jedweder Art. Am häufigsten waren es Herrschaftsansprüche und religiöse Unduldsamkeit. Dies näher zu erläutern, würde jedoch zu weit führen und niemandem nützen. Viel wichtiger ist, den geistigen Blick jetzt auf die Zukunft zu richten, die euch eine grenzenlose Heimat eröffnen wird.*
*Viele Grüße an alle, dein Erwin.*

∞

*Nach einer längeren Pause melde ich mich wieder bei dir. Die Pause war bedingt durch eine intensive Selbstschulung zum Aufstieg in die nächsthöhere Sphäre. Ich habe sie nun erreicht und bin sehr froh darüber. Es war ein hartes Stück Arbeit, doch je mehr man sich dem Sog der grobstofflichen Welt entzieht, um so mehr wird man von lichtvollen Kräften umfangen, denen sich die Seele aber zunächst angleichen muss. Und da merkt man erst, welch dunkle Flecken noch am Seelenkleid haften, denen man bisher keine oder nur geringe Bedeutung beigemessen hatte. Der Reinigungsvorgang, der sich im Innersten der Seele abspielt, kann sehr schmerzhaft sein, weil es sich meist um bestimmte Eigenschaften handelt, die man dem Menschlichen zurechnet, wie z. B. Kritiksucht, die auf andere gerichtet ist, ohne bei sich selbst den gleichen Maßstab anzulegen und ohne die anderen als Bruder und Schwester zu erkennen, die sich ebenso auf dem Weg der Vervollkommnung befinden, oder wie fehlende Rücksichtnahme und Hilfsbereitschaft, weil Eigeninteressen betroffen sind. Alles in allem läuft die Schulung immer darauf hinaus, das eigene Ich in den Hintergrund treten zu lassen, den gleichfalls göttlichen Wesenskern des anderen zu sehen und jedes Empfinden von Verschiedenartigkeit abzulegen. Erst wenn wir uns dessen bewusst sind, dass wir alle den selben Vater haben und seine Liebe in jedem von uns Ausdruck finden will, ist ein wesentliches Hindernis auf für den weiteren geistigen Fortschritt beseitigt.*

*Das alles hört sich vielleicht etwas einfach an, aber ich kann nun aus eigener Erfahrung sagen, dass es nicht genügt, die Selbstschulung nur mit den Mitteln eines verstandesmäßigen Denkens durchzuführen. Der Verstand ist nur zur äußeren Orientierung und zum Gebrauch des Willens geeignet. Es geht vielmehr darum, die Wahrheit des Empfindens zu schulen, indem man seinen Empfindungsleib, was die Seele ja ist, von allen disharmonischen Schwingungen bis zum letzten Hauch reinigt, so dass kein einziger Schatten mehr auf die Aura fällt. Jeder Versuch*

*einer Täuschung und jedes ichhafte Denken käme einer Selbsttäuschung gleich und führt augenblicklich zu einer Dissonanz im Verhältnis zu den Brüdern und Schwestern.*
*Da wir alle anfangs noch mit diesen Unzulänglichkeiten behaftet waren, gebot es das Taktgefühl, sichtbar gewordene Schwächen mit einem liebevollen Lächeln zu quittieren. Auf diese Weise konnten wir uns selbst kontrollieren und unseren eigenen Fortschritt feststellen, bis schließlich das Lächeln sich in eine freudvolle Bestätigung des vollständigen Gleichwertempfindens wandelte, des Einsseins mit der Allseele, der durch uns nur ihr individualisierter Ausdruck verliehen wird. In dieser nicht ganz leichten Selbstschulung wurden wir auf liebevolle Weise von hohen Engelwesen unterstützt und belehrt. Dank ihrer unendlichen Geduld ist es uns gelungen, den Reifegrad zu erlangen, der Voraussetzung ist für den Übergang in die nächsthöhere Sphäre. Joachim hat mir dazu gratuliert und Ratschläge gegeben für die nächsten Schulungsziele, den verantwortungsbewussten Umgang mit der gedanklichen Schaffenskraft zu erlernen.*
*Die Sphäre, in der ich mich jetzt befinde, gleicht einer paradiesischen Landschaft. Schon meine vorherige Daseinsebene verdiente diese Bezeichnung, doch jetzt hat sich dieser Eindruck noch wesentlich verstärkt, da alles in ein angenehmes Licht getaucht erscheint, das die Seele als Stärkung empfindet. Wir haben uns wiederum in einer Gemeinschaft zusammengeschlossen. Die einzeln stehenden Häuschen befinden sich in einer Parklandschaft mit Büschen, Blumen, Sträuchern und Bäumen von stattlichem Wuchs, wie ich sie noch nicht gesehen habe. Ich wünschte, ihr könntet einen Blick auf diese herrliche Umgebung werfen, in der wir die Pflanzenseelen ebenso empfinden wie unsere eigenen Seelen. Immer mehr werden wir uns dadurch der Gemeinsamkeiten allen Lebens bewusst.*
*Bevor die weiteren Schulungen beginnen, möchte ich noch einmal daran erinnern, dass ihr euch in der kritischen Übergangsphase zum Wassermann-Zeitalter befindet. Das bedeutet,*

*dass der Erde große Veränderungen bevorstehen. Dabei werden die Santiner sich in unmissverständlicher Weise als eure Helfer und Retter erweisen und dann werden auch unsere Aufklärungsarbeit und der Buchdienst ihre Rechtfertigung finden.*
*Dein Erwin.*

∞

Nach längerer Zeit konnte ich abermals mit Joachim in Verbindung zu treten. Auf meine Frage, wo er und Erwin sich befänden und welche Tätigkeit sie ausübten, erhielt ich die nachstehende Antwort:
*Erwin und ich befinden uns bei den Santinern im Raumschiff von Ashtar Sheran. Es ist ein wunderbares Schiff, vollständig autark, also nicht von einer Versorgung von außen abhängig. Allen technischen Einrichtungen liegt das Prinzip der freien Energie zugrunde, die im Überfluss vorhanden ist, denn das ganze Weltall ist ein unausschöpfliches Energiemeer. Es ist sozusagen die Bewegungsenergie für alle Weltenkörper, einschließlich der für euch unsichtbaren feinstofflichen Welten.*
*Unsere Aufgabe besteht darin, durch Inspiration positiver Gedanken möglichst viele Menschen zu einer Handlungsweise nach der Bergpredigt zu bewegen. Wie ihr am gegenwärtigen Weltgeschehen ablesen könnt, ist der Kampf zwischen Licht und Finsternis noch im Gange. Einerseits gewinnt der völkerverbindende Gedanke an Überzeugungskraft, die schon von den höheren Energien des Wassermann-Zeitalters genährt wird, andererseits kämpfen weiterhin die Anhänger des Widergeistes um ihren Einfluss, was ihnen in der Vergangenheit so leicht gemacht wurde. Wenn es auch manchmal den Anschein hat, als ob diese Mächte mit gewaltsamen Mitteln ihre Vorteile wahren könnten wie bisher, so wird ihre Positionen doch immer schwä-*

cher, denn gegen das anbrechende Zeitalter der universellen Bruderschaft werden ihre Waffen stumpf. Was sich in den Krisenregionen gegenwärtig noch abspielt, hat karmische Hintergründe. Es sind Auswirkungen früherer Ursachen, die für euch nicht erkennbar sind.
Da auch wir noch irdisch mitfühlen und uns die Grausamkeiten der Kriege tief betroffen machen, sind uns die wahren Zusammenhänge in einer geschichtlichen Rückschau gezeigt worden, wodurch wir das allgültige Gesetz der ausgleichenden Gerechtigkeit zu verstehen gelernt haben. Eine Seele kann erst dann in ihrer geistigen Höherentwicklung fortschreiten, wenn sie ihre karmische Schuld abgetragen hat. So ist das menschliche Schicksal in der Regel ein Spiegelbild früherer Taten, im positiven wie im negativen Sinne. Ich konnte in dieser Rückschau verfolgen, wie Seelen mit gleicher oder ähnlicher Schicksalslast durch Reinkarnation zusammengeführt wurden und in einer Gemeinschaft oder Volksgruppe in ein Kollektivkarma eingebunden waren, um auf diese Weise den Ausgleich ihrer Schuld zu erleben. Auch wenn durch eine Naturkatastrophe viele Menschen ihr Hab und Gut verlieren oder zu Tode kommen, so liegen auch diesen Schicksalen meistens karmische Ursachen zugrunde. Was nun auf die gesamte Menschheit zukommt, sind die Auswirkungen einer jahrtausende langen Hörigkeit auf Luzifer, wodurch ein ganzer Planet der Erfüllung seiner göttlichen Aufgabe als Läuterungsschule beraubt wurde. Die Wiederherstellung der ursprünglichen Gebote erfordert harte Korrekturen in Form elementarer Kräfte sowie die Hilfe einer Brudermenschheit, die im Dienste des Erlösers steht.
Diese Lebensgemeinschaft der Santiner ist von überwältigender Güte und Liebe durchdrungen, die bei jeder Begegnung ebensolche Gefühle erwecken, denn diese entsprechen dem innersten Wesenskern jedes Menschen, ob er nun inkarniert ist oder nicht. Trennende Unterschiede findet man hier nicht, denn beide Lebensbereiche sind absolut real, und die Santiner sind in beiden

*Bereichen zu Hause. Vor unserer ersten Begegnung vermuteten wir zunächst, sie könnten uns nicht wahrnehmen, doch ihr Lächeln als Antwort darauf hat uns sofort eines Besseren belehrt. Sie nannten uns ihre Geschwister und luden uns zu einem Besuch in ihr Raumschiff ein. Wir waren so überrascht, dass wir nur ein paar Dankesworte heraus bekamen. Über diesen Besuch haben wir ja schon früher berichtet. Inzwischen ist eine innige Freundschaft entstanden, nicht zuletzt auch deshalb, weil wir durch unsere Tätigkeit schon während unserer Erdenzeit eine solche Verbindung begründet hatten, ohne dass wir uns dessen bewusst waren. Erwin fügt noch hinzu, dass auch schon seine erst Begegnung mit dir durch eine inspirative Einflussnahme der Santiner zustande kam und dass ebenso die Gründung des Buchdienstes auf ihre Inspiration zurückzuführen ist. Die Verbreitung der Schriften hat inzwischen einen großen Umfang eingenommen und für viele Menschen wurden sie zu einer Orientierungshilfe für das kosmische Zeitalter, das sich mit seinem höheren geistigen Sinngehalt bereits bemerkbar macht. Die damit verbundenen Veränderungen werden in zunehmendem Maße auf der physischen und der geistig-seelischen Lebensebene in Erscheinung treten, einerseits in Form der angekündigten umwälzenden Ereignisse, andererseits bedingt es eine Trennung von Spreu und Weizen, wobei es jedem selbst überlassen bleibt, die entsprechende Entscheidung zu treffen.*

*Es kommt darauf an, dass der Mensch aus seinen irdischen Inkarnationen endlich die einzig mögliche Lehre zieht, nämlich den Irrweg der materialistischen Verblendung zu verlassen und zu begreifen, dass die Welt des Vergänglichen eine Stätte der Läuterung und Selbstschulung ist, unsere wahre Heimat aber die unendlichen Reiche geistiger Schönheit und Vollkommenheit sind. Die fortgeschrittene Seele empfindet diese Erkenntnis wie das Erwachen aus einem Alptraum. Die Zeit des Erwachens kündigt sich nun an und bietet für alle die Gelegenheit, den Schritt in die Welt des Unvergänglichen zu tun.*

*Nur eine geringe Anzahl von Menschen ist darauf vorbereitet. Für die meisten wird es ein schockartiges Erwachen sein, das die Santiner zwar mit großer Geduld zu mildern versuchen, indem sie seit Anbeginn der irdischen Raumfahrt für Sicht- und Begegnungskontakte sorgen, aber leider ohne dass bisher der von ihnen gewünschte Erfolg eingetreten ist, da die Militärs sich weigern, das Geheimnis um die Ufos offiziell zu lüften.*

*Wir werden die Freundschaftsbeweise der Santiner künftig mit unseren inspirativen Kräften begleiten, um die Menschen von ihren gewohnten negativen Denkmustern abzubringen und ihre Seele für die Aufnahme der lichtvollen Lebensenergien des neuen Äons zu stärken. Das Resultat hängt jedoch ab von der freien Willensentscheidung des Menschen selbst.*

*Wir sind glücklich, in dieser Mission mitarbeiten zu dürfen, und dieses Glück werdet auch ihr empfinden, wenn sich euch die unermessliche Wahrheit offenbaren wird, der ihr gedient habt.*

*Wir grüßen euch aus den Kreisen eurer Sternengeschwister.*

*Erwin und Joachim.*

∞

*Die Mitarbeit bei den Santinern ist für Erwin und mich eine große Freude. Selbst mit noch so viel Phantasie könnt ihr euch nicht vorstellen, was alles an Vorbereitungen für die globale Rettungsaktion zu treffen ist. Vieles ist auch für uns noch unbegreiflich, doch wir lernen immer besser die Zusammenhänge kennen, die zwischen den kosmischen Energiearten und ihrer technischen Nutzung bestehen. Auf diesem feinstofflichen Gebiet, das an die rein geistigen Schwingungen grenzt, ergeben sich immer weitere Kombinationen, die neue Anwendungsmöglichkeiten erschließen. Sogar für die Santiner gibt es ab und zu noch Überraschungen in dieser Hinsicht. Es scheint so, als ob fort-*

*während neue Schöpfungsideen geboren werden in einem grenzenlosen Universum, dessen Lebendigkeit und Harmonie uns immer wieder neu faszinieren. Oh, könntet ihr doch jetzt schon an diesen göttlichen Geschenken teilhaben, ihr würdet euch mit keiner Faser eures Herzens in einen grobmateriellen Lebensbereich zurücksehnen.*
*Das Gefühl, mit allem Leben unmittelbar verbunden zu sein, ist unsagbar schön, und das Wissen, im Dienste einer allumfassenden Liebe tätig zu sein, ist höchstes Glück, das ebenfalls unbeschreiblich ist. Wir beide, Erwin und ich, können gar nicht genug dankbar sein, dass wir während unserer Erdenzeit diesem dienenden Prinzip folgten. Es waren uns unbewusste, liebevolle Inspirationen, die uns auf diesen Weg geführt haben und deren Quelle die Santiner waren. Und nun dürfen wir uns mit ihnen gemeinsam an ihrer wichtigen Aufgabe beteiligen. Dabei kommt uns unsere irdische Erfahrung zugute, die oft den Stil der Inspiration bestimmt. Es kommt hauptsächlich darauf an, diejenige Lücke im Bewusstsein des zu betreuenden Menschen ausfindig zu machen, in die sich ein geistig ausgerichteter Keim einpflanzen lässt. Diese Lücke zu finden ist schwierig, denn bei den meisten Menschen wird ein solcher Ansatz durch äußere, meist negative Einflüsse wieder überdeckt, so dass eine neue Gelegenheit abgewartet werden muss, mit viel Geduld und häufig mit Hilfe gesteuerter ‚Zufallsbegegnungen' das fast erloschene Lichtlein wieder zu entfachen. Groß ist die Freude, wenn dieses Lichtlein zu einer leuchtenden Flamme wird, die ihre Leuchtkraft an andere erwachende Seelen weitergibt.*
*Leider gibt es auch Misserfolge, denn die Dunkelmacht bietet noch ihre letzten Reserven auf, um den unaufhaltsamen Durchbruch zu einer höheren geistigen Lebensebene möglichst lange zu verzögern. Die dabei angewandten Methoden erlebt ihr zurzeit auf der Erde. Gegen diese Ansammlung von Hass in künstlich geschürten Konflikten ist unsere Mühe vergeblich. Das Ende der Zerstörungsorgie ist jedoch abzusehen. Dann aber*

*folgen die Konsequenzen aus einer sich über Jahrtausende erstreckenden Missachtung der universellen Lebensgesetze, die Jesus in dem Gebot zusammenfasste: „Liebe deinen Nächsten wie dich selbst und Gott über alles." Dieses herrliche Gebot, das wir in der Gemeinschaft mit den Santinern täglich erleben dürfen, ist die neue Leitlinie des von allen dunklen Hinterlassenschaften gereinigten Planeten und der allgültige Schlüssel zur Aufnahme in die universelle Bruderschaft aller Menschen auf allen Daseinsebenen. Belebt eure Gedanken mit dieser hohen Schwingung, dann ist eure Zukunft in euch bereits zur Gegenwart geworden. Wir unterstützen euch dabei. Ihr werdet es fühlen können.*
*Grüße bitte alle unsere Freunde, Erwin und Joachim.*

∞

*Ich freue mich, dass wir über die Gedankenbrücke wieder miteinander in Verbindung treten können. Im letzten Kontakt mit Joachim hast du bereits Auskunft erhalten über unsere Zusammenarbeit mit den Santinern. Ich kann nur alles bestätigen, was du darüber erfahren hast. Unsere Tätigkeit ist unbeschreiblich schön, denn sie ist Teil des unfassbar großen Erlösungswerkes Jesu Christi. Daran mag vielleicht manch einer zweifeln, weil die biblische Auslegung von einer anderen Perspektive ausgeht. Die Wirklichkeit sieht jedoch anders aus. Die Erde wird vom Joch des Gegensatzgeistes erlöst. Dies ist auch für diesen Gefallenen Engel eine Chance, seinen Rückweg in die Sphären des Lichts zu beginnen. Wie Ashtar Sheran gesagt hat, werden Äonen verstreichen, bis er das Vaterhaus wieder erreicht haben wird. Auch was sind Äonen vor der Ewigkeit, in der der Begriff Zeit nicht mehr existiert. Nur die verkörperte Seele empfindet Vergangenheit, Gegenwart und Zukunft.*

*Ich will einmal einen Blick in die Zukunft werfen, so wie ihr sie versteht. Die Bilder, die ich wie auf einem großen Bildschirm erkennen kann, sind derart plastisch und deutlich, dass ich einen Eindruck gewinne, als wäre es ein gegenwärtiges Geschehen. Es ist sozusagen eine geistige Vorausschau dessen, was sich aufgrund des allgültigen Gesetzes von Ursache und Wirkung ereignen muss, nämlich eine angekündigte Polverlagerung und elementare Neugestaltung des Planeten. Ich sehe auch die Rettungsaktion der Santiner, die die ganze Erde umfasst, eine Organisationsleistung von unvorstellbarem Ausmaß. Ich selbst habe noch keinen vollständigen Überblick, aber das was wir, Joachim und ich, bisher sehen und erleben durften, hat uns von einem Erstaunen ins andere versetzt.*

*Wir hatten vor kurzem Gelegenheit, Ashtar Sheran zu begegnen, und waren überrascht, dass seine Gedanken schon weit in die Zukunft gerichtet sind, und zwar viel weiter als was in unserer geistigen Reichweite liegt. Er lächelte uns zu und kam auf unsere Tätigkeit als ‚Inspirationshelfer' zu sprechen. Er sagte, unsere Arbeit trage gute Früchte, die sich bald für viele Menschen als Orientierungs- und Entscheidungshilfe erweisen würden. Außerdem wies er darauf hin, dass wir bei der Evakuierung die noch unentschlossenen Menschen besonders zu betreuen hätten, um ihnen die Angst vor dem unbekannten Geschehen zu nehmen und sie mit Vertrauen zu erfüllen. Wir antworteten, dass wir unsere ganze Kraft auf dieses Ziel ausrichten wollten. Seine wunderbare Ausstrahlung empfanden wir als Kraftübertragung und liebevolle Unterstützung, die sich bereits als Verbesserung unserer Konzentrationsfähigkeit auswirkt. In seiner Nähe verschwanden auch alle Bedrückungen, die uns wegen des irdischen Geschehens oft beschleichen, besonders dann, wenn unsere Inspiration keinen Widerhall finden, was leider häufig der Fall ist bei dem gegenwärtigen Ausbruch menschlicher Grausamkeiten, die alle noch aus einer dunklen Quelle gespeist werden. Könntet ihr die Wirklichkeit sehen, die sich hinter den*

*grauenhaften Zerstörungs- und Vernichtungsorgien verbirgt, würde sich ein Blick in die Hölle für euch auf tun.*
*Alle diese für euch nicht begreifbaren Feindschaften zwischen einzelnen Volksgruppen und Rassen in allen Teilen der Welt haben karmische Ursachen, die in der Übergangsperiode zum Wassermann-Zeitalter noch abgetragen werden müssen, worauf die bedauerliche Häufung dieser Tragödien zurückzuführen ist. Was aber bald über die ganze Erde hereinbrechen wird, ist einer Kollektivschuld der gesamten Menschheit zuzuschreiben, die über Jahrtausende angewachsen ist und mit dem wissenschaftlichen Atheismus ihren Höhepunkt erreicht hat. Die entsprechende Rückwirkung wurde der Menschheit in den drastischen Bildern der Johannesoffenbarung schon vor fast 2000 Jahren vor Augen geführt. Ihrer Nichtbeachtung wird nun ein böses Erwachen folgen. Aber zugleich wird eine Hilfsbereitschaft zu erkennen sein, die das Tor zu einer universellen Lebensgemeinschaft öffnen wird, die wir bereits erleben dürfen.*
*Grüße alle unsere Freunde und Bekannten, Erwin und Joachim.*

**Eine Gruß-Botschaft von Hermann Ilg**

Es folgt eine Botschaft von Hermann Ilg, die am 27. Juni 2004 im Spirituellen Forschungskreis e. V. Bad Salzuflen (SFK) empfangen wurde. Hermann Ilg hatte schon zu Lebzeiten guten Kontakt zum SFK, mit dem dieselbe Geistwesen arbeiten wie schon im ehemaligen Medialen Friedenskreis Berlin. Die damals begonnene Arbeit wird seit rund 20 Jahren in Bad Salzuflen fortgesetzt.

Die Botschaft lautet:

*Die universelle Liebe und die universelle göttliche Gerechtigkeit werden ihren Weg gehen. Es wird aufgezeigt, wie diese universelle Liebe und Gerechtigkeit ihren Weg finden in die Herzen und die Gedanken der Menschen.*

Wer Interesse an einem kostenlosen Probeprotokoll einer medialen Sitzung des SFK hat, melde sich bitte bei uns im Verlag. Wir senden es gerne umgehend zu.

Bergkristall Verlag GmbH
Schülerstr. 2-4
32108 Bad Salzuflen

**Die heilige Mission**
(Eine Botschaft der Santiner - empfangen im MFK Berlin)

*Wir sind nicht von dieser Erde. Aber wir haben einen Auftrag, den uns der Allerhöchste gegeben hat. Unser Auftrag ist eine heilige Mission und darum wird er angefeindet, genauso wie eine Religion angefeindet wird.*
*Der Auftrag lautet: „Fahrt nieder zur Erde, nehmt sie unter Kontrolle, beobachtet das Tun der Erdenmenschheit, verhütet den Untergang des Planeten, säubert die vergiftete Atmosphäre, verdichtet und akklimatisiert euch, so dass man euch auf Erden erkennt, und leistet den Erdenmenschen brüderliche Hilfe. Bringt geistiges Licht auf diese Welt und lasst eine neue, göttlich-soziale Weltanschauung entstehen. Lehrt die Gottgläubigen die Wunder, welche irrtümlich als Aberglaube oder Magie missachtet werden. Vor allem aber befreit die Erdenmenschheit von allen Erscheinungen der Dämonie. Es ist abzusehen, wann die Zeit um ist, in der der Ungeist auf diesem Erdenplan geherrscht und sein Unwesen getrieben hat."*
*Wir kommen als Brüder von Stern zu Stern, darum haben wir erneut diese Reise unternommen. Diesmal in so großer Anzahl, dass wir uns Raumstationen angelegt, neue Stützpunkte auf Nachbarplaneten eingerichtet und uns auf eine lange Zeit vorbereitet haben, denn der Auftrag ist schwierig, umfangreich und vielseitig, und die Gefahren sind sehr groß für uns Santiner.*
*Wir kommen als Brüder von Stern zu Stern, wir kommen als Freunde und werden behandelt wie Feinde. Wir haben einen Auftrag, den wir bestimmt zu Ende führen werden, weil Gott nicht verhandelt. Was er befiehlt, ist für alle zwingend, bis zum Sieg, ohne Rücksicht auf Raum und Zeit.*
*Mit diesem Auftrag hat Gott uns die Erde und ihre Menschheit anvertraut. Wir sind Treuhänder eures Planeten und regieren unsichtbar im Namen Jesu Christi. Tag für Tag und Nacht für Nacht fliegen wir mit unseren kleinen Flugschiffen bei euch ein*

und aus. Dabei versuchen wir ständig, uns zu verdichten, das heißt uns grobstofflicher zu machen, denn kaum ein Mensch auf eurer Erde würde an unsere Existenz glauben, wenn man uns nicht optisch mit den Augen erfassen könnte. Wir setzen glühende Zeichen und Phänomene in den Himmel, wobei wir uns Gegebenheiten zunutze machen. Wir ziehen in großen Formationen über eure Atomzentren. Wir nehmen Kenntnis von eurer Technik und Wissenschaft. Wir versuchen, auf irdische Art zu fühlen, obgleich dies das größte Opfer ist, das Gott je von einem interplanetarischen Seelenwesen verlangt hat.

Ich weiß, dass einige Schwestern und Brüder auf eurem Stern von Tag zu Tag hoffen, dass Gott seine erhobene Hand sinken lässt, um uns ein Zeichen zu geben, hier auf dieser Erde einzugreifen. Doch der Plan sieht anders aus. Er richtet sich nach dem jeweiligen Stand der irdischen Entwicklung und wird fast täglich aktualisiert.

Ihr habt keine Ahnung, auf welche Weise und in welchem Umfang das materielle Universum kontrolliert wird. Man könnte vergleichsweise sagen, das ganze Universum ist in Planquadrate aufgeteilt und jedes Quadrat wird von einer Himmelsflotte beaufsichtigt. Dementsprechend haben wir eine Raumstation Share Quadra-Sektor genannt. Sie befindet sich in Erdnähe und ist die Befehlsstation, welche das Erdgeschehen beaufsichtigt und ihre Beobachtungen an die höchste Stelle der geistigen Lenkung und Planung weitermeldet.

Die Erdbevölkerung ist zu noch nicht einmal einem Prozent davon unterrichtet, dass fliegende Weltraumobjekte die Erde kontrollieren. Das Verhalten der politischen Machthaber ist nicht anders als das jenes Pharao, der seinerzeit nicht an die Macht Gottes glauben wollte, bis die himmlische Kontrolle ein Phänomen nach dem anderen auf diesem Stern entstehen ließ. Wir könnten mit Leichtigkeit ganze Serien solcher Phänomene hervorbringen. Doch wir unterstehen den Befehlen einer höheren Aufsicht und sind nicht berechtigt, eigenmächtig zu handeln.

*Die Erde wird von uns Santinern, der Weltraumpolizei sozusagen, bereits seit langer Zeit beobachtet. Schon als die so genannten Atlanter lebten, haben unsere Vorfahren Weltraumreisen bis in die Erdatmosphäre hinein unternommen. Zu diesen Flügen wurden Flugkörper benutzt, deren Form von den heutigen Typen wesentlich abwichen. Unsere Vorfahren benutzten kugelförmige Maschinen. Mit diesen Flugkugeln konnte man zwar in Überlichtgeschwindigkeit durch das All reisen, doch wiesen diese Apparate noch viele Fehler auf, welche nach und nach durch neue Konstruktionen beseitigt werden mussten. Das Erscheinen dieser Flugkugeln in den Luftschichten der Erde hat unter den damaligen Menschen oft große Bestürzung hervorgerufen.*
*Nur die Atlanter kannten bereits einen Weg zur Aufhebung der Schwerkraft. Indem sie sich in den Zustand einer geistigen Ekstase versetzten, war es ihnen möglich, mit ziemlicher Geschwindigkeit über dem Erdboden dahinzuschweben, doch konnten sie nur wenige Fuß hoch vom Erdboden abheben. Mit Hilfe eines Akkords oder vielmehr eines Zusammenklangs von fünf Tönen, von denen zwei Töne für das menschliche Ohr nicht hörbar sind, konnten die Atlanter schwere Felsen verrücken.*
*Sie hatten also Kenntnisse von einer Schwingungsebene, die auch der Ausgangspunkt unserer eigenen technischen Entwicklung ist. Wir besitzen allerdings zusätzlich ein bestimmtes Schwingungselement, das mit euren Worten vielleicht als ein musikalisches Element bezeichnet werden könnte. Dieses Element ist jedoch nicht akustisch wahrnehmbar, sondern es schickt wie das Radium ständig Strahlen aus, die auf der Tonskala des Alls liegen, nicht auf der Lichtebene. In Verbindung mit gewissen Lichtfeinstschwingungen erreichen wir dann einen Zustand der absoluten Eigenschwerkraft, die unabhängig von den Schwingungen anderer Körper ist.*
*Unsere Vorfahren haben die Erde immer als einen unreifen Planeten betrachtet. Sie mussten feststellen, dass die geistige Haltung der Menschheit dieses Planeten nicht im Sinne der*

*göttlichen Harmonie schwingt. So ist es leider bis heute geblieben, trotz einiger technischer Fortschritte. Im Gegenteil, die geistige Haltung hat ständig noch abgenommen, während die materialistische Haltung zugenommen hat. Die Atlanter hatten ihre Erkenntnisse noch an andere Generationen überliefern können. Ein großer geistiger Abstieg der Erdenmenschheit löschte diese Erkenntnisse jedoch vor etwa 4000 Erdenjahren wieder aus.*

*Nachdem wir bessere und sicherere Raumschiffe entwickelt hatten, konnten wir Reisen durch das All leichter durchführen. Wir haben den Planeten Erde gemieden, sind auf anderen Planeten gelandet, wo es keinen Anlass gab, in das dortige Geschehen einzugreifen. Furchtbares Morden und die Anwendung von Explosionsstoffen sowie ein entsetzlicher Missbrauch von Energien und Energiequellen auf eurer Erde hat unsere Aufmerksamkeit erneut auf diesen Planeten gelenkt. Wir haben euch beobachtet, euch aber nie verstehen können.*

*Wir hätten euch gerne geholfen, aber wir waren an ein ungeschriebenes Gesetz gebunden. Mit euren Worten heißt dieses Gesetz, das im ganzen All Gültigkeit hat: Blasphemie, also Gotteslästerung. Wir hätten es als Blasphemie betrachtet, uns in eure Angelegenheiten einzumischen. Der Schöpfer aller Welten hat euch diesen Planeten aus ganz bestimmten Gründen zugewiesen, so wie er uns unseren Planeten zugewiesen hat. Wir wären nie auf den Gedanken gekommen, etwas zu unternehmen, was eure Selbstentscheidung beeinflussen könnte. Jede Einmischung in so genannte irdische Angelegenheiten hätte für uns eine Gotteslästerung bedeutet. Die geistige Welt steht über uns. Sie allein hat das Recht, euch zu beeinflussen. Und diese geistige Welt hält alle goldenen Schlüssel in Händen, die euch per Inspiration gegeben werden können. Diese Schlüssel können die Tore zu den höchsten Erkenntnissen aufschließen. Ihr müsst eine gewaltige Umkehr vollziehen, wenn die geistige Welt euch solche*

*Segnungen schenken soll. Ein Geschenk muss man sich verdienen, man muss es wert sein, man muss es achten.*
*Es gab eine Zeit, da man euch ein Geschenk machte – als Probe aufs Exempel. Ihr habt diese Prüfung nicht bestanden. Euer einziger Gedanke war: Missbrauch – aus Rachsucht und Gewaltbereitschaft. Die Kernspaltung der Atomforschung gibt euch kein Recht, die Ordnung und Harmonie der göttlichen Schöpfung anzugreifen. Eure auf Vernichtung abzielenden Experimente haben katastrophale Folgen für das Universum ausgelöst. Aus diesem Grund haben wir sehr widerstrebend das Gesetz der Blasphemie außer Acht lassen müssen. Wir haben uns an Gott gewandt und ihn gebeten, uns von diesem Gesetz der Blasphemie zu entbinden. Der Schöpfer hat uns erhört und uns als Weltraumpolizei den Auftrag gegeben, den Planeten Erde unter Kontrolle zu nehmen, ihn zu beschützen und die Menschheit dieses Planeten in das ‚Goldene Zeitalter' zu führen.*
*Dies alles soll möglichst ohne Gewalt und ohne Zwang geschehen. Die Menschheit der Erde soll zu besserer Einsicht geführt werden, wie es schon einmal vor 2000 Jahren versucht wurde durch die Inkarnation von Jesus Christus. Ihr nennt das Goldene Zeitalter ‚Wassermann-Zeitalter', weil ihr euch an den Sternen orientiert. Es stimmt, dass Sterne Strahlen aussenden, welche auch das menschliche Denken beeinflussen. Diese jetzt auf euch einströmenden Strahlen ermöglichen der höheren Intelligenz, also dem positiven Denken, ein Einwirken mit erhöhter Intensität. Der geistig regsame Mensch kann mit wachem Geist diese günstigen Strahlen in Form geometrischer Figuren sehen. Es wird daher auf technischem Gebiet ein Umschwung kommen.*
*Wir haben diese Zeilen nicht per Gedankenübertragung, Intuition oder Inspiration geschrieben sondern eigenhändig. Hin und wieder haben uns in Gottes Gunst stehende bevollmächtigte Lichtboten dabei geholfen. Diese Intelligenzen sind mit Gott und mit uns im Bunde, denn der Tod trennt nicht unsere Lebensbereiche, er fügt sie noch fester zusammen.*

*Die universelle Menschheit, die nicht allein auf diese Erde beschränkt ist, sondern deren Heimat bis in die fernsten Räume des Alls reicht, egal ob sichtbar oder unsichtbar, diese ganze Menschheit ist eine große Familie. Wir alle sind Brüder und Schwestern und haben das gleiche Glück zu erleben und das gleiche Leid zu überstehen. Der Weg ist unendlich weit und es hätte keinen Sinn, in der Materie zu leben oder jenseitig zu existieren, wenn nicht jeder einzelne mit einer Mission betraut wäre. Wir alle sind ausführende Organe unseres allgewaltigen Schöpfers.*

*Viele Menschen wissen das leider nicht, selbst Wissenschaftler oder Könige nicht, doch sollten sie sich um diese Erkenntnis bemühen, denn die richtige Einstellung und Erkenntnis verkürzt den langen Weg. Ich weiß, dass viele Menschen auf der Erde diesen Zeilen keinen Glauben schenken können, weil sie sich um die höheren Wahrheiten nie bemüht haben. Diesen Menschen fehlt leider die Erfahrung, weil sie sich nur um weltliche, irdische Dinge kümmern.*

*Die Erde ist in großer Gefahr. Ihre Menschheit befindet sich in noch viel größerer Gefahr. Das Universum Gottes ist in Gefahr. Darum versuchen wir dieser Welt zu helfen, so gut es eben geht. Wir kommen in Liebe, Geduld und Eintracht. Wir kommen ohne Waffen. Waffen sind keine Friedensbringer. Gewalt ist kein Fortschritt. Egoismus ist keine Lösung. Gottlosigkeit ist keine Erkenntnis. Die Politik ist ein Irrweg. Die Gegensätze sind Trotz. Die Grenzen sind Hindernisse. Die Geheimnisse Gottes sind kein Spielzeug.*

*Nächstenliebe ist die einzige fortschrittliche Möglichkeit für Verständigung in Frieden. Wir kommen, um Gottes Willen zu erfüllen, um euch beizustehen in großer Not, deren Ausmaß euch noch nicht voll bewusst ist. Wir sind am Werk, um es euch bewusst zu machen. Wenn die Not am größten, ist Gottes Hilfe am nächsten.*

**Eine abschließende Rede von Ashtar Sheran**
(empfangen im Medialen Friedenskreis Berlin)

*Die Zustände auf diesem Planeten Terra sind nicht normal. Erkenntnislose Menschen, denen man die Macht in die Hände gelegt hat, leugnen hartnäckig die wichtigsten Wahrheiten, ohne die eine Menschheit nicht in Wohlstand und Frieden leben kann. Religionswissenschaft und Naturwissenschaft stehen im Widerspruch. Sie streiten sich um die Existenz Gottes und um die Seele des Menschen. Sie haben keinen Anspruch auf Anerkennung ihrer Auffassungen. Die Kirchen befinden sich im Irrtum und die Naturwissenschaftler ebenfalls. Die Wahrheit lautet wie folgt:*

*Es gibt einen Schöpfer, der kraft seiner ungewöhnlichen Existenz Milliarden von Gesetzen geschaffen hat, die in ihrer göttlichen Wirkung das Universum geschaffen haben. Die Größe des Universums ist für den menschlichen Verstand nicht zu erfassen. Der größte Teil des Universums hat ein vielstufiges Leben aufzuweisen. Mindestens ein Drittel des Universums ist durch unterschiedliches menschliches Leben bevölkert. Ein von Gott ins Dasein gerufener Mensch besteht aus einer Dualität. Die menschliche Seele ist unsterblich der Entwicklung anvertraut. Über Äonen vollzieht sich ein Wechsel materieller Bestandteile. Der menschliche Tod ist ein Ausziehen oder Ablegen der Materie. Die menschliche Geburt in der Materie ist das Anlegen eines Kleides und Instrumentes zum Zwecke der Erfahrung und Entwicklung. Mit der Reinkarnation verliert der Mensch sein Erinnerungsbewusstsein, damit er nicht vorbelastet ist. Mit dem irdischen Tod erlangt der Mensch sein Erinnerungsbewusstsein zurück. Er überblickt dann wieder seine gesamte Entwicklung.*
*Der Geist ist stärker als die Materie. Das Wissen um diese Tatsache ist dem Erdenmenschen in Tausenden von Jahren zu seinem Nachteil abhanden gekommen. Jeder Mensch, ganz*

*gleich auf welchem Stern er lebt, hat die Kette seiner Ahnen selbst passiert. Jeder Mensch ist sein eigener Vorfahre gewesen und hat in vorangegangenen Zeitepochen mitgewirkt. Jeder Mensch kommt in diejenige Situation, die er selbst vorbereitet hat. Wenn er einen Krieg vorbereitet hat, so muss er auch die Folgen tragen, beispielsweise durch Wiedergeburt in unvorstellbarem Chaos. Jeder Mensch behält über den Tod hinaus all sein Wissen, seine Erfahrung, seine Talente, seine Erziehung und Entwicklung. Diese Eigenschaften bleiben erhalten und werden stets bei der Rückkehr ins geistige Reich wieder voll bewusst. Jedes Leben auf einem materiellen Stern ist nur ein Ausflug aus dem geistigen Reich, das für den Menschen seine eigentliche Heimat ist.*

*Das geistige Reich ist für den auf einem einzigen Planeten lebenden Menschen unvorstellbar. Es ist gewaltig und größer als das materielle Universum. Der Mensch kann auf allen bewohnbaren Planeten reinkarniert werden. Der Mensch ist einer höheren Gerechtigkeit ausgeliefert. Es ist unmöglich, dass er in irgendeiner Weise benachteiligt wird. Was ihm auf Erden vorenthalten blieb, kann ihm im geistigen Reich gegeben oder in einer Reinkarnation ausgeglichen werden. Ein Millionär hat nicht unbedingt eine Stufe erreicht, die es ihm ermöglicht, diese Position nach dem Tod oder bei einer Reinkarnation beizubehalten. Er kann in alle möglichen Situationen hineingeboren werden, abhängig von seiner tatsächlichen Entwicklungsstufe als Mensch. Wer auf Erden oder auf einem anderen Planeten Macht innehatte, kann zum Ausgleich im Sinne der unbestechlichen höheren Gerechtigkeit ein anderes Mal unter Umständen als Sklave zur Welt kommen.*

*Kein Mensch hat einen Daueranspruch auf eine bestimmte Rasse. Eine höhere Macht bestimmt darüber, in welche Rasse er inkarniert wird. Jeder Mensch der Terra hat schon viele Rassen durchlaufen. Ein Christ kann ein Jude gewesen sein. Ein Europäer kann ein Indianer gewesen sein. Ein Priester kann als*

*Atheist geboren werden, der keine Religion begreift. Das alles geschieht nach dem Willen des Schöpfers, der das Zentralbewusstsein des Universums ist. Er ist die stets ausgleichende Gerechtigkeit, die ausschließlich die Entwicklung im Auge hat. Der Mensch muss wissen, dass ihn sein Menschsein hoch verpflichtet. Er muss sich dieser Existenz in vielfacher Form als würdig erweisen. Sein Weg kann Äonen dauern, denn das Universum ist unfassbar groß und hat alle Stufen der Entwicklung aufzuweisen. Der größte Fehler, den ein Mensch begehen kann, ist einen Mitmenschen zu verfolgen oder ihn zu schädigen, ganz gleich welcher Rasse er angehört.*

*Fazit: In völliger Unkenntnis der Zusammenhänge zwischen Geist und Materie haben die Erdenbewohner philosophische, religiöse und soziologische Strukturen und Lehren geschaffen, die das Leben der Rassen und Völker nicht erleichtern, sondern untragbar machen. Ich verzichte darauf, statistische Angaben über die Fehlentwicklung zu machen. Das könnt ihr selber tun. Nach euren Vorstellungen, die sich seit Jahrtausenden kaum verändert haben, ist das menschliche Leben lediglich einmalig und reicht von der Geburt bis zum physischen Tod. Alles was davor oder dahinter liegt, ist für euch undiskutabel. Eure Wissenschaft, die in dieser Hinsicht hauptsächlich von der Medizin vertreten wird, hält alles was mit einem geistigen Leben in Zusammenhang steht ebenfalls für undiskutabel.*
*Der akademische Intellekt, der sich mit Titeln ehren lässt, steckt den Kopf in den Sand, um vor der Wahrheit auszuweichen. Das nennen wir eine Entwürdigung der Wissenschaft. Diese Wissenschaft, die sich mit einem Glorienschein der Weisheit und Allwissenheit umgibt, ist nicht etwa aus reiner Dummheit oder Unfähigkeit der Wahrheit gegenüber völlig taub, sondern aus akademisch anerzogenem Dünkel und einer universitären Bösartigkeit. Sie glaubt, das Recht zu besitzen, dem Erfahrungswissenden das Wort im Munde zu verdrehen oder ihm Irrtum,*

*Wahn und Halluzination zu unterstellen. Es ist das Gleiche, was man mit uns tut. Man lacht uns aus und spottet jeder Göttlichkeit. Wo bleibt die dem Titel entsprechende Würde?
Eure Astronomen werden wohl noch ein Ufo von einem Meteor unterscheiden können, und eure Theologen, egal ob Pfarrer oder Papst, werden wohl noch begreifen können, dass ein so mächtiger Geist wie Gott nicht in einer Dunstwolke oder in einem Feuerschein zur Erde kommt, um der kriegerischen und rachsüchtigen Menschheit Vorschriften zu machen. Wer so etwas glaubt, der liebt den tollsten Kitsch. Noch unglaublicher erscheint uns die Unverfrorenheit der Priester, diese falsche Darstellung und Deutung dazu auszunutzen, sich materielle Vorteile im Namen Gottes anzueignen und sich auf der Erde eine besondere Machtstellung anzumaßen.*

*Die Menschheit ist der verlängerte Arm des Ewigen. Darum ist sie unsterblich. Sie wird noch in Äonen von Jahren existieren und jeder Einzelne wird seine Individualität behalten. Er wird stets wissen, dass er ein Ich ist, das von keinem anderen übernommen werden kann. Ich sage euch, dass ihr, die ihr heute auf der Terra lebt, in Äonen von Jahren einmal auf einem Stern leben werdet, der sich heute erst als Spiralnebel zeigt und überhaupt noch keine Lebensgrundlagen bietet. Das wird sich der Ordnung der Ewigkeiten gemäß wiederholen. Ein Ende ist nicht abzusehen.*
*Jeder von euch wird geistig steigen oder fallen. Die Entscheidung liegt bei ihm selbst. Doch ich betone eindringlich, dass es sich eher lohnt, menschlich - das heißt gut - zu sein, als unmenschlich - das heißt schlecht - zu sein. Man kann sich selbstverständlich zum besseren Denken erziehen. Um das zu erreichen, bedarf es eigentlich keiner Belehrungen. Aber man muss wissen, dass sich dieses Wissen unvorstellbar lohnt. Jeder kann sich seine Zukunft gestalten, denn die Zukunft ist für jeden ohne*

*Ende. Was glaubt ihr, welch ungeheure Kraft ihr entwickeln könnt, wenn ihr euch Mühe gebt, euch empor zu ziehen.*

*Ein Menschheitsführer muss das Vertrauen des Volkes haben. Aber eure Menschheitsführer bleiben auch dann noch auf ihrem Posten, wenn sie dieses Vertrauen längst missbraucht und verscherzt haben. Die Machthaber und ihre Vasallen bieten kein gutes Vorbild. Sie sind labil wie die dummen Menschen dieser Welt. Sie sollten es nicht sein. Ein Führer und Denker, ein Planer und Verantwortlicher, der sich nicht beherrschen kann, der zum Beispiel raucht und eine Menge Alkohol genießt, der hat sich meiner Meinung nach nicht in der Gewalt, sondern erliegt wissentlich einem schweren Laster. Wie soll er in dieser Labilität noch verantwortlich denken und entscheiden können? Wer seine Labilität zur Schau trägt, beweist dass er nicht das Zeug zu einem Führer besitzt. Wenn ein solcher Mensch an Gott oder an der Unsterblichkeit der menschlichen Seele zweifelt, so beweist er eindeutig, dass es ihm am nötigen Verstand mangelt, weil er das Elementarste des Universums nicht begreifen kann. Er begreift zwar Geld und Macht. Aber ihm fehlt das Verantwortungsbewusstsein vor einer höheren Macht, die er nicht begreifen kann.*

*Macht endlich Schluss mit euren falschen Vorstellungen vom menschlichen Dasein und wendet euch der Wahrheit zu. Ich kann nicht vor euch hintreten, um auf einer Massenkundgebung zu euch zu sprechen. Ich habe mich gewissen Gesetzen zu fügen. Nehmt meine Botschaften in Empfang, ganz gleich auf welche Weise sie euch zugeleitet werden. Es ist völlig unwichtig, ob sie mit Hilfe einer enormen Technik gesendet werden, oder ob sie auf geistigen Wellen zu euch gelangen. Wichtig sind der Inhalt und ihre Herkunft. Ich weiß nicht, ob diese Ermahnungen und Belehrungen mehr Eindruck auf euch machen würden, wenn sie mit einem großen Raumschiff zu euch gebracht würden. Diese Offenbarungen gelangen zu euch, wie es möglich ist. Es ist nur von Bedeutung, dass sie nicht wieder verfälscht werden, so wie es am Berge Sinai geschah. Stellt eure Technik in den Dienst der Wahrheit. Ihr könntet in wenigen Monaten diese Wahrheit über die ganze Welt verbreiten. Aber dieser Segen für die Menschheit würde dem Widersacher wenig gefallen. Und es gibt leider zu viele Erdenmenschen, die dem Widersacher dienen. Aus diesem Grunde wird dieser Segen zunächst noch sehr gering ausfallen. Ihr könnt euch nicht vorstellen, welch eine Gewalt wir mit unserer Technik auf die Atmosphäre ausüben können. Sie übertrifft jeden Hurrikan. Auf diese Weise zerriss der Tempelvorhang in Jerusalem. Auf diese Weise wurde das Wasser geteilt. Der gewaltige Sturm ist unser Vorbote. Das Licht des Ewigen leuchtet aus den Wolken.*

*Ich möchte euch auf einen großen Irrtum in der Bibel hinweisen, den sich eine sehr große Religionsgemeinschaft zunutze macht, der Millionen angehören. Es heißt in Hesekiel, Kap. 18, Vers 20: Welche Seele sündigt, die soll sterben. Meine lieben Freunde, das ist eine falsche Auslegung, die schwere Folgen hat. Der Prophet Hesekiel war nichts anderes als ein medialer Kontaktler. Er wurde durch Santiner belehrt. Aber er hat die Dinge nicht immer richtig begriffen. Es wurde ihm nämlich gesagt: Wer sündigt, der tötet das Gute in seiner Seele. Hierzu will ich etwas erklären. Wer von euch mit der Sünde beginnt, der kommt von ihr kaum oder gar nicht mehr los. Ein Mensch kann sich an die Sünde, das heißt an ein lasterhaftes und negatives Leben, schnell gewöhnen. Schließlich kommt es so weit, dass ihm das Gefühl und der Wille für das Gute gänzlich verloren gehen. Dann ist das Gute in ihm gestorben - ein Selbstmord an der Seele. Aber das ändert nichts an der Unsterblichkeit der menschlichen Seele. Sie ist auf keine Weise umzubringen oder auszulöschen. In ihr kann jedoch alles Menschliche, alles Gute absterben.*
*Dass Gräber sich auftun, um einen Toten wieder lebendig auf die Erde zu bringen, ist ausgeschlossen. Solch eine Art Auferstehung*

*gibt es nicht. Der Mensch wird mit seiner Seele stets in einen neuen Körper gebracht, der auf gesetzmäßige Weise von der Keimzelle an bis zur Vollendung entsteht. Im Laufe eines Erdenlebens erneuert die Seele etwa zehn Mal ihren Körper. Jeder dieser Körper sieht zwar dem früheren ähnlich. Aber ein Greis sieht nicht mehr aus wie ein Kind. In diesem Unterschied zeigt sich deutlich die Wandlung. Unauffällig stirbt also der Körper eines Menschen mehrmals in einem Leben. Aber das Ich, die Seele vergeht nicht, sondern kehrt ins geistige Reich zurück, wo ihr neue Aufgaben gestellt werden.*

*Es wird auf dieser Terra behauptet, dass aus dem Totenreich noch keiner wiedergekommen sei. Hierzu kann ich nur sagen, dass hier auf dieser Erde nicht ein Mensch lebt, der nicht aus dem Totenreich gekommen ist. Es ist ein unendliches Kommen und Gehen. Ein Doktor ist noch lange kein Weiser und ein Professor ist kein Allwissender. Ein unerfahrenes Schulkind kann in einem wachen Augenblick die ganze Wahrheit erkennen. Ein Universitätsprofessor kann in einem trüben Augenblick nur noch ein Chaos und ein Ende erblicken. Hunderte von Millionen Menschen leben heute auf diesem Stern, die durch Selbsterfahrung Kenntnis vom geistigen Reich haben. Sie werden von einer Minderheit, die sich sehr klug vorkommt, als unterentwickelte Opfer ihrer eigenen Sinnestäuschung bezeichnet.*
*Wer will es wagen, diese Offenbarungen als unentwickelte Phantasie oder Sinnestäuschungen hinzustellen. Ich glaube sogar behaupten zu können, dass wir realer sind als die Erdenmenschen, denn der Weg der Entwicklung, den die Erdenmenschheit zu gehen hat, ist unvergleichlich weiter und schwieriger als der unsere. Wir haben einen Vorsprung, der nicht so leicht einzuholen ist. Ein Weltraumstrahlschiff ist kein Wunder und keine Einbildung. Sein Erscheinen ist biblisch festgehalten. Die Menschen litten damals nicht an Einbildung, sondern ein ganzes Volk war Zeuge des Geschehens. Aber sie hatten keine*

*Ahnung von den großen Wundern der Technik. Wir dienen Gott und der Menschheit. Ein friedvolles Zusammenleben aller Menschen im ganzen Universum ist das höchste Ziel. Es bedeutet ein phantastisches Paradies und ist nicht lediglich Einbildung oder Sinnestäuschung.*

*Die Menschheit hat immer wieder Revolutionen erlebt. Aber eine geistige Revolution von der Art wie sie sich jetzt vollzieht, wird das Weltbild der Menschen ganz entscheidend verändern. Wir sind eine Art von Revolutionären. Obgleich das Wort sich kriegerisch anhört, kommt ihm doch eine andere Bedeutung zu. Globale Erkenntnis, das Wissen über das Leben nach dem Tod und der Begriff der ungeheuren Größe des Universums, das bis in seine kleinsten Winkel bewohnt ist, sind eine Revolution, die der Menschheit einst zum wahren Frieden verhelfen wird.*

*Gott zum Gruß und Friede über alle Grenzen.*

Weitere im Medialen Friedenskreis Berlin empfangene Reden von Ashtar Sheran finden Sie in 'Friede über alle Grenzen' und 'Die Santiner'.

Bitte beachten Sie auch
die folgenden Seiten
zum Thema

# Santiner

# Ein Werk des Santiners Ashtar Sheran

**Friede über alle Grenzen**
Herausgeber: Martin Fieber u. a.  ISBN 3-935422-00-8
14 Broschüren Text, ca. 500 Seiten, plus 1 Broschüre, 8 Seiten DIN A4, gezeichnete Bilder von Santinern, Raumschiffen, Raumstationen und technischen Geräten der Santiner

Die Botschaften und Zeichnungen wurden durch mediale Handführung übermittelt im Medialen Friedenskreis Berlin.

Ashtar Sheran, die Führungspersönlichkeit der Santiner, nimmt Stellung zu den Gegebenheiten auf unserem Planeten. Ob Religion, Wissenschaft oder Politik, es wird aufgezeigt, wie hilflos wir unseren Problemen in allen Bereichen gegenüberstehen. Ashtar Sheran gibt wertvolle Hinweise zur Bewältigung unserer Schwierigkeiten. Eine konsequente Umkehr ist die Voraussetzung dafür. Die Worte machen Mut und haben die Kraft zu verändern.

*„Statt einer einzigen wahren Religionsgemeinschaft gibt es auf eurer Erde mehr als zweihundert. Jede davon ist fanatisch gegen die andere und glaubt, der Wahrheit letzte Schlussfolgerung zu besitzen. Doch der Weisheit allerletzte Schlussfolgerung ist: Von Gott und seiner Schöpfung habt ihr überhaupt keine rechte Ahnung. Was euch an Wahrheit aus außerirdischer Quelle gegeben worden ist, wurde größtenteils vernichtet. Was davon übrig geblieben ist, wurde gefälscht oder arg entstellt. Kein Volk der Terra soll sich einbilden, besser zu sein als das andere. Gut und Böse sind auf alle Völker, auf alle Staaten verteilt. Keine Rasse hat Anspruch auf besondere Anerkennung."*

# Ein weiteres Buch von und über die Santiner

**Die Santiner**
Martin Fieber (Hrsg.)
240 Seiten – ISBN 3-935422-08-3

Diese Botschaften wurden wie 'Friede über alle Grenzen' und die 'Blaue Reihe' ebenfalls im Medialen Friedenskreis Berlin (MFK) übermittelt.

Wer sind die Santiner?
Wo und wie leben sie?
Welchen Auftrag haben sie?

Hier erfahren Sie, warum die Santiner sich im Bereich unseres Planeten aufhalten, was sie uns zu sagen haben und vieles mehr. Einige eindringliche Reden ihrer Führungspersönlichkeit Ashtar Sheran bilden den Kern dieses Werkes.

Zusätzlich zu den Durchgaben des Medialen Friedenskreises Berlin enthält das Buch weitere Botschaften von Ashtar Sheran und anderen Santinern aus der Zeit bis 2003. Diese hat der Spirituelle Forschungskreis e. V. Bad Salzuflen empfangen, der die Arbeit des MFK fortführt und eng mit unserem Verlag zusammenarbeitet.

*„Helft mit, dafür Sorge zu tragen, dass eure Enkelkinder und die nächstfolgenden Generationen auch noch diesen blauen Planeten erleben dürfen, die Wale singen hören und die Delphine springen sehen können."*

*„Die Welt verbrennt. Ist euch dies schon aufgefallen? Und die Welt ertrinkt. Ist euch dies auch aufgefallen? Wie lange, glaubt ihr, hat die Natur noch Vertrauen zum Menschen?"*

# Die Santiner sind auch Hauptthema der Bücher von

# Hermann Ilg

### Die Bauten der Außerirdischen in Ägypten
Hermann Ilg – Helmut P. Schaffer
160 Seiten mit 70 Fotografien – ISBN 3-935422-59-8
Dieses Buch enthält eine Fülle von Beweisen für die Beteiligung außerirdischer Menschen an der Errichtung der großartigsten Bauwerke dieses Planeten. Durch die inspirative Hilfe von Geistwesen und Santinern gelingt es Hermann Ilg mit überzeugend einfacher Logik und anhand von Fotografien, uns dieses spannende Thema näher zu bringen. Es wird lebhaft beschrieben, wie es seinerzeit gelingen konnte, innerhalb kürzester Zeit diese gewaltigen Steine in absoluter Perfektion aufeinander zu türmen. In leicht verständlichen Worten werden Sinn und Zweck der Pyramiden und anderer Bauten erklärt. Zusätzlich erhält der Leser Informationen über die Besiedelungsgeschichte der Erde und Erfahrungsberichte von Menschen, die sich im Innern der Pyramiden aufgehalten haben.

### E. T. in ancient Egypt
124 Seiten – ISBN 3-935422-57-1
ist eine englischsprachige Version von 'Die Bauten der Außerirdischen in Ägypten'

### Leben in universeller Schau
128 Seiten – ISBN 3-935422-51-2
Dieses Buch behandelt das Leben der Santiner auf ihrem Heimatplaneten. Die Klimaverhältnisse, politische Strukturen, Freizeitgestaltung und viele andere interessante Details über ihr gesellschaftliches Leben werden sehr anschaulich beschrieben.

**Aus dem Wissen eines neuen Zeitalters**
108 Seiten – ISBN 3-935422-52-0
Das Wissen, das uns hier von den Santinern vermittelt wird, hilft uns dabei, die Weiten des Weltraums als überbrückbar anzuerkennen. Es wird das Leben auf anderen Planeten beschrieben, die Möglichkeiten der außerirdischen Technik erklärt und Stellungnahmen zu verschiedenen Prophezeiungen abgegeben. Ein spannendes Buch über die Vielfalt des Universums.

**Bewusstsein und Weltbild**
24 Seiten – ISBN 3-935422-56-3
In dieser Schrift macht Hermann Ilg die Grenzen deutlich, die uns von einem umfassenderen Weltbild abschneiden. Er zeigt auf, wo die Ansätze für eine gesunde Bewusstseinserweiterung liegen, welche von unseren Wissenschaftlern und Philosophen bereits erkannt und welche übersehen werden.

**Kümmert sich eine außerirdische Menschheit um uns?**
48 Seiten – ISBN 3-935422-50-4
Der Ursprung dieser Broschüre ist ein Vortrag, den Hermann Ilg erstmals im Jahre 1968 gehalten hat. Er hat bis heute nichts von seiner Aktualität verloren.

**Strömende Stille**
76 Seiten – ISBN 3-935422-55-5
Gedichte von kosmischem Charakter, ebenfalls von der geistigen Welt uns Menschen überreicht - wunderschöne Verse, die Herz und Seele berühren. Ein Büchlein, das auch als Geschenk gut geeignet ist.

# Die Blaue Reihe

Diese Buchreihe dokumentiert die Ergebnisse der spirituellen Forschungsarbeit des Medialen Friedenskreises Berlin. Herausgeber: Martin Fieber u. a.

**Band 1: Jesus Christus**
80 Seiten – ISBN 3-935422-01-6
War Jesus Christus die Inkarnation Gottes? Was hat er bis zu seinem 28. Lebensjahr gemacht? Ist er für die Menschheit gestorben und hat alle Sünden auf sich genommen? In diesem Buch finden Sie Wahrheiten und Antworten auf die vielen Fragen zu der größten Seele, die je auf diesem Planeten inkarnierte. Es wird deutlich, dass Jesus Christus für die geistige Welt kein Gott sondern eine Seele ist wie alle anderen Menschen auch.

**Band 2: Das Sterben**
160 Seiten - ISBN 3-935422-02-4
Was geschieht im Augenblick des Todes? Was geschieht bei Unfällen, Explosionen oder Selbstmord mit der Seele? Wie wirkt sich die Trauer der Hinterbliebenen auf das Befinden der ‚Verstorbenen' aus? Das Tabuthema der Menschen wird hier an der Wurzel gepackt. Die große Bedrohung wird durch dieses Buch in ein vertrautes Wissen umgewandelt. Das Weiterexistieren der Seele nach dem körperlichen Tod wird erläutert und nachgewiesen. Ein Muss für jeden, der wissen möchte, was ihn nach dem Tod erwartet.

**Band 3: Die Stimme Gottes**
64 Seiten – ISBN 3-935422-03-2
Ein provokanter Titel für ein Buch, in dem ein hohes Geistwesen stellvertretend für die göttlichen Sphären spricht. Es wird aufgezeigt, wie die Geschehnisse auf diesem Planeten von einer höheren Warte aus gesehen werden. Gesellschaft, Politik, Wissenschaft und Kirche werden in einer für jedermann verständlichen Weise unter die Lupe genommen, die Probleme beim Namen genannt und Lösungsvorschläge gemacht. Hier wird Klartext geredet!

**Band 4: Die mediale Arbeit**
176 Seiten – ISBN 3-935422-04-0
Was ist Medialität? Welche Voraussetzungen müssen für mediale Arbeit erfüllt sein? Welche Gefahren gibt es im Verkehr mit der Geisterwelt Gottes? Im Dialog mit der geistigen Welt werden die wichtigen Grundbedingungen und Gesetzmäßigkeiten genannt, die für positive mediale Arbeit unerlässlich sind. Es wird deutlich auf die Gefahren des Spiritismus hingewiesen und aufgezeigt, wie gute und schlechte Medien bzw. mediale Kontakte unterschieden werden können. Dieses Buch klärt auf und warnt vor Leichtsinnigkeit.

**Band 5: Der Schöpfer - Der Widersacher**
160 Seiten - ISBN 3-935422-05-9
Wer oder was ist der Schöpfer? Warum lässt Gott so viel Leid zu? Gibt es einen Widersacher? Die geistige Welt hat hier den Versuch unternommen, in uns verständlichen Worten die Existenz Gottes und seine grandiose Schöpfung zu beschreiben. Ebenso kommt die Tragik der Geschehnisse um Luzifer, den Widersacher, deutlich zum Ausdruck. In diesem Buch finden Sie Erklärungen zu einem Bereich unseres Glaubens, den die Kirche uns verschweigt.

**Band 6: Die Seele - Der Schutzpatron**
128 Seiten – ISBN 3-935422-06-7
Was ist die Seele? Wie funktioniert das Zusammenspiel von Seele, Geist und Körper? Hat jeder Mensch einen persönlichen Schutzpatron, und wie macht er sich bemerkbar? Der positiven geistigen Welt gelingt es wieder einmal, uns ein Thema nahe zu bringen, das von Wissenschaft und Psychologie ebenso abgelehnt wird, wie es die kirchlichen Institutionen mit der Reinkarnation tun. Beides, Seele und Reinkarnation, gehören unmittelbar zusammen.

**Band 7: Krankheit, Heilung und Gesundheit**
176 Seiten - ISBN 3-935422-07-5
Welche Hauptursachen gibt es für Krebs? Worauf sollte man bei der Ernährung achten? Gibt es eine geistige Heilung und wie funktioniert sie? Welche Folgen hat der Genuss von Alkohol und Nikotin für Seele, Geist und Körper? In diesem Buch hilft uns die geistige Welt dabei, Ursachen für viele Krankheiten zu erkennen. Außerdem werden Maßnahmen zur ganzheitlichen Heilung bzw. Gesunderhaltung beschrieben. Weitere Schwerpunkte des Buches sind Gebet, Ernährung, Drogen und Karma.

**Gedanken für den Weltfrieden**
176 Seiten – ISBN 3-935422-49-0
In diesem Buch ist Gedankengut der geistigen Welt gesammelt, das jeden, der den Frieden liebt, ansprechen wird. Die einfachen, brillanten Gleichnisse und Beschreibungen sind an Aktualität nicht zu überbieten. Jede einzelne Seite enthält einen in sich geschlossenen, mehr oder weniger langen Hinweis darauf, warum die derzeitigen Machtstrukturen auf unserem Planeten nicht geeignet sind, den Weltfrieden zu realisieren. Gleichermaßen wird dem Leser verständlich, dass ein Beitrag jedes einzelnen in seinem persönlichen Bereich wichtig ist, um die Missstände zu durchbrechen.

# Bücher von Martin Fieber

**Machu Picchu – Die Stadt des Friedens**
192 Seiten, 125 farbige Abbildungen – ISBN 3-935422-48-2
Machu Picchu ist nicht nur die beliebteste Touristenattraktion Perus sondern ganz Südamerikas. Und doch ist Machu Picchu immer noch eines der größten Geheimnisse der Welt. Das Buch ist eine spannende Reise zu diesem magischen Ort in den Wolken, in die Vergangenheit Perus, in die Geschichte unseres Planeten und zur eigenen Seele.
Wie es schon bei den ägyptischen Pyramiden war, gibt es auch bei der berühmten Inkastadt keinen Zweifel, dass die Bauweise der Fundamente der dortigen Gebäude außerirdischen Ursprungs ist.

**Steh' endlich auf!**
128 Seiten – ISBN 3-935422-47-4
Dieser lehrreiche Erfahrungsbericht beschreibt die Abgründe einer spirituellen Abhängigkeit bis ins kleinste Detail: von den anfänglichen euphorischen Gefühlen, über die Hölle der seelischen Schmerzen, bis zurück in die Freiheit des normalen Lebens.
Ergänzt wird der Bericht durch einen Leitfaden, welcher hilft, den Weg zu finden durch den Jahrmarkt der heutigen Esoterik und den Dschungel der dazugehörigen Seminarangebote.
Spannend, ehrlich und wahrhaftig geschrieben. Dieses Aufklärungswerk könnte Leben retten.

# Ein Kunstdruck besonderer Qualität

**Das Desiderata**
35 cm breit / 50 cm hoch – ISBN 3-935422-45-8
„Gehe ruhig und gelassen durch Lärm und Hast und sei des Friedens eingedenk, den die Stille bergen kann." - So beginnt das Desiderata, die berühmten Lebensregeln des amerikanischen Dichters deutscher Abstammung Max Ehrmann, die in der alten St. Pauls Kirche von Baltimore in Stein gemeißelt stehen.
Diese auf edelstem Papier vervielfältigte Handarbeit mit großen roten Lettern und schwarz gehaltenen Kleinbuchstaben ist ein ideales Geschenk, ein dekorativer und gleichzeitig besinnlicher Kunstdruck, der nur über unseren Verlag erhältlich ist.


# Ein Stück Frieden für Ihr Zuhause

**Poster Machu Picchu**
64 cm breit / 45 cm hoch – ISBN 3-935422-46-6
Dieses Poster ist ein Motiv aus dem gleichnamigen Buch. Schon allein das Anschauen des Bildes lässt Sie einen Hauch des Friedens erleben, den dieser wundervolle Ort ausstrahlt.

# Unsere nächste Neuerscheinung

## Das kleine Buch vom Schutz der Seele
Herausgeber: Martin Fieber
ca. 70 Seiten – ISBN 3-935422-44-X

Wozu sollte man sich schützen?
Warum ist es gerade während der Vollmondzeit angebracht?
Wie wirken sich Ängste auf unser Befinden aus?
Was sind Schwingungen?
Wie wirken Gebete?
Was ist ein Seelenstein?
Wie schützt die Geburtsfarbe?

In diesem Büchlein erklärt die geistige Welt die Hintergründe, warum die Seele geschützt werden sollte.

Die durch Abbildungen veranschaulichten Schutzübungen sollen dem Anwender helfen, in seine Mitte zu kommen und sich von Energien abzugrenzen, die der eigenen Seele nicht gut tun.

Die Themen negative geistige Welt, Chakren, Aura, Meditation und die Aufgabe unseres Schutzpatrons vervollständigen diesen wichtigen Leitfaden.

'Das kleine Buch vom Schutz der Seele' ist eine große Hilfe für unser tägliches Leben.

Welcher ist der sicherste Weg zur Wahrheit?
*Der sicherste Weg beginnt im eigenen Herzen.*
*Gott kann für diese Aufgabe keine Feiglinge gebrauchen.*
*Er braucht geistige Revolutionäre, die für ihn um die Wahrheit*
*mit dem ganzen Einsatz von Seele und Leben kämpfen.*


Wie lautet die bedeutendste Kernfrage,
die von der Menschheit gestellt werden könnte?
*Gibt es einen Gott oder nicht?*
*Gibt es ein geistiges Weiterleben oder nicht?*